Episodios Nacionales, 6
Primera serie

Benito Pérez Galdós

Zaragoza

Alianza/Hernando

I.S.B.N.: 84-206-5999-1 obra completa
I.S.B.N.: 84-206-5006-4 volumen VI
Depósito legal: M. 5.266-1976
Papel fabricado por Torras Hostench, S. A.
Impreso en Mateu-Cromo, S. A. Pinto (Madrid)

I

Me parece que fue al anochecer del 18 cuando avistamos a Zaragoza. Entrando por la puerta de Sancho, oímos que daba las diez el reloj de la Torre Nueva. Nuestro estado era excesivamente lastimoso en lo tocante a vestido y alimento, porque las largas jornadas que habíamos hecho desde Lerma por Salas de los Infantes, Cervera, Agreda, Tarazona y Borja, escalando montes, vadeando ríos, franqueando atajos y vericuetos hasta llegar al camino real de Gallur y Alagón, nos dejaron molidos, extenuados y enfermos de fatiga. Con todo, la alegría de vernos libres endulzaba todas nuestras penas.

Eramos cuatro los que habíamos logrado escapar entre Lerma y Cogollos, divorciando nuestras inocentes manos de la cuerda que enlazaba a tantos patriotas. El día de la evasión reuníamos entre los cuatro un capital de once reales; pero después de tres días de marcha, y cuando entramos en la metrópoli aragonesa, hízose un balance y arqueo de la caja social, y nuestras cuentas sólo arrojaron un activo de treinta y un cuartos. Compramos pan junto a la Escuela Pía, y nos lo distribuimos.

Don Roque, que era uno de los expedicionarios, tenía buenas relaciones en Zaragoza; pero aquella no era hora de presentarnos a nadie. Aplazamos para el día siguiente el buscar amigos, y como no podíamos alojarnos en una posada, discurrimos por la ciudad buscando un abrigo donde pasar la noche. Los portales del Mercado no nos parecían tener las comodidades y el sosiego que nuestros cansados cuerpos exigían. Visitamos la torre inclinada, y aunque alguno de mis compañeros propuso que nos guareciéramos al amor de su zócalo, yo opiné que allí estábamos como en campo raso. Sirvionos, sin embargo, de descanso aquel lugar, y también de refectorio para nuestra cena de pan seco, la cual despachamos alegremente, mirando de rato en rato la mole amenazadora, cuya desviación la asemeja a un gigante que se inclina para mirar quién anda a sus pies. A la claridad de la luna, aquel centinela de ladrillo proyecta sobre el cielo su enjuta figura, que no puede tenerse derecha. Corren las nubes por encima de su aguja, y el espectador que mira desde abajo se estremece de espanto, creyendo que las nubes están quietas y que la torre se le viene encima. Esta absurda fábrica, bajo cuyos pies ha cedido el suelo cansado de soportarla, parece que se está siempre cayendo, y nunca acaba de caer.

Recorrimos luego el Coso desde la Casa de los gigantes hasta el Seminario; nos metimos por la calle Quemada y la del Rincón, ambas llenas de ruinas, hasta la plazuela de San Miguel, y de allí, pasando de callejón en callejón, y atravesando al azar angostas e irregulares vías, nos encontramos junto a las ruinas del monasterio de Santa Engracia, volado por los franceses al levantar el primer sitio. Los cuatro lanzamos una misma exclamación que indicaba la conformidad de nuestros pensamientos. Habíamos encontrado un asilo y excelente alcoba donde pasar la noche.

La pared de la fachada continuaba en pie con su pórtico de mármol, poblado de innumerables figuras de santos, que permanecían enteros y tranquilos como si ignoraran la catástrofe. En el interior vimos arcos incompletos, machones colosales, irguiéndose aún entre los escombros, y que al destacarse negros y deformes sobre la claridad del espacio, semejaban criaturas absurdas, engendradas por una imaginación en delirio; vimos recortaduras, ángulos, huecos, laberintos, cavernas y otras mil obras de esa arquitectura del acaso trazada por el desplome. Había hasta pequeñas estancias abiertas entre los pedazos de la pared con un arte semejante al de las grutas en la Naturaleza. Los trozos de retablo, podridos

TUES.

1) Go by Professor Servodidio's office - ck. ~~authors~~ stories & my group
   1)
   2)
   3)
   4)
   5)

my group - "el hombre"

2) SLEEP

3) Rd. Zaragoza

4) Rd. Gran Teatro del Mundo

March 19 - José's name day

a causa de la humedad, asomaban entre los restos de la bóveda, donde aún subsistía la roñosa polea que sirvió para suspender las lámparas, y precoces hierbas nacían entre las grietas de la madera y de la piedra. Entre tanto destrozo había objetos completamente intactos, como algunos tubos del órgano y la reja de un confesionario. El techo se confundía con el suelo y la torre mezclaba sus despojos con los del sepulcro. Al ver semejante aglomeración de escombros, tal multitud de trozos caídos sin perder completamente su antigua forma, las masas de ladrillo enyesado que se desmoronaban como objetos de azúcar, creeríase que los despojos del edificio no habían encontrado posición definitiva. La informe osamenta parecía palpitar aún con el estremecimiento de la voladura.

Don Roque nos dijo que bajo aquella iglesia había otra, donde se veneraban los huesos de los Santos Mártires de Zaragoza; pero la entrada del subterráneo estaba obstruida. Profundo silencio reinaba allí; mas internándonos, oímos voces humanas que salían de aquellos misteriosos antros. La primera impresión que al escucharlas nos produjo fue como si hubieran aparecido las sombras de los dos famosos cronistas, de los mártires cristianos y de los patriotas sepultados bajo aquel polvo, y nos increparan por haber turbado su sueño. En el mismo instante, al resplandor de una llama que iluminó parte de la escena, distinguimos un grupo de personas que se abrigaban unas contra otras en el hueco formado entre dos machones reunidos. Eran mendigos de Zaragoza que se habían arreglado un palacio en aquel sitio, resguardándose de la lluvia con vigas y esteras. También nosotros nos pudimos acomodar por otro lado, y tapándonos con manta y media, llamamos al sueño. Don Roque me decía:

—Yo conozco a don José de Montoria, uno de los labradores más ricos de Zaragoza. Ambos somos hijos de Mequinenza, fuimos juntos a la escuela y juntos jugábamos al truco en el altillo del Corregidor. Aunque hace treinta años que no le veo, creo que nos recibirá bien. Como buen aragonés, todo él es corazón. Le veremos, muchachos; veremos a ese don José de Montoria... Yo también tengo sangre de Montoria por la línea materna. Nos presentaremos a él; le diremos...

Durmiose don Roque y también me dormí.

II

El lecho en que yacíamos no convidaba por sus blanduras a dormir perezosamente la mañana, antes bien, colchón de guijarros hace buenos madrugadores. Despertamos, pues, con el día, y como no teníamos que entretenernos en melindres de tocador, bien pronto estuvimos en disposición de salir a hacer nuestras visitas. A los cuatro nos ocurrió simultáneamente la idea de que sería bueno desayunarnos; pero al punto convenimos con igual unanimidad en que no era posible por carecer de los fondos indispensables para tan alta empresa.

—No os acobardéis, muchachos —dijo don Roque—, que al punto os he de llevar a todos a casa de mi amigo, el cual nos amparará.

Cuando esto decía, vimos salir a dos hombres y una mujer de los que fueron durante la noche nuestros compañeros de posada, y parecían gente habituada a dormir en aquel lugar. Uno de ellos era un infeliz lisiado, un hombre que acababa en las rodillas y se ponía en movimiento con ayuda de muletas o bien andando a cuatro remos, viejo, de rostro jovial y muy tostado por el sol. Como nos saludara afablemente al pasar, dándonos los buenos días, don Roque le preguntó hacia qué parte de la ciudad caía la casa de don José de Montoria; oyendo lo cual repuso el cojo:

—¿Don José de Montoria? Le conozco más que a las niñas de mis ojos. Hace veinte años vivía en la calle de la Albardería; después se mudó a la de la Parra; después... Pero ustés son forasteros por lo que veo.

—Sí, buen amigo, forasteros somos, y venimos a afiliarnos en el ejército de esta valiente ciudad.

—¿De modo que no estaban ustés aquí el 4 de agosto?

—No, amigo mío —le respondí—; no hemos presenciado ese gran hecho de armas.

—¿Ni tampoco vieron la batalla de las Eras? —preguntó el mendigo, sentándose frente a nosotros.

—Tampoco hemos tenido esa felicidad.

—Pues allí estuvo don José de Montoria: fue de los que llevaron arrastrando el cañón hasta enfilarlo... pues. Veo que ustés no han visto nada. ¿De qué parte del mundo vienen ustés?

—De Madrid —dijo don Roque—. ¿Conque usted nos podrá decir dónde vive mi amigo don José?...

—Pues no he de poder, hombre, pues no he de poder —repuso el cojo, sacando un mendrugo para desayunarse—. De la calle de la Parra se mudó a la de Enmedio. Ya saben ustés que todas las casas volaron... pues. Allí estaba Esteban López, soldado de la décima compañía del primer tercio de voluntarios de Aragón, y él sólo con cuarenta hombres hizo retirar a los franceses.

—Eso sí que es cosa admirable —dijo don Roque.

—Pero si no han visto ustés lo del 4 de agosto, no han visto nada —continuó el mendigo—. Yo vi también lo del 4 de junio, porque me fui arrastrando por la calle de la Paja, y vi a la Artillera cuando dio fuego al cañón de 24.

—Ya, ya tenemos noticia del heroísmo de esa insigne mujer —repuso don Roque—. Pero si usted nos quisiera decir...

—Pues sí; don José de Montoria es muy amigo del comerciante don Andrés Guspide, que el 4 de agosto estuvo haciendo fuego desde la visera del callejón de la Torre del Pino, y por allí llovían granadas, balas, metralla, y mi don Andrés fijo como un poste. Más de cien muertos había a su lado, y él solo mató cincuenta franceses.

—Gran hombre es ese; ¿y es amigo de mi amigo?

—Sí señor —respondió el cojo—. Y ambos son los mejores caballeros de toda Zaragoza, y me dan mi limosna todos los sábados. Porque han de saber ustés que yo soy Pepe Pallejas, y me llaman por mal nombre Sursum Corda, pues como fui hace veintinueve años sacristán de Jesús, y cantaba... pero esto no viene al caso, y sigo diciendo que yo soy Sursum Corda, y *pué* que hayan ustés oído hablar de mí en Madrid.

—Sí —dijo don Roque, cediendo a un generoso impulso de amabilidad—; me parece que allá he oído nombrar al señor de Sursum Corda. ¿No es verdad, muchachos?

—Pues ello... —prosiguió el mendigo—. Y sepan también que antes del sitio ya pedía limosna en la puerta de este monasterio de Santa Engracia, volado por los bandidos el 13 de agosto. Ahora pido en la puerta de Jerusalén, donde me podrán hallar siempre que gusten... Pues como iba diciendo, el día 4 de agosto estaba yo aquí y vi salir de la iglesia a Francisco Quilez, sargento primero de la primera compañía del primer batallón de fusileros, el cual ya saben ustés que fue el que con treinta y cinco hombres echó a los bandidos del convento de la Encarnación... Veo que se asombran ustés... ya. Pues en la huerta de Santa Engracia, que está aquí detrás, murió el subteniente don Miguel Gila. Lo menos había doscientos cadáveres en la tal huerta, y allí perniquebraron a don Felipe San Clemente y Romeu, comerciante de Zaragoza. Verdad es que si no hubiera estado presente don Miguel Salamero... ¿ustés no saben nada de esto?

—No, amigo y señor mío —dijo don Roque—, nada de esto sabemos, y aunque tenemos el mayor gusto en que usted nos cuente tantas maravillas, lo que es ahora más nos importa saber dónde encontraremos al don José mi antiguo amigo, porque padecemos los cuatro de un mal que llaman hambre y que no se cura oyendo contar sublimidades.

—Ahora mismo les llevaré donde quieren ir —repuso Sursum Corda, después de ofrecernos parte de sus mendrugos—. Pero antes les quiero decir una cosa, y es que si don Mariano Cereso no hubiera defendido la Aljafería como la defendió, nada se habría hecho en el Portillo. ¡Y que es hombre de mantequillas en gracia de Dios el tal don Mariano Cereso! En la del 4 de agosto andaba por las calles con su espada y rodela antigua y daba miedo verle. Esto de Santa Engracia parecía un horno, señores. Las bombas y las granadas llovían; pero los patriotas no les hacían más caso que si fueran gotas de agua. Una buena parte del convento se desplomó; las casas temblaban, y todo esto que estamos viendo parecía un barrio de naipes, según la prontitud con que se incendiaba y se desmoronaba. Fuego en las ventanas, fuego arriba, fuego abajo: los franceses caían como moscas, señores, y a los zaragozanos lo mismo les daba morir que nada. Don Antonio Quadros embocó por allí, y cuando miró a las baterías francesas, se las quería comer. Los bandidos tenían sesenta cañones echando fuego sobre estas paredes. ¿Ustés no lo vieron? Pues yo sí, y los pedazos del ladrillo de las tapias y la tierra de los parapetos salpicaban como miajas de un bollo. Pero los muertos servían de parapeto, y muertos arriba, muertos abajo, aquello era una montaña. Don

Antonio Quadros echaba llamas por los ojos. Los muchachos hacían fuego sin parar; su alma era toda balas, ¿ustés no lo vieron? Pues yo sí, y las baterías francesas se quedaban limpias de artilleros. Cuando vio que un cañón enemigo había quedado sin gente, el comandante gritó: «¡Una charretera al que clave aquel cañón!» y Pepillo Ruiz echa a andar como quien se pasea por un jardín entre mariposas y flores de mayo; sólo que aquí las mariposas eran balas y las flores bombas. Pepillo Ruiz clava el cañón y se vuelve riendo. Pero velai que otro pedazo de convento se viene al suelo. El que fue aplastado, aplastado quedó. Don Antonio Quadros dijo que aquello no importaba nada, y viendo que la artillería de los bandidos había abierto un gran boquete en la tapia, fue a taparlo él mismo con una saca de lana. Entonces una bala le dio en la cabeza. Retiráronle aquí; dijo que tampoco aquello importaba nada, y expiró.

—¡Oh! —dijo don Roque con impaciencia—. Estamos encantados, señor Sursum Corda, y el más puro patriotismo nos inflama al oírle contar a usted tan grandes hazañas; pero si usted nos quisiera decir dónde...

—Hombre de Dios —contestó el mendigo—, ¿pues no se lo he de decir? Si lo que más sé y lo que más visto tengo en mi vida es la casa de don José de Montoria. Como que está cerca de San Pablo. ¡Oh! ¿Ustés no vieron lo del hospital? Pues yo sí: allí caían las bombas como el granizo. Los enfermos, viendo que los techos se les venían encima, se arrojaban por las ventanas a la calle. Otros se iban arrastrando y rodaban por las escaleras. Ardían los tabiques; oíanse lamentos y los locos mugían en sus jaulas como fieras rabiosas. Otros se escaparon y andaban por los claustros riendo, bailando y haciendo mil gestos graciosos que daban espanto. Algunos salieron a la calle como en día de Carnaval y uno se subió a la cruz del Coso, donde se puso a sermonear, diciendo que él era el Ebro y que anegando la ciudad iba a sofocar el fuego. Las mujeres corrían a socorrer a los enfermos y todos eran llevados al Pilar y a la Seo. No se podía andar por las calles. La Torre Nueva hacía señales para que se supiera cuando venía una bomba; pero el griterío de la gente no dejaba oír las campanas. Los franceses avanzan por esta calle de Santa Engracia; se apoderan del hospital y del convento de San Francisco; empieza la guerra en el Coso y en las calles de por allí. Don Santiago Sas, don Mariano Cereso, don Lorenzo Calvo, don Marcos Simonó, Renovales, el albeitar Martin Albantos, Vicente Codé, don Vicente Marraco y otros atacan a los franceses a pecho descubierto; y detrás de una barricada hecha por ella misma, les espera llena de furor y fusil en mano, la señora condesa de Bureta.

—¿Cómo, una mujer, una condesa —preguntó con entusiasmo don Roque—, levantaba barricadas y apuntaba fusiles?

—¿Ustés no lo sabían? —dijo Sursum—. ¿Pues en dónde viven ustés? La señora María Consolación Azlor y Villavicencio, que vive allá por el Ecce-Homo, andaba por las calles, y a los desanimados les decía mil lindezas, y luego, haciendo cerrar la entrada de la calle, se puso al frente de una partida de paisanos, gritando: «¡Aquí moriremos todos antes que dejarles pasar!»

—¡Oh, cuánta sublimidad! —exclamó don Roque, bostezando de hambre—. Y cuánto me agradaría oír contar hazañas de esa naturaleza con el estómago lleno. Con que decía usted, buen amigo, que la casa de don José cae hacia...

—Hacia allá —repuso el cojo—. Ya saben ustés que los franceses se enredaron y se atascaron en el arco de Cineja. ¡Virgen mía del Pilar, aquello era matar franceses, lo demás es aire! En la calle de la Parra, en la plazuela de Estrevedes, en la calle de los Urreas, en la de Santa Fe y en la del Azoque, los paisanos despedazaban a los franceses. Todavía me zumban en las orejas el cañoneo y el gritar de aquel día. Los gabachos quemaban las casas que no podían defender, y los zaragozanos hacían lo mismo. Fuego por todos lados... Hombres, mujeres, chiquillos... bastaba tener dos manos para trabajar contra el enemigo. ¿Ustés no lo vieron? Pues no han visto nada. Pues como les iba diciendo, aquel día salió Palafox de Zaragoza para...

—Basta, amigo mío —dijo don Roque, perdiendo la paciencia—; estamos encantados con su conversación; pero si no nos guía al instante a casa de mi paisano o nos indica cómo podemos encontrar su casa, nos iremos solos.

—Al instante, señores, no apurarse —repuso Sursum Corda, echando a andar delante de nosotros con toda la agilidad de sus muletas. Vamos allá, vamos con mil amores.

¿Ven ustés esta casa? Pues aquí vive Antonio Laste, sargento primero de la compañía del cuarto tercio, y ya sabrán que salvó de la tesorería los dieciséis mil cuatrocientos pesos, y quitó a los franceses la cera que habían robado.

—Adelante, adelante, amigo —dije, viendo que el incansable hablador se detenía para contar de un modo minucioso las hazañas de Antonio Laste.

—Ya pronto llegaremos —repuso Sursum—. Por aquí iba yo en la mañana del primero de julio, cuando encontré a Hilario Lafuente, cabo primero de la compañía de escopeteros del presbítero Sas, y me dijo: «Hoy van a atacar el Portillo.» Entonces yo me fui a ver lo que había y...

—Ya estamos enterados de todo —le indicó don Roque—. Vamos aprisa y después hablaremos.

—Esta casa que ven ustés toda quemada y hecha escombros —continuó el cojo, volviendo una esquina— es la que ardió el día 4, cuando don Francisco Ipas, subteniente de la segunda compañía de escopeteros de la parroquia de San Pablo, se puso aquí con un cañón, y luego...

—Ya sabemos lo demás, buen hombre —dijo don Roque—. Adelante y más que de prisa.

—Pero mucho mejor fue lo que hizo Codé, labrador de la parroquia de la Magdalena, con el cañón de la calle de la Parra —prosiguió el mendigo, deteniéndose otra vez—. Pues al ir a disparar, los franceses se echan encima; huyen todos; pero Codé se mete debajo del cañón; pasan los franceses sin verlo, y después, ayudado de una vieja que le dio una cuerda, arrastra la pieza hasta la bocacalle. Vengan ustés y les enseñaré.

—No, no queremos ver nada: adelante en nuestro camino.

Tanto le azuzamos y con tanta obstinación cerramos nuestros oídos a sus historias, que al fin, aunque muy despacio, nos llevó por el Coso y el Mercado a la calle de la Hilarza, donde la persona a quien queríamos ver tenía su casa.

III

Pero, ¡ay!, don José de Montoria no estaba en ella, y nos fue preciso buscarle en los alrededores de la ciudad. Dos de mis compañeros, aburridos de tantas idas y venidas, se separaron de nosotros, aspirando a buscar con su propia iniciativa un acomodo militar o civil. Nos quedamos solos don Roque y un servidor, y así emprendimos con más desembarazo el viaje a la torre de nuestro amigo (llaman en Zaragoza *torres* a las casas de campo), situada a Poniente, lindando con el camino de Muela y a poca distancia de la Bernardona. Un paseo tan largo a pie y en ayunas no era lo más a propósito para nuestros fatigados cuerpos; pero la necesidad nos obligaba a tan inoportuno ejercicio, y por bien servidos nos dimos encontrando al deseado zaragozano y siendo objeto de su cordial hospitalidad.

Ocupábase Montoria cuando llegamos en talar los frondosos olivos de su finca, porque así lo exigía el plan de obras de defensa establecido por los jefes facultativos con motivo de la inminencia de un segundo sitio. Y no era sólo nuestro amigo el que por sus propias manos destruía sin piedad la hacienda heredada: todos los propietarios de los alrededores se ocupaban en la misma faena, y presidían los devastadores trabajos con tanta tranquilidad como si fuera un riego, un replanteo o una vendimia. Montoria nos dijo:

—En el primer sitio talé la heredad que tengo al lado allá de Huerva; pero este segundo asedio que se nos prepara dicen que será más terrible que aquél, a juzgar por el gran aparato de tropas que traen los franceses.

Contámosle la capitulación de Madrid, lo cual pareció causarle mucha pesadumbre, y como elogiáramos con exclamaciones hiperbólicas las ocurrencias de Zaragoza desde el 15 de junio al 14 de agosto, encogiose de hombros y contestó:

—Se ha hecho lo que se ha podido.

Acto continuo don Roque pasó a hacer elogios de mi personalidad, militar y civilmente considerada, y de tal modo se le fue la mano en este capítulo, que me hizo sonrojar, mayormente considerando que algunas de sus afirmaciones eran estupendas mentiras. Díjole primero que yo pertenecía a una de las alcurniadas familias de *la baja Andalucía, en tierra de Doñana,* y que había asistido al glorioso combate de Trafalgar en clase de guardia marina. Le dijo también que la Junta me había concedido un destino en el Perú, y que durante el sitio había hecho prodigios de valor en la puerta de los Pozos, siendo tanto mi ardor, que los franceses, después de la rendición, creyeron conveniente deshacerse de tan terrible enemigo, enviándome con otros patriotas a Francia. Añadió que mis ingeniosas invenciones habían proporcionado la fuga a los cuatro compañeros refugiados en Zaragoza, y puso fin a su panegírico asegurando que por mis cualidades personales era yo acreedor a las mayores distinciones.

Montoria en tanto me examinaba de pies a cabeza, y si llamaba su atención mi mal traer y las infinitas roturas de mi vestido, también debió advertir que éste era de los que usan las personas de calidad, revelando su finura, buen corte y aristocrático origen en medio de la multiplicidad abrumadora de sus desperfectos. Luego que me examinó, me dijo:

—¡Porra! No le podré afiliar a usted en la tercera escuadra de la segunda compañía de escopeteros de don Santiago Sas, de cuya compañía soy capitán; pero entrará en el cuerpo en que está mi hijo; y si no quiere usted, largo de Zaragoza, que aquí no se quiere gente haragana. Y a usted, don Roque amigo, puesto que no está para coger el fusil, ¡porra!, le haremos practicante de los hospitales del ejército.

Luego que esto oyó don Roque, expuso por medio de circunlocuciones retóricas y de graciosas elipsis la gran necesidad en que nos encontrábamos y lo bien que recibiríamos sendas magras y un par de panes cada uno. Entonces vimos que frunció el ceño el gran Montoria, mirándonos de un modo severo, lo cual nos hizo temblar, y parecionos que íbamos a ser despedidos por la osadía de pedir de comer. Balbucimos tímidas excusas, y entonces nuestro protector, con rostro encendido, nos habló así:

—¿Conque tienen hambre? ¡Porra, váyanse al demonio con cien mil pares de porras! ¿Y por qué no lo habían dicho? ¿Conque yo soy hombre capaz de consentir que los amigos tengan hambre, porra? Sepan que no me faltan diez docenas de jamones colgados en el techo de la despensa, ni veinte cubas de lo de

Rioja, sí señor; y tener hambre y no decírmelo en mi cara sin retruécanos, es ofender a un hombre como yo. Ea, muchachos, entrad adentro y mandad que frían obra de cuatro libras de lomo, y que estrellen dos docenas de huevos, y que maten seis gallinas, y saquen de la cueva siete jarros de vino, que yo también quiero almorzar. Vengan todos los vecinos, los trabajadores y mis hijos si están por ahí. Y ustedes, señores, prepárense a hacer penitencia conmigo. ¡Nada de melindres, porra! Comerán de lo que hay sin dengues ni boberías. Aquí no se usan cumplidos. Usted, señor don Roque, y usted, señor de Araceli, están en su casa hoy y mañana y siempre, ¡porra! José de Montoria es muy amigo de los amigos. Todo lo que tiene es de los amigos.

La brusca generosidad de aquel insigne varón nos tenía anonadados. Como recibiera muy mal los cumplimientos, resolvimos dejar a un lado el formulario artificioso de la Corte, y viérais allí cómo la llaneza más primitiva reinó durante el almuerzo.

—¿Qué, no come usted más? —me dijo don José—. Me parece que es usted un boquirrubio que se anda con enjuagues y finuras. A mí no me gusta eso, caballerito; me parece que me voy a enfadar y tendré que pegar palos para hacerles comer. Ea, despache usted este vaso de vino. ¿Acaso es mejor el de la Corte? Ni a cien leguas. Conque, ¡porra!, beba usted, ¡porra!, o nos veremos las caras.

Esto fue causa de que comiera y bebiera mucho más de lo que cabía en mi cuerpo; pero había necesidad de corresponder a la generosa franqueza de Montoria; y no era cosa de que por una indigestión más o menos se perdiera tan buena amistad.

Después del almuerzo siguieron los trabajos de tala, y el rico labrador los dirigía como si fuera una fiesta.

—Veremos —decía— si esta vez se atreven a atacar el castillo. ¿No ha visto usted las obras que hemos hecho? Menudo trabajo van a tener. Yo he dado doscientas sacas de lana, una friolera, y daré hasta el último mendrugo.

Cuando nos retirábamos a la ciudad, llevonos Montoria a examinar las obras defensivas que a la sazón se estaban construyendo en aquella parte occidental. Había en la puerta del Portillo una gran batería semicircular que enlazaba las tapias del convento de los Fecetas con las del de los Agustinos descalzos. Desde este edificio al de Trinitarios corría otra muralla recta, aspillerada en toda su extensión y con un buen reducto en el centro, todo resguardado por profundo foso que se abría hacia el famoso campo de las Eras o del Sepulcro, teatro de la heroica jornada del 15 de junio. Más al norte y hacia la puerta de Sancho, que da paso al pretil del Ebro, seguían las fortificaciones, terminando en otro baluarte. Todas estas obras, como hechas aprisa, aunque con inteligencia, no se distinguían por su solidez. Cualquier general enemigo, ignorante de los acontecimientos del primer sitio y de la inmensa estatura moral de los zaragozanos al ponerse detrás de aquellos montones de tierra, se habría reído de fortificaciones tan despreciables para un buen material de sitio; pero Dios ha dispuesto que alguien escape de vez en cuando a las leyes físicas establecidas por la guerra. Zaragoza, comparada con Amberes, Dantzig, Metz, Sebastopol, Cartagena, Gibraltar y otras célebres plazas fuertes, tomadas o no, era entonces una fortaleza de cartón. Y sin embargo...

IV

En su casa, Montoria se enfadó otra vez con don Roque y conmigo porque no quisimos admitir el dinero que nos ofrecía para nuestros primeros gastos en la ciudad; y aquí se repitieron los puñetazos en la mesa y la lluvia de *porras* y otras palabras que no cito; pero al fin llegamos a una transacción honrosa para ambas partes. Y ahora caigo en que me ocupo demasiado de hombre tan singular sin haber anticipado algunas observaciones acerca de su persona. Era don José un hombre de sesenta años, fuerte, colorado, rebosando salud, bienestar, contento de sí mismo, conformidad con la suerte y conciencia tranquila. Lo que le sobraba en patriarcales virtudes y en costumbres ejemplares y pacíficas (si es que esto puede estar de sobra en algún caso), faltábale en educación, es decir, en aquella educacion atildada y distinguida que entonces empezaban a recibir algunos hijos de familias ricas. Don José no conocía los artificios de la etiqueta, y por carácter y por costumbre era refractario a la mentira discreta y a los amables embustes que constituyen la base fundamental de la cortesía. Como él llevaba siempre el corazón en la mano, quería que asimismo lo llevasen los demás; y su bondad salvaje no toleraba las coqueterías frecuentemente falaces de la conversación fina. En los momentos de enojo era impetuoso y dejábase arrastrar a muy violentos extremos, de que por lo general se arrepentía más tarde.

En él no había disimulo y tenía las grandes virtudes cristianas en crudo y sin pulimento, como un macizo canto del más hermoso mármol, donde el cincel no ha trazado una raya siquiera. Era preciso saberlo entender, cediendo a sus excentricidades, si bien en rigor no debe llamarse excéntrico el que tanto se parecía a la generalidad de sus paisanos. No ocultar jamás lo que sentía era su norte, y si bien esto le ocasionaba algunas molestias en el curso de la vida ordinaria y en asuntos de poca monta, era tesoro inapreciable siempre que se tratase con él un negocio grave, porque puesta a la vista toda su alma, no había que temer malicia alguna. Perdonaba las ofensas, agradecía los beneficios y daba gran parte de sus cuantiosos bienes a los menesterosos.

Vestía con aseo; comía abundantemente, ayunando con todo escrúpulo la Cuaresma entera, y amaba a la Virgen del Pilar con fanático amor de familia. Su lenguaje no era, según se ha visto, modelo de comedimiento, y él mismo confesaba como el mayor de sus defectos lo de soltar a todas horas *porra* y más *porra,* sin que viniese al caso; pero más de una vez le oí decir que, conocedor de la falta, no la podía remediar, porque aquello de las *porras* le salía de la boca sin que él mismo se diera cuenta de lo que hablaba.

Tenía mujer y tres hijos. Era aquella doña Leocadia Sarriera, navarra de origen. De los vástagos, el mayor y la hembra estaban casados y habían dado a los viejos algunos nietos. El más pequeño de los hijos llamábase Agustín y era destinado a la Iglesia, como su tío, del mismo nombre, arcediano de la Seo. A todos les conocí en el mismo día, y eran la mejor gente del mundo. Fui tratado con tanto miramiento, que me tenía absorto su generosidad, y si me conocieran desde el nacer no habrían sido más rumbosos. Sus obsequios, espontáneamente sugeridos por corazones generosos, me llegaban al alma, y como yo siempre he sido fácil en dejarme querer, les correspondí desde el principio con muy sincero afecto.

—Señor don Roque —dije aquella noche a mi compañero cuando nos acostábamos en el cuarto que nos destinaron—, yo jamás he visto gente como esta. ¿Son así todos los aragoneses?

—Hay de todo —me respondió—, pero hombres de la madera de don José de Montoria, y familias como esta familia abundan mucho en esta tierra de Aragón.

Al siguiente día nos ocupamos en mi alistamiento. La decisión de aquella gente me entusiasmaba de tal modo, que nada me parecía tan honroso como seguir tras ella, aunque fuera a distancia, husmeando su rastro de gloria. Ninguno de ustedes ignora que en aquellos días Zaragoza y los zaragozanos habían adquirido un renombre fabuloso; que sus hazañas enardecían las imaginaciones, y que todo lo referente al sitio famoso de la inmortal ciudad, tomaba en boca de los narradores las proporciones y el colorido de una leyenda de los tiempos heroicos. Con la distancia, las acciones de los zaragozanos adquirían dimensiones mayores aún, y en Inglaterra y en Alemania, donde les consideraban como los numantinos de los tiempos modernos, aquellos paisanos medio desnudos, con alpargatas en los pies y un pañizuelo enrollado en la cabeza, eran figuras de coturno. —«Capitulad y os vestiremos»— decían los franceses en el primer sitio, admirados de la constancia de unos pobres aldeanos vestidos con harapos. —«No sabemos rendirnos —contestaban—, y nuestras carnes sólo se cubren de gloria».

Pero volvamos a lo de mi alistamiento. Era un obstáculo para éste el manifiesto de Palafox de 13 de diciembre, en que ordenaba la expulsión de forasteros, mandándoles salir en el término de veinticuatro horas, acuerdo tomado en razón de la mucha gente que iba a alborotar, sembrando discordias y desavenencias; pero precisamente en los días de mi llegada se publicó otra proclama llamando a los soldados dispersos del ejército del Centro, desbaratado en Tudela, y en esto hallé una buena coyuntura para afiliarme, pues aunque no pertenecí a dicho ejército, había concurrido a la defensa de Madrid y a la batalla de Bailén, razones que, con el apoyo de mi protector Montoria, me valieron el ingreso en las huestes zaragozanas. Diéronme un puesto en el batallón de voluntarios de las Peñas de San Pedro, bastante mermado en el primer sitio, y recibí un uniforme y un fusil. No formé, como había dicho mi protector, en las filas de mosén Santiago Sas, fogoso clérigo, puesto al frente de un batallón de escopeteros, porque esta valiente partida se componía exclusivamente de vecinos de la parroquia de San Pablo. Tampoco querían gente moza en su batallón, por cuya causa ni el mismo hijo de don José de Montoria, Agustín Montoria, pudo servir a las órdenes de Sas, y se afilió como yo en el batallón de las Peñas de San Pedro. La suerte me deparaba un buen compañero y un excelente amigo.

Desde el día de mi llegada, oí hablar de la aproximación del ejército francés, pero esto no fue un hecho incontrovertible hasta el 20. Por la tarde una división llegó a Zuera, en la orilla izquierda, para amenazar el arrabal; otra, mandada por Suchet, acampó en la derecha sobre San Lamberto. Moncey, que era el general en jefe, situose con tres divisiones hacia el Canal y en las inmediaciones de la Huerva. Cuarenta mil hombres nos cercaban.

Sabido es que, impacientes por vencernos, los franceses comenzaron sus operaciones el 21 desde muy temprano, embistiendo con gran furor y simultáneamente el monte Torrero y el arrabal de la izquierda del Ebro, puntos sin cuya posesión era excusado pensar en someter la valerosa ciudad; pero si bien tuvimos que abandonar a Torrero, por ser peligrosa su defensa, en el arrabal desplegó Zaragoza tanto y tan temerario arrojo, que es aquel día uno de los más brillantes de su brillantísima historia.

Desde las cuatro de la madrugada el batallón de las Peñas de San Pedro fue destinado a guarnecer el frente de fortificaciones desde Santa Engracia hasta el convento de Trinitarios, línea que me pareció la menos endeble en todo el circuito de la ciudad. A espaldas de Santa Engracia estaba la batería de los Mártires: corría luego la tapia aspillerada hasta el puente de la Huerva, defendido por un reducto; desviábase luego hacia Poniente, formando un ángulo obtuso y enlazándose con otro reducto levantado en la torre del Pino, seguía casi en línea recta hasta el convento de Trinitarios, dejando dentro la puerta del Carmen. El que haya visto a Zaragoza comprenderá perfectamente mi ligera descripción, pues todavía existen las ruinas de Santa Engracia, y la puerta del Carmen ostenta aún, no lejos de la Glorieta, su despedazado umbral y sus sillares carcomidos.

Estábamos, como he dicho, guarneciendo la extensión descrita, y parte de los soldados teníamos nuestro vivac en una huerta inmediata al colegio del Carmen. Agustín Montoria y yo no nos separábamos, porque su apacible carácter, el afecto que me mostró desde que nos conocimos y cierta conformidad, cierta armonía inexplicable en nuestras ideas, me hacían muy agradable su compañía. Era él un joven de hermosísima figura, con ojos grandes y vivos, despejada frente y cierta gravedad melancólica en su fisonomía. Su corazón, como el del padre, estaba lleno de aquella generosidad que se desbordaba al menor impulso; pero tenía sobre él la ventaja de no lastimar al favorecido, porque la educación le había quitado gran parte de la rudeza nacional. Agustín entraba en la edad viril con la firmeza y la seguridad de un corazón lleno, de un entendimiento rico y no gastado, de un alma vigorosa y sana, a la cual no faltaban sino ancho mundo, ancho espacio para producir bondades sin cuento. Estas cualidades eran realzadas por una imaginación brillante, pero de vuelo seguro y derecho, no parecida a la de nuestros modernos geniecillos, que las más de las veces ignoran por dónde van, sino serena y majestuosa, como educada en la gran escuela de los latinos.

Aunque con gran inclinación a la poesía (pues Agustín era poeta), había aprendido la ciencia teológica, descollando en ella como en todo. Los padres del Seminario, que eran hombres bastante sabios y muy cariñosos con la juventud, le tenían por un prodigio en las letras humanas y en las divinas, y se congratulaban de verle con un pie dentro de la Iglesia docente. La familia de Montoria no cabía en sí de gozo y esperaba el día de la primera misa como el santo advenimiento.

Sin embargo (me veo obligado a decirlo desde el principio), Agustín no tenía vocación para la Iglesia. Su familia, lo mismo que los buenos padres del Seminario, no lo comprendían así, ni lo comprendieran aunque bajara a decírselo el Espíritu Santo en persona. El precoz teólogo, el humanista, que tenía a Horacio en las puntas de los dedos, el dialéctico, que en los ejercicios semanales dejaba atónitos a los padres con la intelectual gimnasia de la ciencia escolástica, no tenía más vocación para el sacerdocio que la que tuvo Mozart para la guerra, Rafael para las matemáticas o Napoleón para el baile.

V

—Gabriel —me decía aquella mañana—, ¿tienes ganas de batirte?

—Agustín, ¿tienes tú ganas de batirte? —le respondí. (Como se ve, nos tuteábamos a los tres días de conocernos.)

—No muchas —dijo—. Figúrate que la primera bala nos matara...

—Moriríamos por la patria, por Zaragoza, y aunque la posteridad no se acordara de nosotros, siempre es un honor caer en el campo de batalla por una causa como esta.

—Dices bien —repuso con tristeza—; pero es una lástima morir. Somos jóvenes. ¿Quién sabe lo que nos está destinado en la vida?

—La vida es una miseria, y para lo que vale, mejor es no pensar en ella.

—Eso que lo digan los viejos; pero no nosotros, que empezamos a vivir. Francamente, yo no quisiera ser muerto en este terrible cerco que nos han puesto los franceses. En el otro sitio también tomamos las armas todos los alumnos del Seminario, y te confieso que estaba yo más valiente que ahora. Un fuego particular enardecía mi sangre y me lanzaba a los puestos de mayor peligro sin temer la muerte. Hoy no me pasa lo mismo: estoy medroso y el disparo de un fusil me hace estremecer.

—Eso es natural —contesté—. El miedo no existe cuando no se conoce el peligro. Por eso dicen que los más valientes soldados son los bisoños.

—No es nada de eso. Francamente, Gabriel, te confieso que

esto de morir sin más ni más me sabe muy mal. Por si muero, voy a hacerte un encargo, que espero cumplirás con la solicitud de un buen amigo. Atiende bien a lo que te digo. ¿Ves aquella torre que se inclina de un lado y parece alongarse hacia acá para ver lo que aquí pasa u oír lo que estamos diciendo?

—La Torre Nueva. Ya la veo; ¿qué encargo me vas a dar para esa señora?

Amanecía y entre los irregulares tejados de la ciudad, entre las espadañas, minaretes, miradores y cimborrios de las iglesias, se destacaba la Torre Nueva, siempre *vieja* y nunca derecha.

—Pues oye bien —continuó Agustín—. Si me matan a los primeros tiros en este día que ahora comienza, cuando acabe la acción y rompan filas, te vas allá...

—¿A la Torre Nueva? Llego, subo...

—No, hombre, subir no. Te diré: llegas a la plaza de San Felipe, donde está la Torre... Mira hacia allá: ¿ves que junto a la gran mole hay otra torre, un campanario pequeñito? Parece un monaguillo delante del señor canónigo, que es la torre grande.

—Sí, ya veo el monaguillo. Y si no me engaño, es el campanario de San Felipe. Y ahora toca el maldito.

—A misa, está tocando a misa —dijo Agustín con grande emoción—. ¿No oyes el esquilón rajado?

—Pues bien, sepamos lo que tengo que decir a ese señor monaguillo que toca el esquilón rajado.

—No, no es nada de eso. Llegas a la plaza de San Felipe. Si miras al campanario, verás que está en una esquina; de esta esquina parte una calle angosta; entras por ella, y a la izquierda encontrarás al poco trecho otra calle angosta y retirada, que se llama de Antón Trillo. Sigues por ella hasta llegar a espaldas de la iglesia. Allí verás una casa: te paras.

—Y luego me vuelvo.

—No: junto a la casa de que te hablo hay una huerta, con un portalón pintado de color de chocolate. Te paras allí...

—Me paro allí, y allí me estoy.

—No hombre: verás...

—Estás más blanco que la camisa, Agustinillo. ¿Qué significan esas torres y esas paradas?

—Significan —continuó mi amigo con más embarazo cada vez—, que en cuanto estés allí... Te advierto que debes ir de noche... Bueno; llegas, te paras, aguardas un poquito, luego pasas a la acera de enfrente, alargas el cuello y verás por sobre la tapia de la huerta una ventana. Coges una piedrecita y la tiras contra los vidrios de modo que no haga mucho ruido.

—Y enseguida saldrá ella.

—No, hombre; ten paciencia. ¿Qué sabes tú si saldrá o no saldrá?

—Bueno: pongamos que sale.

—Antes te diré otra cosa; y es que allí vive el tío Candiola. ¿Tú sabes quién es el tío Candiola? Pues es un vecino de Zaragoza, hombre que, según dicen, tiene en su casa un sótano lleno de dinero. Es avaro y usurero y cuando presta saca las entrañas. Sabe de leyes y moratorias y ejecuciones más que todo el Consejo y Cámara de Castilla. El que se mete en pleito con él está perdido. Es riquísimo.

—De modo que la casa del portalón pintado de color de chocolate será un magnífico palacio.

—Nada de eso: verás una casa miserable, que parece se está cayendo. Te digo que el tío Candiola es avaro. No gasta un real aunque lo fusilen, y si le vieras por ahí le darías una limosna. Te diré otra cosa, y es que en Zaragoza nadie le puede ver, y le llaman tío Candiola por mofa y desprecio de su persona. Su nombre es don Jerónimo de Candiola, natural de Mallorca, si no me engaño.

—Y ese tío Candiola tiene una hija.

—Hombre, espera. ¡Qué impaciente eres! ¿Qué sabes tú si tiene o no tiene una hija? —me dijo, disimulando con estas evasivas su turbación—. Pues, como te iba contando, el tío Candiola es muy aborrecido en la ciudad por su gran avaricia y mal corazón. A muchos pobres ha metido en la cárcel después de arruinarlos. Además, en el otro sitio no dio un cuarto para la guerra, ni tomó las armas, ni recibió heridos en su casa, ni le pudieron sacar una peseta; y como un día dijera que a él lo mismo le daba Juan que Pedro, estuvo a punto de ser arrastrado por los patriotas.

—Pues es una buena pieza el hombre de la casa de la huerta del portalón de chocolate. ¿Y si cuando arroje la piedra a la ventana, sale el tío Candiola con un garrote y me da una solfa por hacerle chicoleos a su hija?

—No seas bestia y calla. ¿No sabes que desde que oscurece, Candiola se encierra en un cuarto subterráneo y se está contando su dinero hasta más de media noche? ¡Bah! Ahora va él a ocuparse... Los vecinos dicen que sienten un cierto rumorcillo o sonsonete como si estuvieran vaciando sacos de onzas.

—Bien; llego, arrojo la piedra, espero, ella sale y le digo...

—Le dices que he muerto... no, no seas bárbaro. Le das este escapulario... no, le dices... no, más vale que no le digas nada.

—Entonces le daré el escapulario.

—Tampoco: no le lleves el escapulario.

—Ya, ya comprendo. Luego que salga, le daré las buenas noches y me marcharé cantando *La Virgen del Pilar dice...*

—No: es preciso que sepa mi muerte. Tú haz lo que yo te mando.

—Pero si no me mandas nada.

—¿Pero qué prisa tienes? Deja tú. Todavía puede ser que no me maten.

—Ya. ¡Cuánto ruido para nada!

—Es que me pasa una cosa, Gabriel, y te la diré francamente. Tenía muchos, muchísimos deseos de confiarte este secreto que se me sale del pecho. ¿A quién lo había de revelar sino a ti, que eres mi amigo? Si no te lo dijera, me reventaría el corazón como una granada. Tengo mucho miedo a decirlo de noche en sueños, y por este temor no duermo. Si mi padre, mi madre o mi hermano lo supieran, me matarían.

—¿Y los padres del Seminario?

—No nombres a los padres. Verás: te contaré lo que me ha pasado. ¿Conoces al padre Rincón? Pues el padre Rincón me quiere mucho y todas las tardes me sacaba a paseo por la ribera o hacia Torrero o camino de Juslibol. Hablábamos de teología y de letras humanas. Rincón es tan entusiasta del gran poeta Horacio, que suele decir: «Es lástima que ese hombre no haya sido cristiano para canonizarlo.» Lleva siempre consigo un pequeño Elzevirius, a quien ama más que a las niñas de sus ojos, y cuando nos cansamos en el paseo, él se sienta, lee y entre los dos hacemos los comentarios que se nos ocurren... Bueno... ahora te diré que el padre Rincón era pariente de doña María Rincón, difunta esposa de Candiola, y que éste tiene una heredad en el camino de Monzalbarba, con una *torre* miserable, más parecida a cabaña que a *torre,* pero rodeada de frondosos árboles y con deliciosas vistas al Ebro. Una tarde, después que leímos el *Quis multa gracilis te puer in rosa,* mi maestro quiso visitar a su pariente Fuimos allá, entramos en la huerta y Candiola no estaba. Pero nos salió al encuentro su hija, y Rincón le dijo: —Mariquilla, da unos melocotones a este joven y saca para mí una copita de lo que sabes.

—¿Y es guapa Mariquilla?

—No preguntes eso. ¿Que si es guapa? Verás... El padre Rincón le tomó la barba, y haciéndole volver la cara hacia mí, me dijo: —«Agustín, confiesa que en tu vida has visto una cara más linda que esta. Mira qué ojos de fuego, qué boca de ángel y qué pedazo de cielo por frente.» Yo temblaba, y Mariquilla, con el rostro encendido como la grana, se reía. Luego Rincón continuó diciendo: —«A ti que eres un futuro padre de la Iglesia, y un joven ejemplar, sin otra pasión que la de los libros, se te puede enseñar esta divinidad. Joven, admira aquí las obras admirables del Supremo Creador. Observa la expresión de ese rostro, la dulzura de esas miradas, la gracia de esa sonrisa, el frescor de esa boca, la suavidad de esa tez, la elegancia de ese cuerpo, y confiesa que si es hermoso el cielo, y la flor, y las montañas, y la luz, todas las creaciones de Dios se oscurecen al lado de la mujer, la más perfecta y acabada hechura de las inmortales manos.» Esto me dijo mi maestro, y yo, mudo y atónito, no cesaba de contemplar aquella obra maestra, que era sin disputa mejor que la *Eneida.* No puedo explicarte lo que sentí. Figúrate que el Ebro, ese gran rio que baja desde Fontibre hasta dar en el mar por los Alfaques, se detuviera de improviso en su curso y empezase a correr hacia arriba, volviendo a las Asturias de Santillana: pues una cosa así pasó en mi espíritu. Yo mismo me asombraba de ver cómo todas mis ideas se detuvieron en su curso sosegado y volvieron atrás, echando no sé por qué nuevos caminos. Te digo que estaba asombrado y lo estoy todavía. Mirándola sin saciar nunca la ansiedad tanto de mi alma como de mis ojos, yo me decía: —«La amo de un modo extraordinario. ¿Cómo es que hasta ahora no había caído en ello?» Yo no había visto a Mariquilla hasta aquel momento.

—¿Y los melocotones?

—Mariquilla estaba tan turbada delante de mí como yo delante de ella. El padre Rincón se puso a hablar con el hortelano sobre los desperfectos que habían hecho en la finca los franceses (pues esto pasaba a principios de septiembre, un mes después de levantado el primer sitio), y Mariquilla y yo nos quedamos solos. ¡Solos! Mi primer impulso fue echar a correr, y ella, según me ha dicho, también sintió lo mismo. Pero ni ella ni yo corrimos, sino que nos quedamos allí. De pronto sentí una grande y extraña energía en mi cerebro. Rompiendo el silencio, comencé a hablar con ella: dijimos varias cosas indiferentes al principio; pero a mí me ocurrían pensamientos que, según mi entender, sobresalían de lo vulgar, y todos, todos los dije. Mariquilla me respondía poco; pero sus ojos eran más elocuentes que cuanto yo le estaba diciendo. Al fin llamonos el padre Rincón y nos marchamos. Me despedí de ella, y en voz baja le dije que pronto nos volveríamos a ver. Volvimos a Zaragoza. ¡Ay! Por el camino los árboles, el Ebro, las cúpulas del Pilar, los campanarios de Zaragoza, los transeúntes, las casas, las tapias de las huertas, el suelo, el rumor del viento, los perros del camino, todo me parecía distinto; todo, cielo y tierra habían cambiado. Mi buen maestro volvió a leer a Horacio, y yo dije que Horacio no valía nada. Me quiso comer y amenazome con retirarme su amistad. Yo elogié a Virgilio con entusiasmo, y repetí aquellos versos

Est mollis flamma medullas
interea, et tacitum vivit sub pectore vulnus.

—Eso pasó a principios de septiembre —le dije—. ¿Y de entonces acá?

—Desde aquel día ha empezado para mí la nueva vida. Comenzó por una inquietud ardiente que me quitaba el sueño, haciéndome aborrecible todo lo que no fuera Mariquilla. La propia casa paterna me era odiosa y, vagando por los alrededores de Zaragoza sin compañía alguna, buscaba en la soledad la paz de mi espíritu. Aborrecí el colegio, los libros todos y la Teología, y cuando llegó octubre y me querían obligar a vivir encerrado en la santa casa, me fingí enfermo para quedarme en la mía. Gracias a la guerra, que a todos nos ha hecho soldados, puedo vivir libremente, salir a todas horas, incluso de noche, y verla y hablarle con frecuencia. Voy a su casa, hago la seña convenida, baja, abre una ventana con reja y hablamos largas horas. Los transeúntes pasan; pero como estoy embozado en mi capa hasta los ojos, con esto y la oscuridad de la noche nadie me conoce. Por eso los muchachos del pueblo se preguntan unos a otros: «¿Quién será el novio de la Candiola?» De algunas noches a esta parte, recelando que nos descubran, hemos suprimido la conversación por la reja; María baja, abre el portalón de la huerta y entro. Nadie puede descubrirnos, porque don Jerónimo, creyéndola acostada, se retira a su cuarto a contar el dinero, y la criada vieja, única que hay en la casa, nos protege. Solos en la huerta, nos sentamos en una escalera de piedra que allí existe, y al través de las ramas de un álamo negro y corpulento, vemos a pedacitos la claridad de la luna. En aquel silencio majestuoso, nuestras almas comprenden lo divino, y sentimos con un sentimiento inmenso, que no puede expresarse por el lenguaje. Nuestra felicidad es tan grande, que a veces es un tormento vivísimo; y si hay momentos en que uno desearía centuplicarse, también los hay en que uno desearía no existir. Pasamos allí largas horas. Anteanoche estuve hasta cerca del día, pues como mis padres me creen en el cuerpo de guardia, no tengo prisa por retirarme. Cuando principiaba a clarear la aurora, nos despedimos. Por encima de la tapia de la huerta se ven los techos de las casas inmediatas y el pico de la Torre Nueva. María, señalándole, me dijo:

—Cuando esa torre se ponga derecha, dejaré de quererte.

No dijo más Agustín, porque sonó un cañonazo del lado de Monte Torrero, y ambos volvimos hacia allá la vista.

VI

Los franceses habían embestido con gran empeño las posiciones fortificadas de Torrero. Defendían éstas diez mil hombres, mandados por don Felipe Saint-March y por O'Neille, ambos generales de mucho mérito. Los voluntarios de Borbón, de Castilla, del Campo Segorbino, de Alicante y el provincial de Soria; los cazadores de Fernando VII, el regimiento de Murcia y otros cuerpos que no recuerdo, rompieron el fuego. Desde el reducto de los Mártires vimos el principio de la acción y las columnas francesas que corrían a lo largo del Canal para flanquear a Torrero. Duró gran rato el fuego de fusilería; mas la lucha no podía prolongarse mucho tiempo, porque aquel punto no se prestaba a una defensa enérgica, sin la ocupación y fortificación de otros inmediatos, como Buenavista, Casa Blanca y el cajero del Canal. Sin embargo, nuestras tropas no se retiraron sino muy tarde y con el mayor orden, volando el puente de América y trayéndose todas las piezas, menos una, que había sido desmontada por el fuego enemigo.

Entre tanto sentíamos fuertísimo estruendo que resonaba a lo lejos, y como por allí casi había cesado el fuego, supusimos trabada otra acción en el arrabal.

—Allá está el brigadier don José Manso —me dijo Agustín—, con el regimiento suizo de Aragón, que manda don Adriano Walker, los voluntarios de Huesca, de que es jefe don Pedro Villacampa, los voluntarios de Cataluña y otros valientes cuerpos. ¡Y nosotros aquí, mano sobre mano! Por este lado parece que ha concluido. Los franceses se contentarán hoy con la conquista de Torrero.

—O yo me engaño mucho —repuse—, o ahora van a atacar a San José.

Todos miramos al punto indicado, edificio de grandes dimensiones, que se alzaba a nuestra izquierda, separado de Puerta Quemada por la hondonada de la Huerva.

—Allí está Renovales —indicó Agustín—, el valiente don Mariano Renovales, que tanto se distinguió en el otro sitio, y manda ahora los cazadores de Orihuela y de Valencia.

En nuestra posición todo estaba preparado para una defensa enérgica. En el reducto del Pilar, en la batería de los Mártires, en la torre del Pino, lo mismo que en Trinitarios, los artilleros aguardaban con mecha encendida, y los de infantería escogíamos tras los parapetos las posiciones que nos parecían más seguras para hacer fuego, si alguna columna intentaba asaltarnos. Se sentía mucho frío, y los más tiritábamos. Alguien hubiera creído que era de miedo; pero no, era de frío, y quien dijese lo contrario, miente.

No tardó en verificarse el movimiento que yo había previsto, y el convento de San José fue atacado por una fuerte columna de infantería francesa, mejor dicho, fue objeto de una tentativa de ataque o más bien sorpresa. Al parecer, los enemigos tenían mala memoria y en tres meses se les había olvidado que las sorpresas eran imposibles en Zaragoza. Llegaron, sin embargo, con mucha confianza hasta tiro de fusil, y sin duda aquellos desgraciados creían que sólo con verlos caerían muertos de miedo nuestros guerreros. Los pobrecitos acababan de llegar de la Silesia y no sabían qué clase de guerra era la de España. Además, como ganaran a Torrero con tan poco trabajo, creyéronse en disposición de tragarse el mundo. Ello es que avanzaban, como he dicho, sin que San José hiciera demostración alguna, hasta que hallándose a tiro de fusil o poco menos, vomitaron de improviso tan espantoso fuego las troneras y aspilleras de aquel edificio, que mis bravos franceses tomaron soleta con precipitación. Bastantes, sin embargo, quedaron tendidos, y al ver este desenlace de su valentía, los que contemplábamos el lance desde la batería de los Mártires, prorrumpimos en exclamaciones, gritos y palmadas. De este modo celebra el feroz soldado en la guerra la muerte de sus semejantes, y el que siente instintiva compasión al matar un conejo en una cacería, salta de júbilo viendo caer centenares de hombres robustos, jóvenes y alegres que, después de todo, no han hecho mal a nadie.

Tal fue el ataque de San José; una intentona rápidamente castigada. Desde entonces debieron comprender los franceses que si se abandonó a Torrero fue por cálculo y no por flaqueza. Sola, aislada, desamparada, sin baluartes exteriores, sin fuertes ni castillos, Zaragoza alzaba de nuevo sus murallas de tierra, sus baluartes de ladrillos crudos, sus torreones de barro amasado la víspera para defenderse otra vez contra los primeros soldados, la primera artillería y los primeros ingenieros del mundo. Grande aparato de gente, formidables máquinas, enormes cantidades de pólvora, preparativos científicos y materiales, la fuerza y la inteligencia en todo su esplendor, traen los invasores para atacar el recinto fortificado que parece juego de muchachos, y aun así es poco. Todo sucumbe y se reduce a polvo ante aquellas tapias que se derriban de una patada. Pero detrás de esta deleznable defensa material está el acero de las almas aragonesas, que no se rompe, ni se dobla, ni se funde, ni se hiende, ni se oxida, y circunda todo el recinto como una barra indestructible por los medios humanos.

La campana de la Torre Nueva suena con clamor de alarma. Cuando esta campana da al viento su lúgubre tañido, la ciudad está en peligro y necesita de todos sus hijos. ¿Qué será? ¿Qué pasa? ¿Qué hay?

—En el arrabal —dijo Agustín— debe andar mala la cosa.

—Mientras nos atacan por aquí para entretener mucha gente de este lado, embisten también por la otra parte del río.

—Lo mismo fue en el primer sitio.

—¡Al arrabal, al arrabal!

Y cuando decíamos esto, la línea francesa nos envió algunas balas rasas para indicarnos que teníamos que permanecer allí. Felizmente Zaragoza tenía bastante gente en su recinto y podía acudir con facilidad a todas partes. Mi batallón abandonó la cortina de Santa Engracia y púsose en marcha hacia el Coso. Ignorábamos a dónde se nos conducía; pero era probable que nos llevaran al arrabal. Las calles estaban llenas de gente. Los ancianos, las mujeres, salían impulsados por la curiosidad, queriendo ver de cerca los puntos de peligro, ya que no les era posible situarse en el peligro mismo. Las calles de San Gil, de San Pedro y la Cuchillería (*), que son camino para el puente, estaban casi intransitables; inmensa multitud de mujeres las cruzaba, marchando todas aprisa en dirección al Pilar y a la Seo. El estrépito del lejano cañón más bien animaba que entristecía al fervoroso pueblo, y todo era gritar disputándose el paso para llegar más pronto. En la plaza de la Seo vi la caballería, que con el gran gentío casi obstruía la salida del puente, lo cual obligó a mi batallón a buscar más fácil salida por otra parte. Cuando pasamos por delante del pórtico de este santuario, sentimos desde fuera el clamor de las plegarias con que todas las mujeres

(*) Esta calle, unida a las de San Pedro y la Cuchillería, se llama hoy de don Jaime I.

de la ciudad imploraban a la santa patrona. Los pocos hombres que querían penetrar en el templo eran expulsados por ellas.

Salimos a la orilla del río por junto a San Juan de los Panetes y nos situaron en el malecón esperando órdenes. Enfrente y al otro lado del río se divisaba el campo de batalla. Veíase en primer término la arboleda de Macanaz; más allá y junto al puente el pequeño monasterio de Altabás; más allá el de San Lázaro, y a continuación el de Jesús. Detrás de esta decoración, reflejada en las aguas del gran río, la vista distinguía un fuego horroroso, un cruzamiento interminable de trayectorias, un estrépito ronco, de las voces del cañón y de humanos gritos formado, y densas nubes de humo que se renovaban sin cesar y corrían a confundirse con las del cielo. Todos los parapetos de aquel sitio estaban construidos con ladrillos de los cercanos tejares, formando con el barro y la tierra de los hornos una masa rojiza. Creeríase que la tierra estaba amasada con sangre.

Los franceses tenían su frente desde el camino de Barcelona al de Juslibol, más allá de los tejares y de las huertas que hay a mano izquierda de la segunda de aquellas dos vías. Desde las doce habían atacado con furia nuestras trincheras, internándose por el camino de Barcelona y desafiando con impetuoso arrojo los fuegos cruzados de San Lázaro y del sitio llamado el Macelo. Consistía su empeño en tomar por audaces golpes de mano las baterías, y esta tenacidad produjo una verdadera hecatombe. Caían muchísimos; clareábanse las filas y, llenadas al instante por otros, repetían la embestida. A veces llegaban hasta tocar los parapetos, y mil luchas individuales acrecían el horror de la escena. Iban delante los jefes blandiendo sus sables, como hombres desesperados que han hecho cuestión de honor el morir ante un montón de ladrillos, y en aquella destrucción espantosa que arrancaba a la vida centenares de hombres en un minuto, desaparecían, arrojados por el suelo el soldado y el sargento y el alférez y el capitán y el coronel. Era una verdadera lucha entre dos pueblos, y mientras los furores del primer sitio inflamaban los corazones de los nuestros, venían los franceses frenéticos, sedientos de venganza, con toda la saña del hombre ofendido, peor acaso que la del guerrero.

Precisamente este prematuro encarnizamiento les perdió. Debieron principiar batiendo cachazudamente con su artillería nuestras obras; debieron conservar la serenidad que exige un sitio y no desplegar guerrillas contra posiciones defendidas por gente como la que habían tenido ocasión de tratar el 15 de julio y el 4 de agosto; debieron haber reprimido aquel sentimiento de desprecio hacia las fuerzas del enemigo, sentimiento que ha sido siempre su mala estrella, lo mismo en la guerra de España que en la moderna contra Prusia; debieron haber puesto en ejecución un plan calmoso, que produjera en el sitiado antes el fastidio que la exaltación. Es seguro que de traer consigo la mente pensadora de su inmortal jefe, que vencía casi siempre con su lógica admirable lo mismo que con sus cañones, habrían empleado en el sitio de Zaragoza no poco del conocimiento del corazón humano, sin cuyo estudio la guerra, la brutal guerra, ¡parece mentira!, no es más que una carnicería salvaje. Napoleón, con su penetración extraordinaria, hubiera comprendido el carácter zaragozano y se habría abstenido de lanzar contra él columnas descubiertas, haciendo alarde de valor personal. Esta es una cualidad de difícil y peligroso empleo, sobre todo delante de gentes que se baten por un ideal, no por un ídolo.

No me extenderé en pormenores sobre esta espantosa acción del 21 de diciembre, una de las más gloriosas del segundo sitio de la capital de Aragón. Sobre que no la presencié de cerca, y sólo podría dar cuenta de ella por lo que me contaron, me mueve a no ser prolijo la circunstancia de que son tantos y tan interesantes los encuentros que más adelante habré de narrar, que conviene cierta sobriedad en la descripción de estos sangrientos choques. Baste saber por ahora, que los franceses, al caer de la tarde, creyeron oportuno desistir de su empeño, y que se retiraron dejando el campo cubierto de cadáveres. Era la ocasión muy oportuna para perseguirlos con la caballería; pero después de una breve discusión, según se dijo, acordaron los jefes no arriesgarse en una salida que podía ser peligrosa.

VII

Llegada la noche y cuando parte de nuestras tropas se replegaron a la ciudad, todo el pueblo corrió hacia el arrabal para contemplar de cerca el campo de batalla, ver los destrozos hechos por el fuego, contar los muertos y regocijar la imaginación, representándose una por una las heroicas escenas. La animación, el movimiento y bulla hacia aquella parte de la ciudad eran inmensas. Por un lado grupos de soldados cantando con febril alegría; por otro las cuadrillas de personas piadosas que transportaban a sus casas los heridos, y en todas partes una general satisfacción, que se mostraba en los diálogos vivos, en las preguntas, en las exclamaciones jactanciosas y con lágrimas y risas, mezclando la jovialidad al entusiasmo.

Serían las nueve cuando rompimos filas los de mi batallón, porque faltos de acuartelamiento, se nos permitía dejar el puesto por algunas horas, siempre que no había peligro. Corrimos Agustín y yo hacia el Pilar, donde se agolpaba un gentío inmenso, y entramos difícilmente. Quedeme sorprendido al ver cómo forcejeaban unas contra otras las personas allí reunidas, para acercarse a la capilla en que mora la Virgen del Pilar. Los rezos, las plegarias y las demostraciones de agradecimiento formaban un conjunto que no se parecía a los rezos de ninguna clase de fieles. Más que rezo era un hablar continuo, mezclado de sollozos, gritos, palabras tiernísimas y otros de íntima e ingenua confianza, como suele usarlas el pueblo español con los santos que le son queridos. Caían de rodillas, besaban el suelo, se asían a las rejas de la capilla, se dirigían a la santa imagen, llamándola con los nombres más familiares y más patéticos del lenguaje. Los que por la aglomeración de la gente no podían acercarse, hablábanle desde lejos, agitando sus brazos. Allí no había sacristanes que prohibieran los modales descompuestos y los gritos irreverentes, porque éstos y aquéllos eran hijos del desbordamiento de la devoción, semejante a un delirio. Faltaba el silencio solemne de los lugares sagrados, y todos estaban allí como en su casa; como si la casa de la Virgen querida, la madre, ama y reina de los zaragozanos, fuese también la casa de sus hijos, siervos y súbditos.

Asombrado de aquel fervor, a quien la familiaridad hacía más interesante, pugné por abrirme paso hasta la reja, y vi la célebre imagen. ¿Quién no la ha visto, quién no la conoce al menos por las innumerables esculturas y estampas que la han reproducido hasta lo infinito de un extremo a otro de la Península? A la izquierda del pequeño altar que se alza en el fondo de la capilla, dentro de un nicho adornado con lujo oriental, estaba entonces como ahora la pequeña escultura. Gran profusión de velas de cera la alumbraban, y las piedras preciosas pegadas a su vestido y corona, despiden deslumbradores reflejos. Brillan el oro y los diamantes en el cerquillo de su rostro, en la ajorca de su pecho, en los anillos de sus manos. Una criatura viva rendiríase sin duda al peso de tan gran tesoro. El vestido sin pliegues, rígido y estirado de arriba abajo como una funda, deja asomar solamente la cara y las manos; y el niño Jesús, sostenido en el lado izquierdo, muestra apenas su carita morena entre el brocado y las pedrerías. El rostro de la Virgen, bruñido por el tiempo, es también moreno. Posee una apacible serenidad, emblema de la beatitud eterna. Dirígese al exterior y su dulce mirada escruta perpetuamente el devoto concurso. Brilla en sus pupilas un rayo de las cercanas luces, y aquel artificial fulgor de los ojos remeda la intención y fijeza de la mirada humana. Era difícil, cuando la vi por primera vez, permanecer indiferente en medio de aquella manifestación religiosa, y no añadir una palabra al concierto de lenguas entusiastas que hablaban en distintos tonos con la Señora.

Yo contemplaba la imagen, cuando Agustín me apretó el brazo, diciéndome:

—Mírala, allí está.

—¿Quién, la Virgen? Ya la veo.

—No, hombre, Mariquilla. ¿La ves? Allá enfrente junto a la columna.

Miré y sólo vi mucha gente. Al instante nos apartamos de aquel sitio, buscando entre la multitud un paso para transportarnos al otro lado.

—No está con ella el tío Candiola —dijo Agustín—. Viene con la criada.

Y diciendo esto, codeaba a un lado y otro para hacerse camino, estropeando pechos y espaldas, pisando pies, chafando sombreros y arrugando vestidos. Yo seguía tras él, causando iguales estragos a derecha e izquierda, y por fin llegamos junto a la hermosa joven, que lo era realmente, según pude reconocerlo en aquel momento por mis propios ojos. La entusiasta pasión de mi buen amigo no me engañó, y Mariquilla valía la pena de ser desatinadamente amada. Llamaban extraordinariamente la atención en ella su tez morena y descolorida, sus ojos de profundo negror, la nariz correctísima, la boca incomparable y la frente hermosa, aunque pequeña. Había en su rostro, como en su cuerpo delgado y ligero, cierto abandono voluptuoso; cuando bajaba los ojos parecíame que una dulce y amorosa oscuridad envolvía su figura, confundiéndola con las nuestras. Sonreía con gravedad, y cuando nos acercamos sus miradas revelaban temor. Todo en ella anunciaba la pasión circunspecta y reservada de las mujeres de cierto carácter, y debía de ser, según me pareció en aquel momento, poco habladora, falta de coquetería y pobre de artificios. Después tuve ocasión de comprobar aquel mi prematuro juicio. Resplandecía en el rostro de Mariquilla una calma platónica y cierta seguridad de sí misma. A diferencia de la mayor parte de las mujeres y conforme al menor número de las mismas, aquella alma se alteraba difícilmente; pero al verificarse la alteración, la cosa iba de veras. Blandas y sensibles otras como la cera, ante un débil calor sin esfuerzo se funden; pero Mariquilla, de durísimo metal compuesta, necesitaba la llama de un gran fuego para perder la compacta conglomeración de su carácter, y si este momento llegaba, había de ser como el metal derretido, que abrasa cuanto toca.

Además de su belleza, me llamó la atención la elegancia y hasta cierto punto el lujo con que vestía, pues acostumbrado a oír exagerar la avaricia del tío Candiola, supuse que tendría reducida a su hija a los últimos extremos de la miseria en lo relativo a traje y tocado. Pero no era así. Según Montoria me dijo después, el tacaño de los tacaños no sólo permitía a su hija algunos gastos, sino que la obsequiaba de peras a higos con tal cual prenda, que a él le parecía el *non plus ultra* de las pompas mundanas. Si Candiola era capaz de dejar morir de hambre a parientes cercanos, tenía con su hija condescendencias de bolsillo verdaderamente escandalosas y fenomenales. Aunque avaro, era padre: amaba regularmente, quizá mucho, a la infeliz muchacha, hallando por esto en su generosidad el primero, tal vez el único agrado de su árida existencia.

Algo más hay que hablar en lo referente a este punto, pero irá saliendo poco a poco durante el curso de la narración, y ahora me concretaré a decir que mi amigo no había dicho aún diez palabras a su adorada María, cuando un hombre se nos acercó de súbito, y después de mirarnos un instante a los dos con centelleantes ojos, dirigiose a la joven, la tomó por el brazo y enojadamente le dijo:

—¿Qué haces aquí? Y usted, tía Guedita, ¿por qué la ha traido al Pilar a estas horas? A casa, a casa pronto.

Y empujándolas a ambas, ama y criada, llevolas hacia la puerta y a la calle, desapareciendo los tres de nuestra vista.

Era Candiola. Lo recuerdo bien, y su recuerdo me hace estremecer de espanto. Más adelante sabréis por qué. Desde la breve escena en el templo del Pilar, la imagen de aquel hombre quedó grabada en mi memoria, y no era por cierto su figura de las que prontamente se olvidan. Viejo, encorvado, con aspecto miserable y enfermizo, de mirar oblicuo y desapacible, flaco de cara y hundido de mejillas, Candiola se hacía antipático desde el primer momento. Su nariz corva y afilada como el pico de un pájaro lagartijero, la barba igualmente picuda, los largos pelos de las cejas blanquecinas, la pupila verdosa, la frente basta y surcada por una pauta de paralelas arrugas, las orejas cartilaginosas, la amarilla tez, el ronco metal de la voz, el desaliñado vestir, el gesto insultante, toda su persona, desde la punta del cabello, mejor dicho, desde la bolsa de su peluca hasta la suela del zapato, producía repulsión invencible. Se comprendía que no tuviera amigos.

Candiola no tenía barbas; llevaba el rostro, según la moda, completamente rasurado, aunque la navaja no entraba en aquellos campos sino una vez por semana. Si don Jerónimo hubiera tenido barbas, le compararía por su figura a cierto mercader veneciano que conocí mucho después, viajando por el vastísimo continente de los libros, y en quien hallé ciertos rasgos de fisonomía que me hicieron recordar los de aquel que bruscamente se nos presentó en el templo del Pilar.

—¿Has visto qué miserable y ridículo viejo? —me dijo

Agustín cuando nos quedamos solos, mirando a la puerta por donde las tres personas habían desaparecido.

—No gusta que su hija tenga novios.

—Pero estoy seguro de que no me vio hablando con ella. Tendrá sospechas; pero nada más. Si pasara de la sospecha a la certidumbre, María y yo estaríamos perdidos. ¿Viste qué mirada nos echó? ¡Condenado avaro, alma negra hecha de la piel de Satanás!

—Mal suegro tienes.

—Tan malo —dijo Montoria con tristeza—, que no doy por él dos cuartos con cardenillo. Estoy seguro de que esta noche la pone de vuelta y media, y gracias que no acostumbra a maltratarla de obras.

—Y el señor Candiola —le pregunté—, ¿no tendrá gusto en verla casada con el hijo de don José de Montoria?

—¿Estás loco? Sí... ve a hablarle de eso. Además de que ese miserable avariento guarda a su hija como si fuera un saco de onzas, y no parece dispuesto a darla a nadie, tiene un resentimiento antiguo y profundo contra mi buen padre, porque éste libró de sus garras a unos infelices deudores. Te digo que si él llega a descubrir el amor que su hija me tiene, la guardará dentro de una arca de hierro en el sótano donde tiene los pesos duros. Pues no te digo nada, si mi padre lo llega a saber... Me tiemblan las carnes sólo de pensarlo. La pesadilla más atroz que puede turbar mi sueño, es aquella que me representa el instante en que mi señor padre y mi señora madre se enteren de este inmenso amor que tengo por Mariquilla. ¡Un hijo de don José de Montoria enamorado de la hija del tío Candiola! ¡Qué horrible pensamiento! ¡Un joven que formalmente está destinado a ser obispo... obispo, Gabriel, yo voy a ser obispo, en el sentir de mis padres!

Diciendo esto, Agustín dio un golpe con su cabeza en el sagrado muro en que nos apoyábamos.

—¿Y piensas seguir amando a Mariquilla?

—No me preguntes eso —respondió con energía—. ¿La viste? Pues si la viste, ¿a qué me dices si seguiré queriéndola? Su padre y los míos antes me quieren ver muerto que casado con ella. ¡Obispo, Gabriel; quieren que yo sea obispo! Compagina tú el ser obispo y el amar a Mariquilla durante toda la vida terrenal y la eterna; compagina tú esto y ten lástima de mí.

—Dios abre caminos desconocidos.

—Es verdad. Yo tengo a veces una confianza sin límites. ¡Quién sabe lo que nos traerá el día de mañana! Dios y la Virgen del Pilar me sacarán adelante.

—¿Eres devoto de esta imagen?

—Sí. Mi madre pone velas a la que tenemos en casa, para que no me hieran en las batallas; y yo la miro y para mis adentros le digo: —«Señora, que esta ofrenda de velas sirva también para recordaros que no puedo dejar de amar a la Candiola.»

Estábamos en la nave a que corresponde el ábside de la capilla del Pilar. Hay allí una abertura en el muro, por donde los devotos, bajando dos o tres peldaños, se acercan a besar el pilar que sustenta la venerada imagen. Agustín besó el mármol rojo: beselo también y luego salimos de la iglesia para ir a nuestro vivac.

VIII

Al día siguiente, 22, fue cuando Palafox dijo al parlamentario de Moncey que venía a proponerle la rendición: *No sé rendirme: después de muerto hablaremos de eso.* Contestó en seguida a la intimación en un largo y elocuente pliego, que publicó la *Gaceta* (pues también en Zaragoza había *Gaceta);* pero, según opinión general, ni aquel documento ni ninguna de las proclamas que aparecían con la firma del capitán general eran obra de éste, sino de la discreta pluma de su maestro y amigo el padre Basilio Boggiero, hombre de mucho entendimiento, a quien se veía con frecuencia en los sitios de peligro, rodeado de patriotas y jefes militares.

Excusado es decir que los defensores estaban muy envalentonados con la gloriosa acción del 21. Era preciso para dar desahogo a su ardor, disponer alguna salida. Así se hizo en efecto; pero ocurrió que todos querían tomar parte en ella al mismo tiempo y fue preciso sortear los cuerpos. Las salidas, dispuestas con prudencia, eran convenientes, porque los franceses, extendiendo su línea en derredor de la ciudad, se preparaban para un sitio en regla, y habían comenzado las obras de su primera paralela. Además, el recinto de Zaragoza encerraba mucha tropa, lo cual, a los ojos del vulgo, era una ventaja, pero un gran peligro para los inteligentes, no sólo por el estorbo que ésta causaba, sino porque el gran consumo de víveres traería pronto el hambre, ese terrible general que es siempre el vencedor de las plazas bloqueadas. Por esta misma causa del exceso de gente eran oportunas las salidas. Hizo una Renovales el 24 con las tropas del fortín de San José, y cortó un olivar que ocultaba los trabajos del enemigo; por el arrabal salió el 25 don Juan O'Neille con los voluntarios de Aragón y Huesca, y tuvo la suerte de coger desprevenido al enemigo, matándole bastante gente, y el 31 se hizo la más eficaz de todas por dos puntos distintos y con considerables fuerzas.

Durante el día, en los anteriores, habíamos divisado perfectamente las obras de su primera paralela, establecida como a ciento sesenta toesas de la muralla. Trabajaban con mucha actividad, sin descansar de noche, y notamos que se hacían señales en toda la línea con farolitos de colores. De vez en cuando disparábamos nuestros morteros; pero les causábamos muy poco daño. En cambio si se les antojaba destacar guerrillas para un reconocimiento, eran despachadas por las nuestras en menos que canta un gallo. Llegó la mañana del 31 y a mi batallón le tocó marchar a las órdenes de Renovales, encargado de mortificar al enemigo en su centro, desde Torrero al camino de la Muela, mientras el brigadier Butrón lo hacía por la Bernardona, es decir, por la izquierda francesa, saliendo con bastantes fuerzas de infantería y caballería por las puertas de Sancho y del Portillo.

Para distraer la atención de los franceses, el jefe mandó que un batallón se desplegase en guerrillas por las Tenerías, llamando hacia allí la atención del enemigo, y entre tanto, con algunos cazadores de Olivenza y parte de los de Valencia, avanzamos por el camino de Madrid, derechos a la línea francesa. Desplegadas guerrillas a un lado y otro del camino, cuando los enemigos se percataron de nuestra presencia, ya estábamos encima veloces como gamos, y arrollábamos la primera tropa de infantería francesa que nos salió al paso. Tras una torre medio destruida se hicieron fuertes algunos, y dispararon con encarnizamiento y buena puntería. Por un instante permanecimos indecisos, pues flanqueábamos la torre unos veinte hombres, mientras los demás seguían por la carretera persiguiendo a los fugitivos; pero Renovales se lanzó delante y nos llevó, matando a boca de jarro y a bayonetazos a cuantos defendían la casa. En el momento en que pusimos el pie dentro del patiecillo delantero, advertí que mi fila se clareaba, vi caer exhalando el último gemido a algunos compañeros; miré a mi derecha, temiendo no encontrar entre los vivos a mi querido amigo; pero Dios le había conservado. Montoria y yo salimos ilesos.

No podíamos emplear mucho tiempo en comunicarnos la satisfacción que experimentábamos al ver que vivíamos, porque Renovales dio orden de seguir adelante en dirección hacia la línea de atrincheramientos que estaban levantando los franceses; pero abandonamos la carretera y torcimos hacia la derecha con intento de unirnos a los voluntarios de Huesca, que acometían por el camino de la Muela.

Se comprende por lo que llevo referido, que los franceses no esperaban aquella salida y que, completamente desprevenidos, sólo tenían allí, además de la escasa fuerza que custodiaba los trabajos, las cuadrillas de ingenieros ocupados en abrir las zanjas de la primera paralela. Les embestimos con ímpetu, haciéndoles un fuego horroroso, aprovechando muy bien los minutos antes que llegasen fuerzas temibles; cogíamos prisioneros a los que encontrábamos sin armas; matábamos a los que las tenían; recogíamos los picos y azadas; todo esto con una presteza sin igual, animándonos con palabras ardientes, y exaltados, más que por otra cosa, por la idea de que nos estaban viendo desde la ciudad...

En aquel lance todo fue afortunado, porque mientras nosotros destrozábamos tan sin piedad a los trabajadores de la primera paralela, las tropas que por la izquierda habían salido a las órdenes del brigadier Butrón, empeñaban un combate muy feliz contra los destacamentos que tenía el enemigo en la Bernardona. Mientras los voluntarios de Huesca, los granaderos de Palafox y las guardias walonas arrollaban la infantería francesa, aparecieron los escuadrones de caballería de Numancia y Olivenza, cautelosamente salidos por la puerta de Sancho, y que describiendo una gran vuelta habían venido a ocupar el camino de Alagón por una parte y el de la Muela por otra, precisamente cuando los franceses retrocedían de la izquierda al centro, en demanda de mayores fuerzas que les auxiliaran. Hallándose en su elemento aquellos briosos caballos, lanzáronse por el arrecife, destruyendo cuanto encontraban al paso, y allí fue el caer y el atropellarse de los desgraciados infantes que huían hacia Torrero. En su dispersión muchos fueron a caer precisamente entre nuestras bayonetas, y si grande era su ansiedad por huir de los caballos, mayor era nuestro anhelo de recibirlos dignamente a tiros. Unos corrían, arrojándose en las acequias por no poder saltarlas; otros se entregaban a discreción, soltando las armas; algunos se defendían con heroísmo, dejándose matar antes que rendirse, y por último, no faltaron unos pocos que, encerrándose dentro de un horno de ladrillos, cargado de ramas secas y de leña, le pegaron fuego, prefiriendo morir asados a caer prisioneros.

Todo esto que he referido con la mayor concisión posible, pasó en brevísimo tiempo, y sólo mientras pudo el cuartel general, harto imprevisor en aquella hora, destacar fuerzas suficientes para contener y castigar nuestra atrevida expedición. Tocaron a generala en Monte Torrero y vimos que venía contra nosotros mucha caballería. Pero los de Renovales, lo mismo que los de Butrón, habíamos conseguido nuestro deseo, y no teníamos para qué esperar a aquellos caballeros que llegaban al fin de la función; así es que nos retiramos, dándoles desde lejos los buenos días con las frases más pintorescas y más agudas de nuestro repertorio. Tuvimos aún tiempo de inutilizar algunas piezas de las dispuestas para su colocación al día siguiente; recogimos multitud de herramientas de zapa, y destruimos a toda prisa lo que pudimos en las obras de la paralela, sin dejar de la mano las docenas de prisioneros a quienes habíamos echado el guante.

Juan Pirli, uno de nuestros compañeros en el batallón, traía al volver a Zaragoza un morrión de ingeniero, que se puso para sorprender al público, y además una sartén, en la cual había aún restos de almuerzo, comenzado en el campamento frente a Zaragoza y terminado en el otro mundo.

Habíamos tenido en nuestro batallón nueve muertos y ocho heridos. Cuando Agustín se reunió a mí, cerca ya de la puerta del Carmen, noté que tenía una mano ensangrentada.

—¿Te han herido? —le dije, examinándole—. No es más que una rozadura.

—Una rozadura es —me contestó—; pero no de bala, ni de lanza, ni de sable, sino de dientes, porque cuando le eché la zarpa a aquel francés que alzó el azadón para descalabrarme, el condenado me clavó los dientes en esta mano como un perro de presa.

Cuando entrábamos en la ciudad, unos por la puerta del Carmen, otros por el Portillo, todas las piezas de los reductos y fuertes del mediodía hicieron fuego contra las columnas que venían en nuestra persecución. Las dos salidas combinadas habían hecho bastante daño a los franceses. Sobre que perdieron mucha gente, se les inutilizó una parte, aunque no grande, de los trabajos de su primera paralela, y nos apoderamos de un número considerable de herramientas. Además de esto, los oficiales de ingenieros que llevó Butrón en aquella osada aventura habían tenido tiempo de examinar las obras de los sitiadores y explorarlas y medirlas, para dar cuenta de ellas al capitán general.

La muralla estaba invadida por la gente. Habíase oído desde dentro de la ciudad el tiroteo de las guerrillas, y hombres, mujeres, ancianos y niños, todos acudieron a ver qué nueva acción gloriosa era aquella entablada fuera de la plaza. Fuimos recibidos con exclamaciones de gozo, y desde San José hasta más allá de Trinitarios, la larga fila de hombres y mujeres mirando hacia el campo, encaramados sobre la muralla y batiendo palmas a nuestra llegada, o saludándonos con sus pañuelos, presentaba un golpe de vista magnífico. Después tronó el cañón, los reductos hicieron fuego a la vez sobre el llano que acabábamos de abandonar, y aquel estruendo formidable parecía una salva triunfal, según se mezclaban con él los cantos, los vítores, las exclamaciones de alegría. En las cercanas casas, las ventanas y balcones estaban llenos de mujeres; y la curiosidad, el interés de algunas eran tales, que se les veía acercarse en tropel a los fuertes y a los cañones para regocijar sus varoniles almas y templar sus acerados nervios con el ruido, a ningún otro comparable, de la artillería. En el fortín del Portillo fue preciso mandar salir a la muchedumbre. En Santa Engracia la concurrencia daba a aquel sitio el aspecto de un teatro, de una fiesta pública. Cesó al fin el fuego de cañón, que no tenía más objeto que proteger nuestra retirada, y sólo la Aljafería siguió disparando de tarde en tarde contra las obras del enemigo.

En recompensa de la acción de aquel día se nos concedió en el siguiente llevar una cinta encarnada en el pecho a guisa de condecoración; y haciendo justicia a lo arriesgado de aquella salida, el padre Boggiero nos dijo entre otras cosas, por boca del capitán general: «Ayer sellásteis el último día del año con una acción digna de vosotros... Sonó el clarín, y a un tiempo mismo los filos de vuestras espadas arrojaban al suelo las altaneras cabezas, humilladas al valor y al patriotismo. ¡Numancia! ¡Olivenza! ¡Ya he visto que vuestros ligeros caballos sabrán conservar el honor de este ejército y el entusiasmo de estos sagrados muros!... ¡Ceñid esas espadas ensangrentadas, que son el vínculo de vuestra felicidad y el apoyo de la patria!...»

IX

Desde aquel día, tan memorable en el segundo sitio como el de las Eras en el primero, empezó el gran trabajo, el gran frenesí, la exaltación ardiente, en que vivieron por espacio de mes y medio sitiadores y sitiados. Las salidas verificadas en los primeros días de enero no fueron de gran importancia. Los franceses, concluida la primera paralela, avanzaban en zig-zag para abrir la segunda, y con tanta actividad trabajaron en ella que bien pronto vimos amenazadas nuestras dos mejores posiciones del mediodía, San José y el reducto del Pilar, por imponentes baterías de sitio, cada una con dieciséis cañones. Excusado es decir que no cesábamos en mortificarles, ya enviándoles un incesante fuego, ya sorprendiéndoles con audaces escaramuzas; pero así y todo, Junot, que por aquellos días sustituyó a Moncey, llevaba adelante los trabajos con mucha diligencia.

Nuestro batallón continuaba en el reducto, obra levantada en la cabecera del puente de la Huerva y a la parte de fuera. El radio de sus fuegos abrazaba una extensión considerable, cruzándose con los de San José. Las baterías de los Mártires, del Jardín Botánico y de la torre del Pino, más internadas en el recinto de la ciudad, tenían menos importancia que aquellas dos sólidas posiciones avanzadas, y le servían de auxiliares. Nos acompañaban en la guarnición muchos voluntarios zaragozanos, algunos soldados del resguardo y varios paisanos armados, de los que espontáneamente se adherían al cuerpo más de su gusto. Ocho cañones tenía el reducto. Era su jefe don Domingo Larripa; mandaba la artillería don Francisco Betbezé, y hacía de jefe de ingenieros el gran Simonó. oficial de este distinguido cuerpo, y hombre de tal condición, que se le puede citar como modelo de buenos militares, así en el valor como en la pericia.

Era el reducto una obra, aunque de circunstancias, bastante fuerte, y no carecía de ningún requisito material para ser bien defendida. Sobre la puerta de entrada, al extremo del puente, habían puesto sus constructores una tabla con la siguiente inscripción: *Reducto inconquistable de Nuestra Señora del Pilar. ¡Zaragozanos: morir por la Virgen del Pilar o vencer!*

Allí dentro no teníamos alojamiento y aunque la estación no era muy cruda, lo pasábamos bastante mal. El aprovisionamiento de boca se hacía por una junta encargada de la administración militar; pero esta junta, a pesar de su celo, no podía atendernos de un modo eficaz. Por nuestra fortuna y para honor de aquel magnánimo pueblo, de todas las casas vecinas nos mandaban diariamente lo mejor de sus provisiones, y frecuentemente éramos visitados por las mismas mujeres caritativas que desde la acción del 31 se habían encargado de cuidar en su propio domicilio a nuestros pobres heridos.

No sé si he hablado de Pirli. Pirli era un muchacho de los arrabales, labrador, como de veinte años, y de condición tan festiva, que los lances peligrosos desarrollaban en él una alegría nerviosa y febril. Jamás le vi triste: acometía a los franceses cantando y cuando las balas silbaban en torno suyo, sacudía manos y pies, haciendo mil grotescos gestos y cabriolas. Llamaba al fuego graneado *pedrisco,* a las balas de cañón *las tortas calientes,* a las granadas *las señoras,* y a la pólvora *la harina negra,* usando además otros terminachos de que no hago memoria en este momento. Pirli, aunque poco formal, era un cariñoso compañero.

No sé si he hablado del tío Garcés. Era éste un hombre de cuarenta y cinco años, natural de Garrapinillos, fortísimo, atezado, con semblante curtido y miembros de acero, ágil cual ninguno en los movimientos, e imperturbable como una máquina ante el fuego; poco hablador y bastante desvergonzado cuando hablaba, pero con cierto gracejo en su garrulería. Tenía una pequeña hacienda en los alrededores y casa muy modesta; mas con sus propias manos había arrasado la casa y puesto por tierra los perales, para quitar defensas al enemigo. Oí contar de él mil proezas hechas en el primer sitio, y ostentaba bordado en la manga derecha el *escudo de premio y distinción* de 16 de agosto. Vestía tan mal, que casi iba medio desnudo, no porque careciera de traje, sino por no haber tenido tiempo para ponérselo. El y otros como él fueron, sin duda, los que inspiraron la célebre frase de que antes he hecho mención. Sus carnes *sólo se vestían de gloria.* Dormía sin abrigo y comía menos que un anacoreta, pues con dos pedazos de pan acompañados de un par de mordiscos de cecina, dura como cuero, tenía bastante para un día. Era hombre algo meditabundo, y cuando observaba los trabajos de la segunda paralela, decía, mirando a los franceses: —Gracias a Dios que se acercan, ¡cuerno!... ¡Cuerno! esta gente le acaba a uno la paciencia.

—¿Qué prisa tiene usted, tío Garcés? —le decíamos.

—¡Recuerno! Tengo que plantar los árboles otra vez antes que pase el invierno —contestaba—, y para el mes que entra quisiera volver a levantar la casita.

En resumen, el tío Garcés, como el reducto, debía llevar un cartel en la frente que dijera: *Hombre inconquistable.*

Pero, ¿quién viene allí, avanzando lentamente por la hondonada de la Huerva, apoyándose en un grueso bastón y seguido de un perrillo travieso, que ladra a todos los transeúntes por pura fanfarronería y sin intención de morderles? Es el padre fray Mateo del Busto, lector y calificador de la orden de Mínimos, capellán del segundo tercio de voluntarios de Zaragoza, insigne varón, a quien, a pesar de su ancianidad, se vio durante el primer sitio en todos los puestos de peligro socorriendo heridos, auxiliando moribundos, llevando municiones a los sanos y animando a todos con el acento de su dulce palabra.

Al entrar en el reducto, nos mostró una cesta grande y pesada que trabajosamente cargaba, y en la cual traía algunas vituallas algo mejores que las de nuestra ordinaria mesa.

—Estas tortas —dijo, sentándose en el suelo y sacando uno por uno los objetos que iba nombrando—, me las han dado en casa de la excelentísima señora condesa de Bureta, y ésta en casa de don Pedro Ric. Aquí teneis también un par de lonjas de jamón, que son de mi convento y se destinaban al padre Loshollos, que está muy enfermito del estómago; pero él, renunciando a este regalo, me lo ha dado para traéroslo. ¿A ver qué os parece esta botella de vino? ¿Cuánto darían por ella los gabachos que tenemos enfrente?

Todos miramos hacia el campo. El perrillo, saltando denodadamente a la muralla, empezó a ladrar a las líneas francesas.

—También os traigo un par de libras de orejones, que se han conservado en la despensa de nuestra casa. Ibamos a ponerlos en aguardiente; pero primero que nadie sois vosotros, valientes muchachos. Tampoco me he olvidado de ti, querido Pirli —añadió, volviéndose al muchacho de este nombre—, y como estás casi desnudo y sin manta, te he traido un magnífico abrigo. Mira este lío. Pues es un hábito viejo que tenía guardado para darlo a un pobre; ahora te lo regalo para que cubras y abrigues tus carnes. Es vestido impropio de un soldado; pero si el hábito no hace al monje, tampoco el uniforme hace al militar. Póntelo y estarás muy holgadamente con él.

El fraile dio a nuestro amigo su lío y éste se puso el hábito entre risas y jácara de una y otra parte, y como conservaba aún, llevándolo constantemente en la cabeza, el alto sombrero de piel que el día 31 había cogido en el campamento enemigo, hacía la figura más extraña que puede imaginarse.

Poco después llegaron algunas mujeres también con cestas

de provisiones. La aparición del sexo femenino transformó de súbito el aspecto del reducto. No sé de dónde sacaron la guitarra; lo cierto es que la sacaron de alguna parte: uno de los presentes empezó a rasguear graciosamente los compases de la incomparable, de la divina, de la inmortal jota, y en un momento se armó gran jaleo de baile. Pirli, cuya grotesca figura empezaba en ingeniero francés y acababa en fraile español, era el más exaltado de los bailarines, y no se quedaba atrás su pareja, una muchacha graciosísima, vestida de serrana y a quien desde el primer momento oí que llamaban Manuela. Representaba veinte o veintidós años, y era delgada, de tez pálida y fina. La agitación del baile inflamó bien pronto su rostro, y por grados avivaba sus movimientos, insensible al cansancio. Con los ojos medio cerrados, las mejillas enrojecidas, agitando los brazos al compás de la grata cadencia, sacudiendo con graciosa presteza las faldas, cambiando de lugar con ligerísimo paso, presentándose, ora de frente ora de espaldas, Manuela nos tuvo encantados durante largo rato. Viendo su ardor coreográfico, más se animaban el músico y los demás bailarines, y con el entusiasmo de éstos aumentaba el suyo, hasta que al fin, cortado el aliento y rendida de fatiga, aflojó los brazos y cayó sentada en tierra sin respiración y encendida como la grana.

Pirli se puso junto a ella, y al punto formose un corrillo cuyo centro era la cesta de provisiones.

—A ver qué nos traes, Manuelilla —dijo Pirli—. Si no fuera por ti y el padre Busto, que está presente, nos moriríamos de hambre. Y si no fuera por este poco de baile con que quitamos el mal gusto de *las tortas calientes* y de *las señoras,* ¡qué sería de estos pobres soldados!

—Os traigo lo que hay —repuso Manuela, sacando las provisiones—. Queda poco, y si esto dura comeréis ladrillos.

—Comeremos metralla amasada con harina negra —dijo Pirli—. Manuelilla, ¿ya se te ha quitado el miedo a los tiros?

Al decir esto, tomó con presteza su fusil, disparándolo al aire. La muchacha dio un grito y sobresaltada huyó de nuestro grupo.

—No es nada, hija —dijo el fraile—. Las mujeres valientes no se asustan del ruido de la pólvora, antes al contrario, deben encontrar en él tanto agrado como en el son de las castañuelas y bandurrias.

—Cuando oigo un tiro —dijo Manuela, acercándose llena de miedo—, no me queda gota de sangre en las venas.

En aquel instante los franceses, que sin duda querían probar la artillería de su segunda paralela, dispararon un cañón, y la bala vino a rebotar contra la muralla del reducto, haciendo saltar en pedazos mil los deleznables ladrillos.

Levantáronse todos a observar el campo enemigo; la serrana lanzó una exclamación de terror, y el tío Garcés púsose a dar gritos desde una tronera contra los franceses, prodigándoles los más insolentes vocablos, acompañados de mucho *cuerno* y *recuerno.* El perrillo, recorriendo la cortina de un extremo a otro, ladraba con exaltada furia.

—Manuela, echemos otra jota al son de esta música, y ¡viva la Virgen del Pilar! —exclamó Pirli, saltando como un insensato.

Manuela, impulsada por la curiosidad, alzábase lentamente, alargando el cuello para mirar el campo por encima de la muralla. Luego al extender los ojos por la llanura, parecía disiparse poco a poco el miedo en su espíritu pusilánime, y al fin la vimos observando la línea enemiga con cierta serenidad y hasta con un poco de complacencia.

—Uno, dos, tres cañones —dijo, contando las bocas de fuego que a lo lejos se divisaban—. Vamos, chicos, no tengáis miedo. Eso no es nada para vosotros.

Oyose hacia San José estrépito de fusilería y en nuestro reducto sonó el tambor, mandando tomar las armas. Del fuerte cercano había salido una pequeña columna que se tiroteaba de lejos con los trabajadores franceses. Algunos de éstos, corriéndose hacia su izquierda, parecían próximos a ponerse al alcance de nuestros fuegos; corrimos todos a las aspilleras, dispuestos a enviarles un poco de *pedrisco,* y sin esperar la orden del jefe, algunos dispararon sus fusiles con gran algazara. Huyeron en tanto por el puente y hacia la ciudad todas las mujeres, excepto Manuela. ¿El miedo le impedía moverse? No: su miedo era inmenso y temblaba, dando diente con diente, desfigurado el rostro por repentina amarillez; pero una curiosidad irresistible la retenía en el reducto y fijaba los atónitos ojos en los tiradores y en el cañón, que en aquel instante iba a ser disparado.

—Manuela —le dijo Agustín—. ¿No te vas? ¿No te causa temor esto que estás mirando?

La serrana, con la atención fija en aquel espectáculo, asombrada, trémula, con los labios blancos y el pecho palpitante, ni se movía ni hablaba.

—Manuelilla —dijo Pirli, corriendo hacia ella—, toma mi fusil y dispáralo.

Contra lo que esperábamos, Manuelilla no hizo movimiento alguno de terror.

—Tómalo, prenda —añadió Pirli, haciéndole tomar el arma—; pon el dedo aquí, apunta afuera y tira. ¡Viva la segunda artillera Manuela Sancho y la Virgen del Pilar!

La serrana tomó el arma, y a juzgar por su actitud y el estupor inmenso revelado en su mirar, parecía que ella misma no se daba cuenta de su acción. Pero alzando el fusil con mano temblorosa, apuntó hacia el campo, tiró del gatillo e hizo fuego.

Mil gritos y ardientes aplausos acogieron este disparo, y Manuela soltó el arma. Estaba radiante de satisfacción y el júbilo encendió de nuevo sus mejillas.

—¿Ves? ya has perdido el miedo —dijo el mínimo—. Si a estas cosas no hay como tomarlas el gusto. Lo mismo debieran hacer todas las zaragozanas, y de ese modo la Agustina y Casta Alvarez fueron una gloriosa excepción entre las de su sexo.

—Venga otro fusil —exclamó la serrana—, que quiero tirar otra vez.

—Se han marchado ya, prenda. ¿Te ha sabido a bueno? —dijo Pirli, preparándose a hacer desaparecer algo de lo que contenían las cestas—. Mañana, si quieres, estás convidada a un poco de *torta caliente.* Ea, sentémonos y a comer.

El fraile, llamando a su perrillo, le decía:

—Basta, hijo, no ladres tanto, ni lo tomes tan a pechos, que vas a quedarte ronco. Guarda ese arrojo para mañana: por hoy no hay en qué emplearlo, pues, si no me engaño, van a toda prisa a guarecerse detrás de sus parapetos.

En efecto, la escaramuza de los de San José había concluido y por el momento no teníamos franceses a la vista. Un rato después sonó de nuevo la guitarra, y regresando las mujeres, comenzaron los dulces vaivenes de la jota, con Manuela Sancho y el gran Pirli en primera línea.

X

Cuando desperté al amanecer del día siguiente, vi a Montoria que se paseaba por la muralla.

—Creo que va a empezar el bombardeo —me dijo—. Se nota gran movimiento en la línea enemiga.

—Empezarán por batir este reducto —indiqué yo, levantándome con pereza—. ¡Qué feo está el cielo, Agustín! El día amanece muy triste.

—Creo que atacarán por todas partes a la vez, pues tienen hecha su segunda paralela. Ya sabes que Napoleón, hallándose en París, al saber la resistencia de esta ciudad en el primer sitio, se puso furioso contra Lefebvre Desnouettes, porque había embestido la plaza por el Portillo y la Aljafería. Luego pidió un plano de Zaragoza; se lo dieron, e indicó que la ciudad debía ser atacada por Santa Engracia.

—¿Por aquí? Pronto lo veremos. Mal día se nos prepara si se cumplen las órdenes de Napoleón. Dime, ¿tienes por ahí algo que comer?

—No te lo enseñé antes porque quise sorprenderte —me dijo, mostrándome un cesto que servía de sepulcro a dos aves asadas fiambres, con algunas confituras y conservas finas.

—¿Lo has traído anoche?... Ya. ¿Cómo pudiste salir del reducto?

—Pedí licencia al jefe y me la concedió por una hora. Mariquilla tenía preparado este festín. Si el tío Candiola sabe que dos de las gallinas de su corral han sido muertas y asadas para regalo de los defensores de la ciudad, se lo llevarán los demonios. Comamos, pues, señor Araceli, y esperemos ese bombardeo... ¡Eh! ¡Aquí está... una bomba, otra, otra!...

Las ocho baterías que embocaban sus tiros contra San José y el reducto del Pilar, empezaron a hacer fuego; ¡pero qué fuego! ¡Todo el mundo a las troneras, o al pie del cañón! ¡Fuera almuerzos, fuera desayunos, fuera melindres! Los aragoneses no se alimentan sino de gloria. El fuerte inconquistable contestó al insolente sitiador con orgulloso cañoneo y bien pronto el gran aliento de la patria dilató nuestros pechos. Las balas rasas, rebotando en la muralla de ladrillo y en los parapetos de tierra, destrozaban el reducto, cual si fuera un juguete apedreado por un niño; las granadas, cayendo entre nosotros, reventaban con estrépito, y las bombas, pasando con pavorosa majestad sobre nuestras cabezas, iban a caer en las calles y en los techos de las casas.

¡A la calle todo el mundo! No haya gente cobarde ni ociosa en la ciudad. Los hombres a la muralla, las mujeres a los hospitales de sangre, los chiquillos y los frailes a llevar municiones. No se haga caso de esas terribles masas inflamadas que agujerean los techos, penetran en las habitaciones, abren las puertas, horadan los pisos, bajan al sótano, y al reventar desparraman las llamas del infierno en el hogar tranquilo, sorprendiendo con la muerte al anciano inválido en su lecho y al niño en su cuna. Nada de esto importa. A la calle todo el mundo, y con tal que se salve el honor, perezca la ciudad, y la casa, y la iglesia, y el convento, y el hospital, y la hacienda, que son cosas terrenas. Los zaragozanos, despreciando los bienes materiales como desprecian la vida, viven con el espíritu en los infinitos espacios de lo ideal.

En los primeros momentos nos visitó el capitán general, con otras muchas personas distinguidas, tales como don Mariano Cereso (*), el cura Sas, el general O'Neilly, San Genis y don Pedro Ric. También estuvo allí el bravo, generoso y campechano don José de Montoria, que abrazó a su hijo, diciéndole: —«Hoy es día de vencer o morir. Nos veremos en el Cielo.» Tras de Montoria se nos presentó don Roque, el cual estaba hecho un valiente, y como empleado en el servicio sanitario, desde antes que existieran heridos, había comenzado a desplegar de un modo febril su actividad y nos mostró un mediano montón de hilas. Varios frailes se mezclaron asimismo entre los combatientes durante los primeros disparos, exhortándonos con un furor místico, inspirado en el libro de los Macabeos.

A un mismo tiempo y con igual furia atacaban los franceses el reducto del Pilar y el fortín de San José. Este, aunque ofrecía un aspecto más formidable, había de resistir menos, quizá por

(*) Se llamaba Cereso y no Cerezo, como en muchas historias se estampa, y aun en el letrero de la calle que en Zaragoza lleva su nombre.

presentar mayor blanco al fuego enemigo. Pero allí estaba Renovales con los voluntarios de Huesca, los voluntarios de Valencia, algunos guardias walonas y varios individuos de milicias de Soria. El gran inconveniente de aquel fuerte consistía en estar construido al amparo de un vasto edificio, que la artillería enemiga convertía paulatinamente en ruinas; y desplomándose de rato en rato pedazos de paredón, muchos defensores morían aplastados. Nosotros estábamos mejor; sobre nuestras cabezas no teníamos más que cielo, y si ningún techo nos guarecía de las bombas, tampoco se nos echaban encima masas de piedra y ladrillo. Batían la muralla por el frente y los costados, y era un dolor ver cómo aquella frágil masa se desmoronaba, poniéndonos al descubierto. Sin embargo, después de cuatro horas de fuego incesante con poderosa artillería, apenas pudieron abrir una brecha practicable.

Así pasó todo el día 10, sin ventaja alguna para los sitiadores por nuestro lado. Sin embargo, desde la mozárabe torre de San Miguel de los Navarros, que nos servía de atalaya, vimos que hacia San José habían logrado acercarse y abrir una brecha espantosa, lo cual, unido al estado ruinoso del edificio, anunciaba la dolorosa necesidad de su rendición. No obstante, mientras el fuerte no estuviese reducido a polvo y muertos o heridos sus defensores, había esperanza. Renováronse allí las tropas, porque los batallones que trabajaban desde por la mañana estaban diezmados, y cuando anocheció, después de abierta la brecha e intentado sin fruto un asalto, aún se sostuvo Renovales sobre las ruinas empapadas en sangre, entre montones de cadáveres y con la tercera parte tan sólo de su artillería.

No interrumpió la noche el fuego, antes bien siguió con encarnizamiento en los dos puntos. Nosotros habíamos tenido buen número de muertos y muchos heridos. Estos eran al punto recogidos y llevados a la ciudad por los frailes y las mujeres; pero aquéllos aún prestaban el último servicio con sus helados cuerpos, porque estoicamente los arrojábamos a la brecha abierta, que luego se acababa de tapar con sacos de lana y tierra.

Durante la noche no descansamos ni un solo momento, y la mañana del 11 nos vio poseídos del mismo frenesí, ya apuntando las piezas contra la trinchera enemiga, ya acribillando a fusilazos a los pelotones que venían a flanquearnos, sin abandonar ni un instante la operación de tapar la brecha, que de hora en hora iba agrandando su horroroso espacio vacío. Así nos sostuvimos toda la mañana, hasta el momento en que dieron el asalto a San José, ya convertido en un montón de ruinas y con gran parte de su guarnición muerta. Aglomerando contra los dos puntos numerosas fuerzas, mientras caían sobre el convento, dirigieron sobre nosotros un atrevido movimiento; y fue que con objeto de hacer practicable la brecha que nos habían abierto, avanzaron por el camino de Torrero con dos cañones de batalla, protegidos por una columna de infantería.

En aquel instante nos consideramos perdidos: temblaron los endebles muros y los ladrillos mal pegados se desbarataban en mil pedazos. Acudimos a la brecha, que se abría y se abría cada vez más, y nos abrasaron con fuego espantoso, porque viendo que el reducto se deshacía pedazo a pedazo, cobraron ánimo, llegando al borde mismo del foso. Era una locura tratar de tapar aquel hueco formidable; y hacerlo a pecho descubierto era ofrecer víctimas sin fin al furioso enemigo. Abalanzáronse muchos con sacos de lana y paletadas de tierra, y más de la mitad quedaron yertos en el sitio. Cesó el fuego de cañón, porque ya parecía innecesario; hubo un momento de pánico indefinible; se nos caían los fusiles de las manos; nos vimos destrozados, deshechos, aniquilados por aquella lluvia de disparos que parecían incendiar el aire, y nos olvidamos del honor, de la muerte gloriosa, de la patria y de la Virgen del Pilar, cuyo nombre decoraba la puerta del baluarte inconquistable. La confusión más espantosa reinó en nuestras filas. Rebajado de improviso el nivel moral de nuestras almas, todos los que no habíamos caído, deseamos unánimemente la vida, y saltando por encima de los heridos y pisoteando los cadáveres huimos hacia el puente, abandonando aquel horrible sepulcro antes que se cerrara enterrándonos a todos.

En el puente nos agolpamos con pavor y desorden invencibles. Nada hay más frenético que la cobardía: sus vilezas son tan vehementes como las sublimidades del valor. Los jefes nos gritaban: —«Atrás, canallas. El reducto del Pilar no se rinde.» Y al mismo tiempo sus sables azotaron de plano nuestras viles espaldas. Nos revolvimos en el puente sin poder avanzar, porque otras tropas venían a contenernos, y tropezamos unos con otros, confundiendo la furia de nuestro miedo con el ímpetu de su bravura.

—¡Atrás, canallas! —gritaban los jefes, abofeteándonos— ¡A morir en la brecha!

El reducto estaba vacío: no había más que muertos y heridos. De repente vimos que entre el denso humo y el espeso polvo, y saltando sobre los exánimes cuerpos, y los montones de tierra, y las ruinas, y las cureñas rotas, y el material deshecho, avanzaba una figura impávida, pálida, grandiosa, imagen de la serenidad trágica; era una mujer que se había abierto paso entre nosotros, y penetrando en el recinto abandonado, marchaba majestuosa hasta la horrible brecha. Pirli, que yacía en el suelo, herido en una pierna, exclamó con terror:

—Manuela Sancho, ¿a dónde vas?

Todo esto pasó en mucho menos tiempo del que empleo en contarlo. Tras de Manuela Sancho se lanzó uno, luego tres, luego muchos, y al fin todos los demás, azuzados por los jefes que, a sablazos, nos llevaron otra vez al puesto del deber. Ocurrió esta transformación portentosa por un simple impulso del corazón de cada uno, obedeciendo a sentimientos que se comunicaban a todos, sin que nadie supiera de qué misterioso foco procedían.

Ni sé por qué fuimos cobardes, ni sé por qué fuimos valientes unos cuantos segundos después. Lo que sé es que, movidos todos por una fuerza extraordinaria, poderosísima, sobrehumana, nos lanzamos a la brecha tras la heroica mujer, a punto que los franceses intentaban con escalas el asalto; y sin que tampoco sepa decir la causa, nos sentimos con centuplicadas fuerzas, y aplastamos, arrojándoles en lo profundo del foso, a aquellos hombres de algodón, que antes nos parecieron de acero. A tiros, a sablazos, con granadas de mano, a paletadas, a golpes, a bayonetazos; murieron muchos de los nuestros para servir de defensa a los demás con sus fríos cuerpos; defendimos el paso de la brecha, y los franceses se retiraron, dejando mucha gente al pie de la muralla. Volvieron a hacer fuego los cañones, y el reducto inconquistable no cayó el día 11 en poder de la Francia.

Cuando la tempestad de fuego se calmó, no nos conocíamos: estábamos transfigurados, y algo nuevo y desconocido palpitaba en lo íntimo de nuestras almas, dándonos una ferocidad inaudita. Al día siguiente decía Palafox con mucha elocuencia: *Las bombas, las granadas y las balas no mudan el color de nuestros semblantes, ni toda la Francia lo alteraría.*

XI

El fuerte de San José se había rendido; mejor dicho, los franceses entraron en él cuando la artillería lo hubo reducido a polvo y cuando yacían entre los escombros, uno por uno, todos sus defensores. Los imperiales, al penetrar, encontraron inmenso número de cuerpos destrozados y montones de tierra y guijarros amasados con sangre. No podían aún establecerse allí, porque eran flanqueados por la batería de los Mártires y la del Jardín Botánico, y continuaron las operaciones de zapa para apoderarse de estos dos puntos. Las fortificaciones que conservábamos estaban tan destrozadas, que urgía una composición general, y se dictaron órdenes terribles convocando a todos los habitantes de Zaragoza para trabajar en ellas. La proclama dijo que todos debían llevar el fusil en una mano y la azada en la otra.

El 12 y el 13 se trabajó sin descanso, disminuyendo bastante el fuego porque los sitiadores, escarmentados, no querían arriesgarse en nuevos golpes de mano, y comprendiendo que aquello era obra de paciencia y estudio, más que de arrojo, abrían despacio y con toda seguridad zanjas y caminos cubiertos que les trajesen a la posesión del reducto sin pérdida de gente. Casi fue preciso hacer de nuevo las murallas, mejor dicho, sustituirlas con sacos de tierra, operación en que, además de toda la tropa, se ocupaban muchos frailes, canónigos, magistrados de la audiencia, chicos y mujeres. La artillería estaba casi inservible, el foso casi cegado, y era preciso continuar la defensa a tiro de fusil. Así nos sostuvimos todo el 13 protegiendo los trabajos de recomposición, padeciendo mucho y viendo que cada vez mermábamos en número, aunque entraba gente nueva a cubrir las considerables bajas. El 14 la artillería enemiga empezó a desbaratar de nuevo nuestra muralla de sacos, abriéndonos brechas por el frente y los costados; mas no se atrevían a intentar un nuevo asalto, contentándose con seguir abriendo su zanja en tal dirección, que no podíamos de modo alguno enfilarla con nuestro fuego, ni con los de las baterías inmediatas.

El valeroso, el provocativo fuerte de tierra, iba a estar bien pronto bajo los fuegos cubiertos de baterías cercanas, que arrojarían a los cuatro vientos el polvo de que estaba formado. En esta situación le era forzoso rendirse más tarde o más temprano, pues se hallaba a merced de los tiros del francés, como un barco a merced de las olas del océano. Flanqueado por caminos cubiertos y zig-zags, por cuyos huecos discurría sin peligro un enemigo inteligente y lleno de fuerza material y con todos los recursos de la ciencia, el baluarte era como un hombre cercado por un ejército. No teníamos cañones servibles, ni podíamos traer otros nuevos, porque las murallas no los hubieran resistido.

Nuestro único recurso era minar el reducto para volarlo en el momento en que entraran en él los franceses, y destruir también el puente para impedir que nos persiguieran. Así se hizo, y durante la noche del 14 al 15 trabajaban sin descanso en la mina, y pusimos los hornillos del puente, esperando que los enemigos se echasen encima al día siguiente por la mañana. Con todo, no fue así, porque no atreviéndose a dar un asalto sin todas las precauciones y seguridades posibles, continuaron sus trabajos de zapa hasta muy cerca del foso. En esta faena, nuestra infatigable fusilería les hacía poco daño. Estábamos desesperados; pero sin poder hacer nada, sin que la misma desesperación nos sirviera para la defensa. Era una fuerza inútil, como la cólera de un loco en su jaula.

Desclavamos también el tablón que decía *Reducto inconquistable,* para llevarnos aquel testimonio de nuestra justificada jactancia, y al anochecer fue abandonado el fuerte, quedando sólo cuarenta hombres para custodiarlo hasta el fin y *matar lo que se pudiera,* como decía nuestro capitán, pues no debía perderse ninguna ocasión de hacer un par de bajas al enemigo. Desde la torre del Pino presenciamos la retirada de los cuarenta, a eso de las ocho de la noche, después de haberla emprendido a bayonetazos con los ocupadores y batiéndose en retirada con bravura. La mina del interior del reducto hizo muy poco efecto; pero los hornillos del puente desempeñaron tan bien su cometido, que el paso quedó roto y el reducto aislado en la otra orilla de la Huerva. Adquirido este sitio y San José, los franceses tenían el apoyo suficiente para abrir su tercera paralela y batir cómodamente todo el circuito de la ciudad.

Estábamos tristes, y un poco, un poquillo desanimados. ¿Pero qué importaba un decaimiento momentáneo, si al día siguiente tuvimos una fiesta divertidísima? Después de batirse uno como un frenético, no venía mal algo de jolgorio y bullanga, precisamente cuando faltaba tiempo para enterrar los muchos muertos y acomodar en las casas el inmenso número de heridos. Verdad es que para todo había manos, gracias a Dios, y el motivo de la general alegría fue que empezaron a circular noticias estupendas sobre ejércitos españoles que venían a socorrernos, sobre derrotas de los franceses en distintos puntos de la Península y otras zarandajas.

Agolpábase el pueblo en la plaza de la Seo, o frente al arco de la Magdalena, esperando que saliese la *Gaceta,* y al fin salió a regocijar los ánimos y hacer palpitar de esperanza todos los corazones. No sé si efectivamente llegaron a Zaragoza tales noticias, o si las sacó de su cacumen el redactor principal, que era don Ignacio Asso: lo cierto es que en letras de molde se nos dijo que Reding venía a socorrernos con un ejército de sesenta mil hombres; que el marqués de Lazán, después de derrotar a la canalla en el norte de Cataluña, había entrado en Francia *llevando el espanto por todas partes;* que también venía en nuestro auxilio el duque del Infantado; que entre Blake y la Romana habían derrotado a Napoleón, *matándole veinte mil hombres,* inclusos Berthier, Ney y Savary, y que a Cádiz habían llegado *diez y seis millones de duros,* enviados por los ingleses para gastos de guerra. ¿Qué tal? ¿Se explicaba la *Gaceta?*

A pesar de ser tantas y tan gordas, nos las tragamos, y allí fueron las demostraciones de alegría, el repicar campanas y el correr por las calles cantando la jota, con otros muchos excesos patrióticos que por lo menos tenían la ventaja de proporcionarnos un poco de aquel refrigerio espiritual que necesitábamos. No crean ustedes que por consideración a nuestra alegría había cesado la lluvia de bombas. Muy lejos de eso, aquellos condenados parecían querer mofarse de las noticias de nuestra *Gaceta,* repitiendo la dosis.

Sintiendo un deseo vivísimo de reírnos en sus barbas, fuimos a la muralla, y allí las músicas de los regimientos tocaron con cierta afectación provocativa, cantando todos en inmenso coro el famoso tema:

La Virgen del Pilar dice
que no quiere ser francesa.

También ellos estaban para burlas y arreciaron el fuego de tal modo, que la ciudad recibió en menos de dos horas mayor número de proyectiles que en el resto del día. Ya no había asilo seguro; ya no había un palmo de suelo ni de techo libre de aquel satánico fuego. Huían las familias de sus hogares, o se refugiaban en los sótanos; los heridos, que abundaban en las principales casas, eran llevados a las iglesias, buscando reposo bajo sus fuertes bóvedas; otros salían arrastrándose; algunos más ágiles llevaban a cuestas sus propias camas. Los más se acomodaban en el Pilar, y después de ocupar todo el pavimento, tendíanse en los altares y obstruían las capillas. A pesar de tantos infortunios, se consolaban con mirar a la Virgen, la cual sin cesar, con el lenguaje de sus brillantes ojos, les estaba diciendo *que no quería ser francesa.*

XII

Mi batallón no tomó parte en las salidas de los días 22 y 24, ni en la defensa del Molino de aceite y de las posiciones colocadas a espaldas de San José, hechos gloriosos en que se perdió bastante gente, pero donde se les sentó la mano con firmeza a los franceses. Y no era porque éstos se descuidaran en tomar precauciones, pues en la tercera paralela, desde la embocadura de la Huerva hasta la puerta del Carmen, colocaron cincuenta cañones, los más de grueso calibre, dirigiendo sus bocas con mucho arte contra los puntos más débiles. De todo esto nos reíamos o aparentábamos reírnos, como lo prueba la vanagloriosa respuesta de Palafox al mariscal Lannes (que desde el 22 se puso al frente del ejército sitiador), en la cual le decía: «*La conquista de esta ciudad hará mucho honor al señor mariscal si la ganase a cuerpo descubierto, no con bombas y granadas, que sólo aterran a los cobardes.*»

Por supuesto, en cuanto pasaron algunos días se conoció que los refuerzos esperados y los poderosos ejércitos que venían a libertarnos eran puro humo de nuestras cabezas, y principalmente de la del diarista que en tales cosas se entretenía. No había tales auxilios, ni ejércitos de ninguna clase andaban cerca para ayudarnos.

Yo comprendí bien pronto que lo publicado en la *Gaceta* del 16 era una filfa, y así lo dije a don José de Montoria y a su mujer, los cuales en su optimismo atribuyeron mi incredulidad a falta de sentido común. Yo había ido con Agustín y otros amigos a la casa de mis protectores para ayudarles en una tarea que les traía muy apurados, pues destruido por las bombas parte del techo y amenazada de ruina una pared maestra, estaban mudándose a toda prisa. El hijo mayor de Montoria, herido en la acción del Molino de aceite, se había albergado con su mujer e hijo en el sótano de una casa inmediata, y doña Leocadia no daba paz a los pies y a las manos para ir y venir de un sitio a otro, trayendo y llevando lo que era menester.

—No puedo fiarme de nadie —me decía—. Mi genio es así. Aunque tengo criados, no quedo contenta si no lo hago todo yo misma. ¿Qué tal se ha portado mi hijo Agustín?

—Como quien es, señora —le contesté—. Es un valiente muchacho, y su disposición para las armas es tan grande, que no me asombraría verle de general dentro de un par de años.

—¡General ha dicho usted! —exclamó con sorpresa—. Mi hijo va a cantar misa en cuanto se acabe el sitio, pues ya sabe usted que para eso le hemos criado. Dios y la Virgen del Pilar le saquen bien de esta guerra, que lo demás irá por sus pasos contados. Los padres del Seminario me han asegurado que veré a mi hijo con su mitra en la cabeza y su báculo en la mano.

—Así será, señora, no lo pongo en duda. Pero al ver cómo maneja las armas, no puede acostumbrarse uno a considerar que con aquella misma mano que tira del gatillo ha de echar bendiciones.

—Verdad es, señor de Araceli; y yo siempre he dicho que a la gente de iglesia no le cae bien esto del gatillo; pero qué quiere usted... Ahí tenemos hechos unos guerreros que dan miedo a don Santiago Sas, a don Manuel Lasartesa, al beneficiado de San Pablo, don Antonio La Casa, al teniente cura de la parroquia de San Miguel de los Navarros, don José Martínez, y también a don Vicente Casanova, que tiene fama de ser el primer teólogo de Zaragoza. Pues los demás lo hacen, guerree también mi hijo, aunque supongo que él estará rabiando por volver al Seminario y meterse en la balumba de sus estudios. Y no crea usted... últimamente estaba estudiando en unos libros tan grandes, tan grandes, que pesan dos quintales. Válgame Dios con el chico. Yo me quedo boba cuando recita una cosa larga, muy larga, toda en latín por supuesto, y que debe ser algo de nuestro divino Señor Jesucristo y el amor que tiene a su Iglesia, porque hay mucho de *amorem* y de *formosa,* y *pulcherrima, inflammavit* y otras palabrillas por el estilo.

—Justamente —le respondí—; y se me figura que lo que recita es el libro cuarto de una obra eclesiástica, que llaman la *Eneida,* que escribió un tal fray Virgilio, de la orden de Predicadores, y en cuya obra se habla mucho del amor que Jesucristo tiene a su Iglesia.

—Eso debe ser —repuso doña Leocadia—. Ahora, señor de Araceli, veamos si me ayuda usted a bajar esta mesa.

—Con mil amores, señora mía; la llevaré yo sólo —contesté, cargando el mueble, a punto que entraba don José de Montoria echando porras y cuernos por su bendita boca.

—¿Qué es esto, porra? —exclamó—. ¡Los hombres ocupados en faenas de mujer! Para mudar muebles y trastos no se le ha puesto a usted un fusil en la mano, señor de Araceli. Y tú, mujer, ¿para qué distraes de este modo a los hombres que hacen falta en otro lado? Tú y las chicas ¡porra! ¿no podeis bajar los muebles? Sois de pasta de requesón. Mira, por la calle abajo va la condesa de Bureta con un colchón a cuestas, mientras sus dos doncellas transportan un soldado herido en una camilla.

—Bueno —dijo doña Leocadia—, para eso no es menester tanto ruido. Váyanse fuera, pues, los hombres. A la calle todo el mundo y dejénnos solas. Afuera tú también, Agustín, hijo mío, y Dios te conserve sano en medio de este infierno.

—Hay que transportar veinte sacos de harina del convento de Trinitarios al almacén de la junta de abastos —dijo Montoria—. Vamos todos.

Y cuando llegamos a la calle añadió:

—La mucha tropa que hay dentro de Zaragoza, hará que pronto no podamos dar sino media ración. Verdad es, amigos míos, que hay muchos víveres escondidos, y aunque se ha mandado que todo el mundo declare lo que tiene, muchos no hacen caso y están acaparando para vender a precios fabulosos. ¡Mal pecado! Si les descubro y caen bajo mis manos, les haré entender quién es Montoria, presidente de la junta de abastos.

Llegábamos a la parroquia de San Pablo, cuando nos salió al encuentro el padre fray Mateo del Busto, que venía muy fatigado, forzando su débil paso, y le acompañaba otro fraile, a quien nombraron el padre Luengo.

—¿Qué noticias nos traen sus paternidades? —les preguntó Montoria.

—Efectivamente, don Juan Gallart tenía algunas arrobas de embutidos, que pone a disposición de la Junta.

—Y don Pedro Pizcueta, el tendero de la calle de las Moscas, entrega generosamente sesenta sacos de lana y toda la harina y la sal de sus almacenes —añadió Luengo.

—Pero acabamos de librar con el tío Candiola —dijo el otro fraile— una batalla, que ni la de las Eras se le compara.

—Pues qué —preguntó don José con asombro—, ¿no ha entendido ese miserable cicatero que le pagaremos su harina, ya que es el único de todos los vecinos de Zaragoza que no ha dado ni un higo para el abastecimiento del ejército?

—Váyale usted con esos sermones al tío Candiola —repuso Luengo—. Ha dicho terminantemente que no volvamos por allá, si no le llevamos ciento y veinticuatro reales por cada costal de harina, de sesenta y ocho que tiene en su almacén.

—¡Hay infamia igual! —exclamó Montoria, soltando una serie de porras que no copio por no cansar al lector—. ¡Con que a ciento veinticuatro reales! Es preciso hacer entender a ese avaro empedernido cuáles son los deberes de un hijo de Zaragoza en estas circunstancias. El capitán general me ha dado autoridad para apoderarme de los abastecimientos que crea necesarios, pagando por ellos la cantidad establecida.

—¿Pues sabe usted lo que dice, señor don José de mis pecados? —indicó Busto—. Pues dice que el que quiera harina que la pague. Dice que si la ciudad no se puede defender, que se rinda, y que él no tiene obligación de dar nada para la guerra, porque él no la ha traído.

—Corramos allá —dijo Montoria lleno de enojo, que dejaba traslucir en el gesto, en la alterada voz, en el semblante demudado y sombrío—. No es esta la primera vez que le pongo la mano encima a ese canalla, lechuzo, chupador de sangre.

Yo iba detrás con Agustín y observando a éste; le vi pálido y con la vista fija en el suelo. Quise hablarle; pero me hizo señas de que callara, y seguimos esperando a ver en qué pararía aquello. Pronto nos hallamos en la calle de Antón Trillo, y Montoria nos dijo:

—Muchachos, adelantaos, tocad a la puerta de ese insolente judío; echadla abajo si no os abren, entrad y decidle que baje al punto y venga delante de mí, porque quiero hablarle. Si no quiere venir, traedle de una oreja; pero cuidado que no os muerda, que es perro con rabia y serpiente venenosa.

Cuando nos adelantamos, miré de nuevo a Agustín, y le observé lívido y tembloroso.

—Gabriel —me dijo en voz baja—, yo quiero huir... yo quiero que se abra la tierra y me trague. Mi padre me matará, pero yo no puedo hacer lo que nos ha mandado.

—Ponte a mi lado y haz que se te ha torcido un pie y no puedes seguir —le contesté.

Y acto continuo los otros compañeros y yo empezamos a dar porrazos en la puerta. Asomose al punto la vieja por la ventana y nos dijo mil insolencias. Transcurrió un breve rato y después vimos que una mano muy hermosa levantaba la cortina, dejando ver momentáneamente una cara inmutada y pálida, cuyos grandes y vivos ojos negros dirigieron miradas de terror hacia la calle. Era en el momento en que mis compañeros y los chiquillos que nos seguían gritaban en pavoroso concierto:

—¡Que baje el tío Candiola, que baje ese perro Caifás!

Contra lo que creímos, Candiola obedeció; mas lo hizo creyendo habérselas con el enjambre de muchachos vagabundos que solían darle tales serenatas, y sin sospechar que el presidente de la junta de abastos con dos vocales de los más autorizados estaban allí para hablar de un asunto de importancia. Pronto tuvo ocasión de dar en lo cierto, porque al abrir la puerta, y en el momento de salir corriendo hacia nosotros con un palo en la mano, y centelleando de ira sus feos ojos, encaró con Montoria y se detuvo amedrentado.

—¡Ah!, es usted, señor de Montoria —dijo con muy mal talante—. Siendo usted, como es, individuo de la junta de seguridad, ya podría mandar retirar a esta canalla que viene a hacer ruido en la puerta de la casa de un vecino honrado.

—No soy de la junta de seguridad —dijo Montoria—, sino de la de abastos, y por eso vengo en busca del señor Candiola y le hago bajar; que no entro yo en esa casa oscura, llena de telarañas y ratones.

—Los pobres —repuso Candiola con desabrimiento—, no podemos tener palacios como el señor don José de Montoria, administrador de bienes del común y por largo tiempo contratista de arbitrios.

—Debo mi fortuna al trabajo, no a la usura —exclamó Montoria—. Pero acabemos, señor don Jerónimo; vengo por esa harina... ya le habrán enterado a usted estos dos buenos religiosos...

—Sí, la vendo —contestó Candiola con taimada sonrisa—; pero ya no la puedo dar al precio que indicaron esos señores. Es demasiado barato. No la doy menos de ciento sesenta y dos reales costal de a cuatro arrobas.

—Yo no pido precio —dijo don José, conteniendo la indignación.

—La junta podrá disponer de lo suyo; pero en mi hacienda no manda nadie más que yo —contestó el avaro—, y está dicho todo... conque cada uno a su casa, que yo me meto en la mía.

—Ven acá, harto de sangre —exclamó Montoria, asiéndole del brazo y obligándole a dar media vuelta con mucha presteza—. Ven acá, Candiola de mil demonios; he dicho que vengo por la harina y no me iré sin ella. El ejército defensor de Zaragoza no se ha de morir de hambre, ¡reporra! y todos los vecinos han de contribuir a mantenerlo.

—¡A mantenerlo, a mantener el ejército! —dijo el avariento, rebosando veneno—. ¿Acaso yo lo he parido?

—¡Miserable tacaño! ¿No hay en tu alma negra y vacía ni tanto así de sentimiento patrio?

—Yo no mantengo vagabundos. Pues qué, ¿teníamos necesidad de que los franceses nos bombardearan, destruyendo la ciudad? ¡Maldita guerra! ¿Y quieren que yo les dé de comer? Veneno les daría.

—¡Canalla, sabandijo, polilla de Zaragoza y deshonra del pueblo español! —exclamó mi protector, amenazando con el puño la arrugada cara del avaro—. Más quisiera condenarme, ¡cuerno!, quemándome por toda la eternidad en las llamas del infierno, que ser lo que tú eres, que ser el tío Candiola por espacio de un minuto. Conciencia más negra que la noche, alma perversa, ¿no te avergüenzas de ser el único que en esta ciudad ha negado sus recursos al ejército libertador de la patria? El odio general que por esta vil conducta has merecido, ¿no pesa sobre ti más que si te hubieran echado encima todas las peñas del Moncayo?

—Basta de músicas y déjenme en paz —dijo don Jerónimo, dirigiéndose a la puerta.

—Ven acá, reptil inmundo —gritó Montoria deteniéndole—. Te he dicho que no me voy sin la harina. Si no la das de grado, como todo buen español, la darás por fuerza, y te la pagaré a razón de cuarenta y ocho reales costal, que es el precio que tenía antes del sitio.

—¡Cuarenta y ocho reales! —exclamó Candiola con expresión rencorosa—. Mi pellejo daría por ese precio antes que la harina. La compré yo más cara. ¡Maldita tropa! ¿Me mantienen ellos a mí, señor de Montoria?

—Dale gracias, execrable usurero, porque no han puesto fin a tu vida inútil. La generosidad de este pueblo, ¿no te llama la atención? En el otro sitio y cuando pasábamos los mayores apuros por reunir dinero y efectos, tu corazón de piedra permaneció insensible, y ni se te pudo arrancar una camisa vieja para cubrir la desnudez del pobre soldado, ni un pedazo de pan para matar su hambre. Zaragoza no ha olvidado tus infamias. ¿Recuerdas que después de la acción del 4 de agosto, se repartieron los heridos por la ciudad, y a ti te tocaron dos, que no lograron traspasar el umbral de esa puerta de la miseria? Yo me acuerdo bien: en la noche del 4 llegaron a tu puerta, y con sus débiles manos tocaron para que les abrieras. Sus ayes lastimosos no conmovían tu corazón de corcho: saliste a la puerta y, golpeándoles con el pie, les lanzaste en medio de la calle, diciendo que tu casa no era un hospital. Indigno hijo de Zaragoza, ¿dónde tienes el alma, dónde tienes la conciencia? Pero tú no tienes alma ni eres hijo de Zaragoza, sino que naciste de un mallorquín con sangre de judío.

Los ojos de Candiola echaban chispas; temblábale la quijada, y con sus dedos convulsos apretaba en la mano derecha el palo que le servía de bastón.

—Sí, tú tienes sangre de judío mallorquín; tú no eres hijo de esta noble ciudad. Los lamentos de aquellos dos pobres heridos, ¿no resuenan todavía en tus orejas de murciélago? Uno de ellos, desangrado rápidamente, murió en este mismo sitio en que estamos. El otro, arrastrándose, pudo llegar hasta el Mercado, donde nos contó lo ocurrido. ¡Infame espantajo! ¿No te asombraste de que el pueblo zaragozano no te despedazara en la mañana del 5? Candiola, Candiolilla, dame la harina y tengamos la fiesta en paz.

—Montoria, Montorilla —repuso el otro—, con mi hacienda y mi trabajo no engordan los vagabundos holgazanes. ¡Ya! ¡Háblenme a mí de caridad y de generosidad y de interés por los pobres soldados! Los que tanto hablan de esto son unos miserables gorrones que están comiendo a costa de la cosa pública. La junta de abastos no se reirá de mí. ¡Como si no supiéramos lo que significa toda esta música de los socorros para el ejército! Montoria, Montorilla, algo se queda en casa, ¿no es verdad? Buenas cochuras se harán en los hornos de algún patriota con la harina que dan los sandios bobalicones que la junta conoce. ¡A cuarenta y ocho reales! ¡Lindo precio! ¡Luego en las cuentas que se pasan al capitán general se le ponen como compradas a sesenta, diciendo que *la Virgen del Pilar no quiere ser francesa!*

Don José de Montoria, que ya estaba sofocado y nervioso, luego que oyó lo anterior, perdió los estribos, como vulgarmente se dice, y sin poder contener el primer impulso de su indignación, fuese derecho hacia el tío Candiola con apariencia de aporrearle la cara; mas éste, que sin duda con su hábil mirada estratégica preveía el movimiento y se había preparado para rechazarlo, tomó rápidamente la ofensiva, arrojándose con salto de gato sobre mi protector y le echó ambas manos al cuello, clavándole en él sus dedos huesosos y fuertes, mientras apretaba los dientes con tanta violencia cual si tuviera entre ellos la persona entera de su enemigo. Hubo una brevísima lucha, en que Montoria trabajó por deshacerse de aquella zarpa felina que tan súbitamente le había hecho presa, y en un instante viose que la fuerza nerviosa del avaro no podía nada contra la fuerza muscular del patriota aragonés. Sacudido con violencia por éste, Candiola cayó al suelo como un cuerpo muerto.

Oímos un grito de mujer en la ventana alta y luego el chasquido de la celosía al cerrarse. En aquel momento de dramática ansiedad busqué en torno mío a Agustín; pero había desaparecido.

Don José de Montoria, frenético de ira, pateaba con saña el cuerpo del caído, diciéndole al mismo tiempo con voz atropellada y balbuciente:

—Vil ladronzuelo, que te has enriquecido con la sangre de los pobres, ¿te atreves a llamarme ladrón, a llamar ladrones a los de la junta de abastos? Con mil porras, yo te enseñaré a respetar a la gente honrada y agradéceme que no te arranco esa miserable lenguaza para echarla a los perros.

Todos los circunstantes estábamos mudos de terror. Al fin sacamos al infeliz Candiola de debajo de los pies de su enemigo, y su primer movimiento fue saltar de nuevo sobre él; pero Montoria se había adelantado hacia la casa, gritando:

—Ea, muchachos, entrad en el almacén y sacad los sacos de harina. Pronto, despachemos pronto.

La mucha gente que se había reunido en la calle impidió al viejo Candiola entrar en su casa. Rodeándole al punto los chiquillos, que en gran número de las cercanías habían acudido, tomáronle por su cuenta. Unos le empujaban hacia adelante; otros hacia atrás; hacíanle trizas el vestido, y los más, tomando la ofensiva desde lejos, le arrojaban en grandes masas el lodo de la calle. En tanto, a los que penetramos en el piso bajo, que era el almacén, nos salió al encuentro una mujer, en quien al punto reconocí a la hermosa Mariquilla, toda demudada, temblorosa, vacilando a cada paso, sin poderse sostener ni hablar, porque el terror la paralizaba. Su miedo era inmenso y a todos nos dio lástima cuando la vimos, incluso Montoria.

—¿Usted es la hija del señor Candiola? —dijo éste, sacando del bolsillo un puñado de monedas, y haciendo una breve cuenta en la pared con un pedazo de carbón que tomó del suelo—. Sesenta y ocho costales de harina, a cuarenta y ocho reales, son tres mil doscientos sesenta y cuatro. No valen ni la mitad y me dan mucho olor a húmedo. Tome usted, niña; aquí está la cantidad justa.

María Candiola no hizo movimiento alguno para tomar el dinero, y Montoria lo depositó sobre un cajón, repitiendo:

—Ahí está.

Entonces la muchacha con brusco y enérgico movimiento, que parecía, y lo era ciertamente, inspiración de su dignidad ofendida, tomó las monedas de oro, de plata y de cobre, y las arrojó a la cara de Montoria, como quien apedrea. Desparramose el dinero por el suelo y en el quicial de la puerta, sin que se haya podido averiguar en lo sucesivo dónde fue a parar.

Inmediatamente después la Candiola, sin decirnos nada, salió a la calle, buscando con los ojos a su padre entre el apiñado gentío, y al fin, ayudada de algunos mozos que no sabían ver con indiferencia la desgracia de una mujer, rescató al anciano del cautiverio infame en que los muchachos lo tenían.

XIII

Entraron padre e hija por el portalón de la huerta, cuando empezábamos a sacar la harina para llevarla a la Lonja, donde estaba uno de los depósitos de víveres. Concluida la conducción, busqué a Agustín; pero no le encontraba en ninguna parte, ni en casa de su padre, ni en el almacén de la junta de abastos, ni en el Coso, ni en Santa Engracia. Al fin hallele a la caída de la tarde en el molino de pólvora, hacia San Juan de los Panetes. He olvidado decir que los zaragozanos, atentos a todo, habían improvisado un taller donde se elaboraban diariamente de nueve a diez quintales de pólvora. Ayudando a los operarios que ponían en sacos y en barriles la cantidad fabricada en el día, vi a Agustín Montoria trabajando con actividad febril.

—¿Ves este enorme montón de pólvora? —me dijo cuando me acerqué a él—. ¿Ves aquellos sacos y aquellos barriles llenos todos de la misma materia? Pues aún me parece poco, Gabriel.

—No sé lo que quieres decir.

—Digo que si esta inmensa cantidad de pólvora fuera del tamaño de Zaragoza me gustaría aún más. Sí, y en tal caso, quisiera yo ser el único habitante de esta gran ciudad. ¡Qué placer! Mira, Gabriel, si así fuera, yo mismo le pegaría fuego, volaría hasta las nubes escupido por la horrorosa erupción, como la piedrecilla que lanza el cráter del volcán a cien leguas de distancia. Subiría al quinto cielo, y de mis miembros, despedazados al caer después esparcidos en diferentes puntos, no quedaría memoria. La muerte, Gabriel, la muerte es lo que deseo. Pero yo quiero una muerte... no sé cómo explicártelo. Mi desesperación es tan grande, que morir de un balazo, morir de una estocada, no me satisface. Quiero estallar y difundirme por los espacios en mil inflamadas partículas; quiero sentirme en el seno de una nube flamígera y que mi espíritu saboree, aunque sólo sea por un instante de inconmensurable pequeñez, las delicias de ver reducida a polvo de fuego la carne miserable. Gabriel, estoy desesperado. ¿Ves toda esta pólvora? Pues supón dentro de mi pecho todas las llamas que pueden salir de aquí... ¿La viste cuando salió a recoger a su padre? ¿Viste cuando arrojó las monedas...? Yo estaba en la esquina observándolo todo. María no sabe que aquel hombre que maltrató a su padre es el mío. ¿Viste cómo los chicos arrojaban lodo al pobre Candiola? Yo conozco que Candiola es un miserable; pero ella, ¿qué culpa tiene? Ella y yo, ¿qué culpa tenemos? Nada, Gabriel, mi corazón destrozado anhela mil muertes: yo no puedo vivir; yo correré al sitio de mayor peligro y me arrojaré a buscar el fuego de los franceses, porque después de lo que he visto hoy, yo y la tierra en que habito somos incompatibles.

Le saqué de allí llevándole a la muralla, y tomamos parte en las obras de fortificación que se estaban haciendo en las Tenerías, el punto más débil de la ciudad después de la pérdida de San José y de Santa Engracia. Ya he dicho que desde la embocadura de la Huerva hasta San José había cincuenta bocas de fuego. Contra esta formidable línea de ataque, ¿qué valía nuestro circuito fortificado?

El arrabal de las Tenerías se extiende al oriente de la ciudad, entre la Huerva y el recinto antiguo, perfectamente deslindado aún por la gran vía que se llama el Coso. Componíase a principios del siglo el caserío de edificios endebles, casi todos habitados por labradores y artesanos, y las construcciones religiosas no tenían allí la suntuosidad de otros monumentos de Zaragoza. La planta general de este barrio es aproximadamente un segmento de círculo, cuyo arco da al campo y cuya cuerda le une al resto de la ciudad, desde Puerta Quemada a la subida del Sepulcro. Corrían desde esta línea hacia la circunferencia varias calles, unas interrumpidas, como las de Añón, Alcober y las Arcadas, y otras prolongadas, como las de Palomar y San Agustín. Con éstas se enlazaban sin plan ni concierto ni simetría alguna, estrechas vías, como la calle de la Diezma, Barrio Verde, de los Clavos y de Pabostre. Algunas de éstas se hallaban determinadas, no por hileras de casas, sino por largas tapias, y a veces faltando una cosa y otra; las calles se resolvían en informes plazuelas, mejor dicho, corrales o patios donde no había nada. Digo mal, porque en los días a que me refiero, los escombros ocasionados por el primer sitio sirvieron para alzar baterías y barricadas en los puntos donde las casas no ofrecían defensa natural.

Cerca del pretil del Ebro existían algunos trozos de muralla antigua, con varios cubos de mampostería, que algunos suponen hechos por manos de gente romana, y otros juzgan obra de los árabes. En mi tiempo (no sé cómo estará actualmente) estos trozos de muralla aparecían empotrados en las manzanas de casas, mejor dicho, las casas estaban empotradas en ellos, buscando apoyo en los recodos y ángulos de aquella obra secular, ennegrecida, mas no quebrantada, por el paso de los siglos. Así lo nuevo se había edificado sobre y entre los restos de lo antiguo en confuso amasijo, como la gente española se desarrolló y crió sobre despojos de otras gentes con mezcladas sangres, hasta constituirse como hoy lo está.

El aspecto general del barrio de las Tenerías traía a la imaginación, acompañados de cierta idealidad risueña, los recuerdos de la dominación arábiga. La abundancia del ladrillo, los largos aleros, el ningún orden de las fachadas, las ventanuchas con celosías, la completa anarquía arquitectural, aquello de no saberse dónde acababa una casa y empezaba otra; la imposibilidad de distinguir si ésta tenía dos pisos o tres, si el tejado de aquélla servía de apoyo a las paredes de las de más allá; las calles, que a lo mejor acababan en un corral sin salida, los arcos que daban entrada a una plazuela, todo me recordaba lo que en otro pueblo de España, de allí muy distante, había visto.

Pues bien: esta amalgama de casas que os he descrito muy a la ligera, este arrabal fabricado por varias generaciones de labriegos y curtidores, según el capricho de cada uno y sin orden ni armonía, estaba preparado para la defensa, o se preparaba en los días 24 y 25 de enero, una vez que se advirtió la gran pompa de fuerzas ofensivas que desplegó el francés por aquella parte. Y he de advertir que todas las familias habitadoras de las casas del arrabal, procedían a ejecutar obras, según su propio instinto estratégico, y allí había ingenieros militares con faldas, que dieron muestras de profundo saber de guerra al tabicar ciertos huecos y abrir otros a la luz y al fuego. Los muros de Levante estaban en toda su extensión aspillerados. Los cubos de la muralla *cesaraugustana*, hechos contra las flechas y las piedras de honda, sostenían cañones.

Si la zona de acción de alguna de estas piezas era estrechada por cualquier tejado colindante, azotea o casa entera, al punto se quitaba el obstáculo. Muchos pasos habían sido obstruidos, y dos de los edificios religiosos del arrabal, San Agustín y las Mónicas, eran verdaderas fortalezas. La tapia había sido reedificada y reforzada; las baterías se enlazaban unas con otras, y nuestros ingenieros habían calculado hábilmente las posiciones y el alcance de las obras enemigas para acomodar a ellas las defensivas.

Dos puntos avanzados tenía la línea, y eran el molino de Goicoechea y una casa, que por pertenecer a un don Victoriano González, ha quedado en la historia con el nombre de *Casa de González.* Recorriendo dicha línea desde Puerta Quemada, se encontraba primero la batería de Palafox, luego el Molino de la ciudad, luego las eras de San Agustín, enseguida el molino de Goicoechea, colocado fuera del recinto, después la tapia de la huerta de las Mónicas, y a continuación las de San Agustín; más adelante una gran batería y la casa de González. Esto es todo lo que recuerdo de las Tenerías. Había por allí un sitio que llamaban el Sepulcro, por la proximidad de una iglesia de este nombre. Al arrabal entero, mejor que a una parte de él, cuadraba entonces el nombre de *sepulcro.* Y no os digo más por no cansaros con estas menudencias descriptivas, que en rigor son innecesarias para quien conoce aquellos gloriosísimos lugares, e insuficientes para el que no ha podido visitarlos.

XIV

Agustín Montoria y yo hicimos la guardia con nuestro batallón en el Molino de la ciudad, hasta después de anochecido, hora en que nos relevaron los voluntarios de Huesca, y se nos concedió toda la noche para estar fuera de las filas. Mas no se crea que en estas horas de descanso estábamos mano sobre mano, pues cuando concluía el servicio militar, empezaba otro no menos penoso en el interior de la ciudad, ya conduciendo heridos a la Seo y al Pilar, ya desalojando casas incendiadas, o bien llevando material a los señores canónigos, frailes y magistrados de la Audiencia, que hacían cartuchos en San Juan de los Panetes.

Pasábamos Montoria y yo por la calle de Pabostre. Yo iba comiéndome con mucha gana un mendrugo de pan. Mi amigo, taciturno y sombrío, regalaba el suyo a los perros que encontrábamos al paso, y aunque hice esfuerzos de imaginación para alegrar un poco su ánimo contristado, él, insensible a todo, contestaba con tétricas expresiones a mi festivo charlar. Al llegar al Coso, me dijo:

—Dan las diez en el reloj de la Torre Nueva. Gabriel, ¿sabes que quiero ir allá esta noche?

—Esta noche no puede ser. Esconde entre ceniza la llama del amor mientras atraviesan el aire esos otros corazones inflamados que llaman bombas y que vienen a reventar dentro de las casas, matando medio pueblo.

En efecto, el bombardeo, que no había cesado durante todo el día, continuaba en la noche, aunque un poco menos recio; y de vez en cuando caían algunos proyectiles, aumentando las víctimas que ya en gran número poblaban la ciudad.

—Iré allá esta noche —me contestó—. ¿Me vería Mariquilla entre el gentío que tocó a las puertas de su casa? ¿Me confundiría con los que maltrataron a su padre?

—No lo creo: esa joven sabrá distinguir a las personas formales. Ya averiguarás eso más adelante, y ahora no está el horno para bollos. ¿Ves? De aquella casa piden socorro, y por aquí van unas pobres mujeres. Mira, una de ellas no se puede arrastrar y se arroja en el suelo. Es posible que la señorita doña Mariquilla Candiola ande también socorriendo heridos en San Pablo o en el Pilar.

—No lo creo.

—O quizá esté en la cartuchería.

—Tampoco lo creo. Estará en su casa y allá quiero ir, Gabriel; ve tú al transporte de heridos, a la pólvora o a donde quieras, que yo voy allá.

Diciendo esto, se nos presentó Pirli, con su hábito de fraile, ya en mil partes agujereado, y el morrión francés tan lleno de abolladuras y desperfectos en el pelo, chapa y plumero, que el héroe, portador de tales prendas, más que soldado parecía una figura de Carnaval.

—¿Van ustedes al acarreo de heridos? —nos dijo—. Ahora se nos murieron dos que llevábamos a San Pablo. Allá quieren gente para abrir la zanja en que van a enterrar los muertos de ayer; pero yo he trabajado bastante y voy a descabezar un sueño en casa de Manuela Sancho. Antes bailaremos un poco: ¿quereis venir?

—No: vamos a San Pablo —contesté—, y enterraremos muertos, pues todo es trabajar.

—Dicen que los muchos difuntos envenenan el aire y que por eso hay tanta gente con calenturas, las cuales despachan para el otro barrio más pronto que los heridos. Yo más quiero el *pastel caliente* que la epidemia, y una *señora* no me da miedo; pero el frío y la calentura sí. Conque ¿vais a enterrar muertos?

—Sí —dijo Agustín—. Enterremos muertos.

—En San Pablo hay lo menos cuarenta, todos puestos en una capilla —añadió Pirli—, y al paso que vamos, pronto seremos más los muertos que los vivos. ¿Quereis divertiros? Pues no vayais a abrir la zanja, sino a la cartuchería, donde hay unas mozas... Todas las muchachas principales del pueblo están allí, y de cuando en cuando echan algo de cante y bailoteo para alegrar las almas.

—Pero allí no hacemos falta. ¿Está también Manuela Sancho?

—No: todas son señoritas principales, que han sido llamadas por la junta de seguridad. Y también hay muchas en los hospitales. Ellas se brindan a este servicio, y la que falta es mirada con tan malos ojos, que no encontrará novio con quien casarse en todo este año ni en el que viene.

Sentimos detrás de nosotros pasos precipitados, y volviéndonos, vimos mucha gente, entre cuyas voces reconocimos la de don José de Montoria, el cual, al vernos, muy encolerizado nos dijo:

—¿Qué haceis, papanatas? Tres hombres sanos y rollizos se están aquí mano sobre mano, cuando hace tanta falta gente para el trabajo. Vamos, largo de aquí. Adelante, caballeritos. ¿Veis aquellos dos palos que hay junto a la subida del Trenque, con una viga cruzada encima, de la que penden seis dogales? ¿Veis la horca que se ha puesto esta tarde para los traidores? Pues es también para los holgazanes. A trabajar, o a puñetazos os enseñaré a mover el cuerpo.

Seguimos tras ellos y pasamos junto a la horca, cuyos seis

dogales se balanceaban majestuosamente a impulso del viento, esperando gargantas de traidores o cobardes.

Montoria, cogiendo a su hijo por un brazo, mostrole con enérgico ademán el horrible aparato y le habló así:

—Aquí tienes lo que hemos puesto esta tarde; ¡mira qué buen regalo para los que no cumplen con su deber! Adelante: yo, que soy viejo, no me canso jamás, y vosotros jóvenes, llenos de salud, parecéis de manteca. Ya se acabó aquella gente invencible del primer sitio. Señores, nosotros los viejos demos ejemplo a estos pisaverdes, que desde que llevan siete días sin comer, se quejan y empiezan a pedir caldo. Caldo de pólvora os daría yo, y una garbanzada de cañón de fusil, ¡cobardes! Ea, adelante, que hace falta enterrar muertos y llevar cartuchos a las murallas.

—Y asistir a los enfermos de esta condenada epidemia que se está desarrollando —dijo uno de los que acompañaban a Montoria.

—Yo no sé qué pensar de esto que llaman epidemia los facultativos y que yo llamo miedo, sí, señores, puro miedo —añadió don José—, porque eso de quedarse uno frío, y entrarle calambres y calentura, y ponerse verde y morirse, ¿qué es sino efecto del miedo? Ya se acabó la gente templada, sí, señores; ¡qué gente aquella la del primer sitio! Ahora, en cuanto hacen fuego nutrido y lo reciben por espacio de diez horas, ¡una friolera! ya se caen de fatiga y dicen que no pueden más. Hay hombre que sólo por perder pierna y media se acobarda y empieza a llamar a gritos a los Santos Mártires, diciendo que lo lleven a la cama. ¡Nada, cobardía y pura cobardía! Como que hoy se retiraron de la batería de Palafox varios soldados, entre los cuales había muchos que conservaban un brazo sano y mondo. Y luego pedían caldo... ¡Que se chupen su propia sangre, que es el mejor caldo del mundo! ¡Cuando digo que se acabó la gente de pecho, aquella gente, porra, mil porras!

—Mañana atacarán los franceses las Tenerías —dijo otro—. Si resultan muchos heridos, no sé dónde los vamos a colocar.

—¡Heridos! —exclamó Montoria—. Aquí no se quieren los heridos. Los muertos no estorban, porque se hace con ellos un montón y... pero los heridos... Como la gente no tiene ya aquel arrojo, pues... apuesto a que defenderán las posiciones mientras no se vean reducidos a la décima parte; pero las abandonarán desde que encima de cada uno se echen un par de docenas de franceses... ¡Qué debilidad! En fin, sea lo que Dios quiera, y pues hay heridos y enfermos, asistámosles. ¿Qué tal? ¿Se ha recogido hoy mucha gallina?

—Como unas doscientas, de las cuales más de la mitad son de donativo, y las demás se han pagado a seis reales y medio. Algunos no las quieren dar.

—Bueno. ¡Que un hombre como yo se ocupe de gallinas en estos días!... Han dicho ustedes que algunos no las querían dar, ¿eh? El señor capitán general me ha autorizado para imponer multas a los que no contribuyan a la defensa, y sin ruido ni violencia arreglaremos a los tibios y a los traidores... Alto, señores. Una bomba cae por las inmediaciones de la Torre Nueva. ¿Veis? ¿Oís? ¡Qué horroroso estrépito! Apuesto a que la divina Providencia, más que los morteros franceses, la ha dirigido contra el hogar de ese judío empedernido y sin alma, que ve con indiferencia y hasta con desprecio las desgracias de sus convecinos. Corre la gente hacia allá: parece que arde una casa o que se ha desplomado... No, no corráis, infelices; dejadla que arda; dejadla que caiga al suelo en mil pedazos. Es la casa del tío Candiola, que no daría una peseta por salvar al género humano de un nuevo diluvio... ¡Eh, Agustín!, ¿dónde vas? ¿Tú también corres hacia aquel sitio? Ven acá y sígueme, que hacemos más falta en otra parte.

Ibamos por junto a la Escuela Pía. Agustín, impulsado sin duda por un movimiento de su corazón, tomó a toda prisa la dirección de la plazuela de San Felipe, siguiendo a la mucha gente que corría hacia este sitio; pero detenido enérgicamente por su padre, continuó mal de su grado en nuestra compañía. Algo ardía indudablemente cerca de la Torre Nueva, y en ésta los preciosos arabescos y las facetas de los ladrillos brillaron enrojecidos por la cercana llama. Aquel monumento elegante, aunque cojo, descollaba en la negra noche, vestido de púrpura, y al mismo tiempo su colosal campana lanzaba al aire prolongados lamentos.

Llegamos a San Pablo.

—Ea, muchachos, haraganes —nos dijo don José—, ayudad

a los que abren esta zanja. Que sea holgadita, crecederita; es un traje con que se van a vestir cuarenta cuerpos.

Y emprendimos el trabajo, sacando tierra de la zanja que se abría en el patio de la iglesia. Agustín cavaba como yo, y a cada instante volvía sus ojos a la Torre Nueva.

—Es un incendio terrible —me dijo—. Mira, parece que se extingue un poco, Gabriel; yo me quiero arrojar en esta fosa que estamos abriendo.

—No haya prisa —le respondí—, que tal vez mañana nos echen en ella sin que lo pidamos. Conque dejarse de tonterías, y a trabajar.

—¿No ves? Parece que se extingue el fuego.

—Sí; se habrá quemado toda la casa. El tío Candiola habrase encerrado en el sótano con su dinero y allí no llegará el fuego.

—Gabriel, voy un momento allá; quiero ver si ha sido su casa. Si sale mi padre de la iglesia, le dirás que... le dirás que vuelvo en seguida.

La repentina salida de don José de Montoria impidió a Agustín la fuga que proyectaba, y los dos continuamos cavando la gran sepultura. Comenzaron a sacar cuerpos, y los heridos o enfermos que eran traídos a cada instante, veían el cómodo lecho que se les estaba preparando, quizá para el día siguiente. Al fin se creyó que la zanja era bastante honda, y nos mandaron suspender la excavación. Acto continuo fueron traídos uno a uno los cadáveres y arrojados en su gran sepultura, mientras algunos clérigos, puestos de rodillas y rodeados de mujeres piadosas, recitaban lúgubres responsos. Cayeron dentro todos, y no faltaba sino echar tierra encima. Don José de Montoria, con la cabeza descubierta y rezando en voz alta un padrenuestro, echó el primer puñado, y luego nuestras palas y azadas empezaron a cubrir la tumba a toda prisa. Concluida esta operación, todos nos pusimos de rodillas y rezamos en voz baja. Agustín Montoria me decía al oído:

—Iremos ahora... mi padre se marchará. Dile que hemos quedado en relevar a dos compañeros que tienen un enfermo en su familia y quieren pasar a verle. Díselo por Dios; yo no me atrevo... y en seguida nos iremos allá.

XV

Engañamos al viejo y fuimos, ya muy avanzada la noche, porque la inhumación que acabo de mencionar duró más de tres horas. La luz del incendio por aquella parte había dejado de verse; la masa de la torre perdíase en la oscuridad de la noche y su gran campana no sonaba sino de tarde en tarde para anunciar la salida de una bomba. Pronto llegamos a la plazuela de San Felipe y al observar que humeaba el techo de una casa cercana en la calle del Temple, comprendimos que no fue la del tío Candiola, sino aquella la que tres horas antes habían invadido las llamas.

—Dios la ha preservado —dijo Agustín con mucha alegría—, y si la ruindad del padre atrae sobre aquel techo la cólera divina, las virtudes y la inocencia de Mariquilla la detienen. Vamos allá.

En la plazuela de San Felipe había alguna gente; pero la calle de Antón Trillo estaba desierta. Nos detuvimos junto a la tapia de la huerta y pusimos atento el oído. Todo estaba tan en silencio que la casa parecía abandonada. ¿Lo estaría realmente? Aunque aquel barrio era de los menos castigados por el bombardeo, muchas familias le habían desalojado, o vivían refugiadas en los sótanos.

—Si entro —me dijo Agustín—, tú entrarás conmigo. Después de la escena de hoy, temo que don Jerónimo, suspicaz y medroso como buen avaro, esté alerta toda la noche y ronde la huerta, creyendo que vuelven a quitarle su hacienda.

—En ese caso —le respondí—, más vale no entrar, porque además del peligro que trae el caer en manos de ese vestiglo, habría gran escándalo, y mañana todos los habitantes de Zaragoza sabrían que el hijo de don José Montoria, el joven destinado a encajarse una mitra en la cabeza, anda en malos pasos con la hija del tío Candiola.

Pero esto y algo más que le dije era predicar en desierto, y así, sin atender razones, insistiendo en que yo le siguiera, hizo la señal amorosa, aguardando con la mayor ansiedad que fuera contestada. Transcurrió algún tiempo, y al cabo, después de mucho mirar y remirar desde la acera de enfrente, percibimos luz en la ventana alta. Sentimos luego descorrer muy quedamente el cerrojo del portalón y éste se abrió sin rechinar, pues sin duda el amor había tenido la precaución de engrasar sus viejos goznes. Los dos entramos, topando de manos a boca, no con la deslumbradora hermosura de una perfumada y voluptuosa doncella, sino con una avinagrada cara, en la que al punto reconocí a doña Guedita.

—Vaya unas horas de venir acá —dijo gruñendo—, y viene con otro. Caballeritos, hagan ustedes el favor de no meter ruido. Anden sobre las puntas de los pies y cuiden de no tropezar ni con una hoja seca, que el señor me parece que está despierto.

Esto nos lo dijo en voz tan baja, que apenas lo entendimos, y luego marchó adelante, haciendo señas de que la siguiéramos, y poniendo el dedo en los labios para intimarnos un absoluto silencio. La huerta era pequeña: pronto le dimos fin, tropezando con una escalerilla de piedra que conducía a la entrada de la casa, y no habíamos subido seis escalones cuando nos salió al encuentro una esbelta figura, arrebujada en una manta, capa o cabriolé. Era Mariquilla. Su primer ademán fue imponernos silencio y luego miró con inquietud una ventana lateral que también caía a la huerta. Después mostró sorpresa al ver que Agustín iba acompañado; pero éste supo tranquilizarla, diciendo:

—Es Gabriel, mi amigo, mi mejor, mi único amigo, de quien me has oído hablar tantas veces.

—Habla más bajo —dijo María—. Mi padre salió hace poco de su cuarto con una linterna, y rondó toda la casa y la huerta. Me parece que no duerme aún. La noche está oscura. Ocultémonos en la sombra del ciprés y hablemos en voz muy baja.

La escalera de piedra conducía a una especie de corredor o balcón con antepecho de madera. En el extremo de este corredor un ciprés corpulento, plantado en la huerta, proyectaba gran masa de sombra, formando allí una especie de refugio contra la claridad de la luna. Las ramas desnudas del olmo se extendían sin sombrear por otro lado, y garabateaban con mil rayas el piso del corredor, la pared de la casa y nuestros cuerpos. Al amparo de la sombra del ciprés sentose Mariquilla en la única silla que allí había; púsose Montoria en el suelo y junto a ella, apoyando las manos en sus rodillas, y yo senteme también sobre el piso, no lejos de la hermosa pareja. Era la noche, como de enero, serena, seca y fría; quizá los dos amantes, caldeados en el amoroso rescoldo de sus corazones, no sentían la baja temperatura; pero yo, criatura ajena a sus incendios, me envolví en mi capote, para resguardarme de la frialdad de los ladrillos. La tía Guedita había desaparecido. Mariquilla entabló la conversación abordando desde luego el punto difícil.

—Esta mañana te vi en la calle. Cuando sentimos Guedita y yo el gran ruido de la mucha gente que se agolpaba en nuestra puerta, me asomé a la ventana y te vi en la acera de enfrente.

—Es verdad —respondió Montoria con turbación—. Allí estuve; pero tuve que marcharme al instante porque se me acababa la licencia.

—¿No viste cómo aquellos bárbaros atropellaron a mi padre? —dijo Mariquilla conmovida—. Cuando aquel hombre cruel le castigó, miré a todos lados, esperando que tú saldrías en su defensa; pero ya no te vi por ninguna parte.

—Lo que te digo, Mariquilla de mi corazón —repuso Agustín—, es que tuve que marcharme antes... Después me dijeron que tu padre había sido maltratado, y me dio un coraje... quise venir...

—¡A buenas horas! Entre tantas, entre tantas personas —añadió la Candiola llorando—, ni una, ni una sola hizo un gesto para defenderle. Yo me moría de miedo aquí arriba, viéndole en peligro. Miramos con ansiedad a la calle. Nada, no había más que enemigos... Ni una mano generosa, ni una voz caritativa... Entre todos aquellos hombres uno, más cruel que todos, arrojó a mi padre en el suelo... ¡Oh! Recordando esto, no sé lo que me pasa. Cuando lo presencié, un gran terror me tuvo por momentos paralizada. Hasta entonces no conocí yo la verdadera cólera, aquel fuego interior, aquel impulso repentino que me hizo correr de aposento en aposento buscando... Mi pobre padre yacía en el suelo y el miserable le pisoteaba como si fuera un reptil venenoso. Viendo esto, yo sentía la sangre hirviendo en mi cuerpo. Como te he dicho, corrí por la habitación buscando un arma, un cuchillo, un hacha, cualquier cosa. No encontré nada. Desde lo interior oí los lamentos de mi padre, y sin esperar más bajé a la calle. Al verme en el almacén entre tantos hombres, sentí de nuevo invencible terror, y no podía dar un paso. El mismo que le había maltratado me alargó un puñado de monedas de oro. No las quise tomar, pero luego se las arrojé a la cara con fuerza. Me parecía tener en la mano un puñado de rayos, y que vengaba a mi padre lanzándolos contra aquellos viles. Salí después, miré otra vez a todos lados buscándote, pero nada vi. Solo entre la turba inhumana, mi padre se encontraba sobre el cieno pidiendo misericordia.

—¡Oh! María, Mariquilla de mi corazón —exclamó Agustín con dolor, besando las manos de la desgraciada hija del avaro—, no hables más de ese asunto, que me destrozas el alma. Yo no podía defenderle... tuve que marcharme... no sabía nada... creí que aquella gente se reunía con otro objeto. Es verdad que tienes razón; pero deja ese asunto que me lastima, me ofende y me causa inmensa pena.

—Si hubieras salido a la defensa de mi padre, éste te hubiera mostrado gratitud. De la gratitud se pasa al cariño. Habrías entrado en casa...

—Tu padre es incapaz de amar a nadie —respondió Montoria—. No esperes que consigamos nada por ese camino. Confiemos en llegar al cumplimiento de nuestro deseo por caminos desconocidos, con la ayuda de Dios y cuando menos lo parezca. No pensemos en lo ordinario ni en lo que tenemos delante, porque todo lo que nos rodea está lleno de peligros, de obstáculos, de imposibilidades; pensemos en algo imprevisto, en algún medio superior y divino, y llenos de fe en Dios y en el poder de nuestro amor, aguardemos el milagro que nos ha de unir, porque será un milagro, María, un prodigio como los que cuentan de otros tiempos y nos resistimos a creer.

—¡Un milagro! —exclamó María con melancólica estupefacción—. Es verdad. Tú eres un caballero principal, hijo de personas que jamás consentirían en verte casado con la hija del señor Candiola. Mi padre es aborrecido; mi padre es odiado en toda la ciudad. Todos huyen de nosotros, nadie nos visita; si salgo me señalan, me miran con insolencia y desprecio. Las muchachas de mi edad no gustan de alternar conmigo, y los jóvenes del pueblo que recorren de noche la ciudad, cantando músicas amorosas al pie de las rejas de sus novias, vienen junto a las mías a decir insultos contra mi padre, llamándome a mí misma con los nombres más feos. ¡Oh! ¡Dios mío! Comprendo que ha de ser preciso un milagro para que yo sea feliz... Agustín, nos conocemos hace cuatro meses y aún no has querido decirme el nombre de tus padres. Sin duda no serán tan odiados como el mío. ¿Por qué lo ocultas? Si fuera preciso que nuestro amor se hiciera público, te apartarías de las miradas de tus amigos, huyendo con horror de la hija del tío Candiola.

—¡Oh! No, no digas eso —exclamó Agustín, abrazando las rodillas de Mariquilla y ocultando el rostro en su regazo—. No digas que me avergüenzo de quererte, porque al decirlo insultas a Dios. No es verdad. Hoy nuestro amor permanece en secreto porque es necesario que así pase; pero cuando sea preciso descubrirlo, lo descubriré, arrostrando la cólera de mi padre. Sí, María, mis padres me maldecirán, arrojándome de su casa. Pero mi amor será más fuerte que su enojo. Hace pocas noches me dijiste, mirando ese monumento que desde aquí se descubre: «Cuando esa torre se ponga derecha, dejaré de quererte.» Yo te juro que la firmeza de mi amor excede a la inmovilidad, al grandioso equilibrio de esa torre, que podrá caer al suelo, pero jamás ponerse a plomo sobre la base que la sustenta. Las obras de los hombres son variables; las de la naturaleza son inmutables y descansan eternamente sobre su inmortal asiento. ¿Has visto el Moncayo, esa gran peña que, escalonada con otras muchas, se divisa hacia poniente, mirando desde el arrabal? Pues cuando el Moncayo se canse de estar en aquel sitio, y se mueva, y venga andando hasta Zaragoza, y ponga uno de sus pies sobre nuestra ciudad, reduciéndola a polvo, entonces, sólo entonces dejaré de quererte.

De este modo hiperbólico y con este naturalismo poético expresaba mi amigo su grande amor, correspondiendo y halagando así la imaginación de la hermosa Candiola, que propendía con impulso ingénito al mismo sistema. Callaron ambos durante un momento, y luego los dos, mejor dicho, los tres proferimos una exclamación y miramos a la torre, cuya campana había lanzado al viento dos toques de alarma. En el mismo instante un globo de fuego surcó el espacio negro, describiendo rápidas oscilaciones.

—¡Una bomba! ¡Es una bomba! —exclamó María con pavor, arrojándose en brazos de su amigo.

La espantosa luz pasó velozmente por encima de nuestras cabezas, por encima de la huerta y de la casa, iluminando a su paso la torre, los techos vecinos, hasta el rincón donde nos escondíamos. Luego sintiose el estallido. La campana empezó a clamar, uniéndose a su grito el de otras más o menos lejanas, agudas, graves, chillonas, cascadas, y oímos el tropel de la gente que corría por las inmediatas calles.

—Esa bomba no nos matará —dijo Agustín, tranquilizando a su novia—. ¿Tienes miedo?

—¡Mucho, muchísimo miedo! —respondió ésta—, aunque a veces me parece que tengo mucho, muchísimo valor. Paso las noches rezando y pidiéndole a Dios que aparte el fuego de mi casa. Hasta ahora ninguna desgracia nos ha ocurrido, ni en este ni en el otro sitio. Pero ¡cuántos infelices han perecido, cuántas casas de personas honradas y que nunca hicieron mal a nadie han sido destruidas por las llamas! Yo deseo ardientemente ir con los demás a socorrer a los heridos; pero mi padre me lo prohíbe y se enfada conmigo siempre que se lo propongo.

Esto decía, cuando en el interior de la casa sentimos ruido vago y lejano en que se confundía con la voz de la señora Guedita la desapacible del tío Candiola. Los tres, obedeciendo a un mismo pensamiento, nos estrechamos en el rincón y contuvimos el aliento, temiendo ser sorprendidos. Luego sentimos más cerca la voz del avaro, que decía:

—¿Qué hace usted levantada a estas horas, señora Guedita?

—Señor —contestó la vieja, asomándose por una ventana que daba al corredor—, ¿quién puede dormir con este horroroso bombardeo? Si a lo mejor se nos mete aquí una señora bomba y nos coge en la cama y en paños menores, y vienen los vecinos a sacar los trastos y apagar el fuego... ¡Oh, qué falta de pudor! No pienso desnudarme mientras dure este endemoniado bombardeo.

—Y mi hija, ¿duerme? —preguntó Candiola, que al decir esto se asomaba por un ventanillo al otro extremo de la huerta.

—Arriba está durmiendo como una marmota —repuso la dueña—. Bien dicen que para la inocencia no hay peligros. A la niña no le asusta una bomba más que un cohete.

—Si desde aquí se divisara el punto donde ha caído ese proyectil... —dijo Candiola, alargando su cuerpo fuera de la ventana para poder extender la vista por sobre los tejados vecinos, más bajos que el de su casa—. Se ve claridad como de incendio; pero no puedo decir si es cerca o lejos.

—O yo no entiendo nada de bombas —dijo Guedita desde el corredor—, o ésta ha caído allá por el Mercado.

—Así parece. Si todas cayeran en las casas de los que sostienen la defensa y se empeñan en no acabar de una vez tantos desastres... Si no me engaño, señora Guedita, el fuego luce hacia la calle de la Tripería. ¿No están por allá los almacenes de la junta de abastos? ¡Ah! ¡Bendita bomba, que no cayera en la calle de la Hilarza y en la casa del malvado y miserable ladrón!... Señora Guedita, estoy por salir a la calle a ver si el regalo ha caído en la calle de la Hilarza, en la casa del orgulloso, del entrometido, del canalla, del asesino don José de Montoria. Se lo he pedido con tanto fervor esta noche a la Virgen del Pilar, a las Santas Masas y a Santo Dominguito del Val, que al fin creo que han oído.

—Señor don Jerónimo —dijo la vieja—, déjese usted de correrías, que el frío de la noche traspasa, y no vale la pena de coger una pulmonía por ver dónde paró la bomba, que harto tenemos ya con saber que no se nos ha metido en casa. Si la que pasó no ha caído en casa de ese bárbaro sayón, otra caerá mañana, pues los franceses tienen buena mano. Conque acuéstese su merced, que yo me quedo rondando la casa, por si ocurriere algo.

Candiola, respecto a la salida, varió sin duda de parecer, en vista de los buenos consejos de la criada, porque cerrando la ventanilla, metiose dentro y no se le sintió más en el resto de la noche. Mas no porque desapareciera rompieron los amantes el silencio, temerosos de ser escuchados o sorprendidos; y hasta que la vieja no vino a participarnos que el señor roncaba como un labriego, no se reanudó el diálogo interrumpido.

—Mi padre desea que las bombas caigan sobre la casa de su enemigo —dijo María—. Yo no quisiera verlas en ninguna parte; pero si alguna vez se puede desear mal al prójimo, es en esta ocasión, ¿no es verdad?

Agustín no contestó nada.

—Tú te marchaste —continuó la joven—; tú no viste cómo aquel hombre, el más cruel, el más malvado y cobarde de todos los que vinieron, le arrojó al suelo, ciego de cólera, y le pisoteó. Así patearán su alma los demonios en el infierno, ¿no es verdad?

—Sí —contestó lacónicamente el mozo.

—Esta tarde, después que todo aquello pasó, Guedita y yo curábamos las contusiones de mi padre. El estaba tendido sobre su cama, y loco de desesperación, se retorcía mordiéndose los puños y lamentándose de no haber tenido más fuerza que el otro. Nosotras procurábamos consolarle; pero él nos decía que calláramos. Después me echó en cara, ¡tal era su rabia!, que hubiese yo arrojado a la calle el dinero de la harina; enfadose mucho conmigo y me dijo que pues no se pudo sacar otra cosa, los tres mil reales y pico no debían despreciarse; y que yo era una loca despilfarradora que le estaba arruinando. De ningún modo podíamos calmarle. Cerca ya del anochecer sentimos otra vez ruido en la calle. Creímos que volvían los mismos y el mismo del mediodía. Mi padre quiso arrojarse del lecho, lleno de furia. Yo tuve al principio mucho miedo; después me reanimé, considerando que era necesario mostrar valor. Pensando en ti, dije: «Si él estuviera en casa, nadie nos insultaría.» Como el rumor de la calle aumentara, lleneme de valor, cerré bien todas las puertas, y rogando a mi padre que continuase quieto en su cama, resolví esperar. Mientras Guedita rezaba de rodillas a todos los santos del cielo, yo registré la casa buscando un arma, y al fin pude hallar un gran cuchillo. La vista de esta arma siempre me ha causado horror; pero hoy la empuñé con decisión. ¡Oh!, estaba fuera de mí, y aun ahora mismo me causa espanto el pensar en aquello. Frecuentemente me desmayo al mirar un herido; me asusto y tiemblo sólo de ver una gota de sangre, casi lloro si castigan a un perro delante de mí, y jamás he tenido fuerzas para matar una mosca; pero esta tarde, Agustín, esta tarde, cuando sentí ruido en la calle, cuando creí oír de nuevo los golpes en la puerta, cuando esperaba por momentos ver delante de mí a aquellos hombres... Te juro que si llega a salir verdad lo que temí, si cuando yo estaba en el cuarto de mi padre, junto a su cama, llega a entrar el mismo hombre que le maltrató algunas horas antes, te juro que allí mismo... sin vacilar... cierro los ojos y le parto el corazón.

—Calla por Dios —dijo Montoria con horror—. Me causas miedo, María, y al oírte me parece que tus propias manos, estas divinas manos, clavan en mi pecho la hoja fría. No maltratarán otra vez a tu padre. Ya ves cómo lo de esta noche fue puro miedo. No, no hubieras sido capaz de lo que dices; tú eres una mujer, y una mujer débil, sensible, tímida, incapaz de matar a un hombre, como no le mates de amor. El cuchillo se te hubiera caído de las manos y no habrías manchado tu pureza con la sangre de un semejante. Esos horrores se quedan para nosotros los hombres, que nacemos destinados a la lucha y que a veces nos vemos en el triste caso de gozar arrancando hombres a la vida. Mariquilla, no hables más de ese asunto, no recuerdes a los que te ofendieron; olvídalos, perdónalos y sobre todo no mates a nadie, ni aun con el pensamiento.

XVI

Mientras esto decían, observé el rostro de la Candiola, que en la oscuridad parecía modelado en pálida cera y tenía el tono pastoso y mate del marfil. De sus negros ojos, siempre que los alzaba al cielo, partía un ligero rayo. Sus negras pupilas, sirviendo de espejo a la claridad del cielo, producían, en el fondo donde nos encontrábamos, dos rápidos puntos de luz, que aparecían y se borraban, según la movilidad de su mirada. Y era curioso observar en aquella criatura, toda ella pasión, la borrascosa crisis que removía y exaltaba su sensibilidad hasta ponerla en punto de bravura. Aquel abandono voluptuoso, aquel arrullo (pues no hallo nombre más propio para pintarla), aquel tibio agasajo que había en la atmósfera junto a ella, no se avenía bien aparentemente con los alardes de heroísmo en defensa del ultrajado padre; pero una observación atenta podía descubrir que ambas corrientes afluían de un mismo manantial.

—Yo admiro tu exaltado cariño filial —prosiguió Agustín—. Ahora oye otra cosa. No disculpo a los que maltrataron a tu padre; pero no debes olvidar que tu padre es el único que no ha dado nada para la guerra. Don Jerónimo es una persona excelente; pero no tiene en su alma ni una chispa de patriotismo. Le son indiferentes las desgracias de la ciudad, y hasta parece alegrarse cuando no salimos victoriosos.

La Candiola exhaló algunos suspiros, elevando los ojos al cielo.

—Es verdad —dijo después—. Todos los días y a todas horas le estoy suplicando que dé algo para la guerra. Nada puedo conseguir, aunque le pondero la necesidad de los pobres soldados y el mal papel que estamos haciendo en Zaragoza. El se enfada cuando me oye, y dice que el que ha traído la guerra que la pague. En el otro sitio me alegraba en extremo cuando tenía noticia de una victoria, y el 4 de agosto salí yo misma sola a la calle, no pudiendo resistir la curiosidad. Una noche estaba en casa de las de Urries, y como celebraran la acción de aquella tarde, que había sido muy brillante, empecé a alabar yo también lo ocurrido, mostrándome muy entusiasmada. Entonces una vieja que estaba presente, me dijo en alta voz y con muy mal tono: —«Niña loca, en vez de hacer esos aspavientos, ¿por qué no llevas al hospital de sangre siquiera una sábana vieja? En casa del señor Candiola, que tiene los sótanos llenos de dinero, ¿no hay un mal pingajo que dar a los heridos? Tu papaíto es el único, el único de todos los vecinos de Zaragoza que no ha dado nada para la guerra.» Todos se rieron mucho al oír esto, y yo me quedé corrida, muerta de vergüenza, sin atreverme a hablar. En un rincón de la sala estuve hasta el fin de la tertulia, sin que nadie me dirigiera la palabra. Mis pocas amigas, que tanto me querían, no se acercaban a mí entre el tumulto de la reunión, oí a menudo el nombre de mi padre con comentarios y apodos muy denigrantes. ¡Oh! Se me partía con esto el corazón. Cuando me retiré para venir a casa, apenas me saludaron fríamente, y los amos de la casa me despidieron con desabrimiento. Vine aquí; era ya de noche; me acosté y no pude dormir ni cesé de llorar hasta por la mañana. La vergüenza me requemaba la sangre.

—Mariquilla —exclamó Agustín con amor—, la bondad de tus sentimientos es tan grande, que por ella olvidará Dios las crueldades de tu padre.

—Después —prosiguió la Candiola—, a los pocos días, el 4 de agosto, vinieron los dos heridos que nombró hoy en la reyerta el enemigo de mi padre. Cuando nos dijeron que la Junta destinaba a casa dos heridos para que los asistiéramos, Guedita y yo nos alegramos mucho, y locas de contento empezamos a preparar vendas, hilas y camas. Les esperábamos con tanta ansiedad, que a cada instante nos poníamos a la ventana por ver si venían. Por fin vinieron. Mi padre, que había llegado momentos antes de la calle con muy negro humor, quejándose de que habían muerto muchos de sus deudores y que no tenía esperanza de cobrar, recibió muy mal a los heridos. Yo le abracé llorando y le pedí que les diera alojamiento; pero no me hizo caso y ciego de cólera les arrojó en medio del arroyo, atrancó la puerta y subió diciendo: «Que los asista quien los ha parido.» Era ya de noche. Guedita y yo estábamos muertas de desolación. No sabíamos qué hacer y desde aquí sentíamos los lamentos de aquellos dos infelices que se arrastraban en la calle pidiendo socorro. Mi padre, encerrándose en su cuarto a hacer cuentas, no se cuidaba ya ni de ellos ni de nosotras. Pasito a pasito para que no nos sintiera, fuimos a la habitación que da a la calle, y por la ventana les echamos trapos para que se vendaran; pero no los podían coger. Les llamamos, nos vieron y alargaban sus manos hacia nosotras. Atamos un cestillo a la punta de una caña y les dimos algo de comida; pero uno de ellos estaba exánime y al otro sus dolores no le permitían comer nada. Les animábamos con palabras tiernas y pedíamos a Dios por ellos. Por último, resolvimos bajar por aquí y salir afuera para asistirles, aunque sólo un momento; pero mi padre nos sorprendió y se puso furioso. ¡Qué noche, Santa Virgen! Uno de ellos murió en medio de la calle, y el otro se fue arrastrando a buscar misericordia en otra parte.

Agustín y yo callamos, meditando en las monstruosas contradicciones de aquella casa.

—Mariquilla —exclamó al fin mi amigo—, ¡qué orgulloso

estoy de quererte! La ciudad no conoce tu corazón de oro y es preciso que lo conozca. Yo quiero decir a todo el mundo que te amo, y probar a mis padres cuando lo sepan, que he hecho una elección acertada.

—Yo soy como otra cualquiera —dijo con humildad la Candiola—, y tus padres no verán en mí sino la hija del que llaman *el judío mallorquín.* ¡Oh, me mata la vergüenza! Quiero salir de Zaragoza y no volver más a este pueblo. Mi padre es de Palma, es cierto; pero no desciende de judíos, sino de cristianos viejos, y mi madre era aragonesa y de la familia de Rincón. ¿Por qué somos despreciados? ¿Qué hemos hecho?

Diciendo esto, los labios de Mariquilla se contrajeron con una sonrisa entre incrédula y desdeñosa. Agustín, atormentado sin duda por dolorosos pensamientos, permaneció mudo, con la frente apoyada sobre las manos de su novia. Terribles fantasmas se alzaban con amenazador ademán entre uno y otro. Con los ojos del alma él y ella les estaban mirando llenos de espanto.

Después de un largo rato, Agustín alzó el rostro y dijo:

—María, ¿por qué callas? Di algo.

—¿Por qué callas tú, Agustín? —preguntó a su vez la muchacha.

—¿En qué piensas?

—¿En qué piensas tú?

—Pienso —dijo el mancebo— en que Dios nos protegerá. Cuando concluya el sitio nos casaremos. Si tú te vas de Zaragoza, yo iré contigo a donde vayas. ¿Tu padre te ha hablado alguna vez de casarte con alguien?

—Nunca.

—No impedirá que te cases conmigo. Yo sé que los míos se opondrán; pero mi voluntad es irrevocable. No comprendo la vida sin ti y perdiéndote no existiría. Eres la suprema necesidad de mi alma, que sin ti sería como el universo sin luz. Ninguna fuerza humana nos apartará mientras tú me ames. Esta convicción está tan arraigada dentro de mí, que si alguna vez pienso que nos hemos de separar en vida para siempre, se me representa esto como un trastorno en la naturaleza. ¡Yo sin ti! Esto me parece la mayor de las aberraciones. ¡Yo sin ti! ¡Qué delirio y qué absurdo! Es como el mar en la cumbre de las montañas y la nieve en las profundidades del océano vacío;

como los ríos corriendo por el cielo y los astros hechos polvo de fuego en las llanuras de la tierra; como si los árboles hablaran y el hombre viviera entre los metales y las piedras preciosas en las entrañas de la tierra. Yo me acobardo a veces, y tiemblo pensando en las contrariedades que nos abruman; pero la confianza que ilumina mi espíritu, como la fe de las cosas santas, me reanima. Si por momentos temo la muerte, después una voz secreta me dice que no moriré mientras tú vivas. ¿Ves todo este estrago del sitio que soportamos? ¿Ves cómo llueven bombas, granadas y balas, y cómo caen para no levantarse más infinitos compañeros míos? Pues pasada la primera impresión de miedo, nada de esto me hace estremecer, y creo que la Virgen del Pilar aparta de mí la muerte. Tu sensibilidad te tiene en comunicación constante con los ángeles del cielo; tú eres un ángel del cielo, y el amarte, el ser amado por ti, me da un poder divino, contra el cual nada pueden las fuerzas del hombre.

Así habló largo rato Agustín, desbordándose de su llena fantasía los pensamientos de la amorosa superstición que le dominaba.

—Pues yo —dijo Mariquilla—, también tengo cierta confianza en lo mismo que has dicho. Temo mucho que te maten; pero no sé qué voces me suenan en el fondo del alma, diciéndome que no te matarán. ¿Será porque he rezado mucho, pidiendo a Dios conserve tu vida en medio de este horroroso fuego? No lo sé. Por las noches, como me acuesto pensando en las bombas que han caído, en las que caen y en las que caerán, sueño con las batallas, y no ceso de oír el zumbido de los cañones. Deliro mucho, y Guedita, que duerme junto a mí, dice que hablo en sueños, diciendo mil desatinos. Seguramente diré alguna cosa, porque no ceso de soñar, y te veo en la muralla y hablo contigo y me respondes. Las balas no te tocan, y me parece que es por los padrenuestros que rezo despierta y dormida. Hace pocas noches soñé que iba a curar a los heridos con otras muchachas, y que curábamos muchos, muchísimos, poniéndoles buenos en el acto, casi resucitándoles con nuestras hilas. También soñé que de vuelta a casa te encontré aquí; estabas con tu padre, que era un viejecito muy amable y risueño, y ese tu padre hablaba con el mío, sentados ambos en el sofá de la sala, y los dos parecían muy amigos. Después soñé que tu padre me miraba sonriendo y empezó a hacerme preguntas. Otras veces sueño con cosas tristes. Cuando despierto, pongo atención, y si no siento el ruido del bombardeo, digo: «puede que los franceses hayan levantado el sitio». Si oigo cañonazos, miro a la imagen de la Virgen del Pilar, que está en mi cuarto, le pregunto con el pensamiento, y me contesta que no has muerto, sin que yo pueda decir qué signo emplea para responderme. Paso el día pensando en las murallas, y me pongo en la ventana para oír lo que dicen los mozos al pasar por la calle. Algunas veces siento tentaciones de preguntarles si te han visto... Llega la noche, te veo y me quedo tan contenta. Al día siguiente Guedita y yo nos ocupamos en preparar alguna cosa de comer a escondidas de mi padre; si vale la pena, te la guardamos a ti, y si no, se la lleva para los heridos y enfermos ese frailito que llaman el padre Busto, el cual viene por las tardes con pretexto de visitar a doña Guedita, de quien es pariente. Nosotras le preguntamos cómo va la cosa, y él nos dice: «Perfectamente. Las tropas están haciendo grandes proezas y los franceses tendrán que retirarse como la otra vez.» Estas noticias de que todo va bien nos vuelven locas de gozo. El ruido de las bombas nos entristece después; pero rezando recobramos la tranquilidad. A solas en nuestro cuarto de noche, hacemos hilas y vendas, que se lleva también a escondidas el padre Busto, como si fueran objetos robados, y al sentir los pasos de mi padre, lo guardamos todo con precipitación y apagamos la luz, porque si descubre lo que estamos haciendo se pone muy furioso.

Contando sus sustos y sus alegrías con sencillez divina, Mariquilla estaba risueña y algo festiva. El encanto especial de su voz no es descriptible, y sus palabras, semejantes a una vibración de notas cristalinas, dejaban eco armonioso en el alma.

Cuando concluyó, el primer resplandor de la aurora empezaba a alumbrar su semblante.

—Despunta el día, Mariquilla —dijo Agustín—, y tenemos que marcharnos. Hoy vamos a defender las Tenerías; hoy habrá un fuego horroroso y morirán muchos; pero la Virgen del Pilar nos amparará y podremos gozar de la victoria. María, Mariquilla, no me tocarán las balas.

—No te vayas todavía —repuso la hija de Candiola—. Comienza el día, es verdad; pero aún no haceis falta en la muralla.

Sonó la campana de la torre.

—Mira qué pájaros cruzan el espacio anunciando la aurora —dijo Agustín, con amarga ironía.

Una, dos, tres bombas atravesaron el cielo, débilmente aclarado todavía.

—¡Qué miedo! —exclamó María, dejándose abrazar por Montoria—. ¿Nos preservará Dios hoy como nos ha preservado ayer?

—¡A la muralla! —exclamé yo, levantándome a toda prisa—. ¿No oyes que tocan a llamada las campanas y las cajas? ¡A la muralla!

Mariquilla, poseída de un pánico imposible de pintar, lloraba, queriendo detener a Agustín Montoria. Yo, resuelto a partir, pugnaba por llevármele.

Estruendo de tambores y campanas sonaba en la ciudad convocando a las armas, y si en el instante mismo no acudíamos a las filas, corríamos riesgo de ser arcabuceados o tenidos por cobardes.

—Me voy, me voy, María —dijo mi amigo con profunda emoción—. ¿Temes al fuego? No; esta casa es sagrada, porque tú la habitas; será respetada por el fuego enemigo, y la crueldad de tu padre no la castigará Dios en tu santa cabeza. Adiós.

Apareció bruscamente doña Guedita, diciendo que su amo se estaba levantando a toda prisa. Entonces la misma María nos empujó hacia lo bajo de la huerta, ordenándonos que saliéramos al instante. Agustín estaba traspasado de pena; y en la puerta hizo movimientos de perplejidad y dio algunos pasos para volver al lado de la infeliz Candiolilla, que muerta de miedo, derramando lágrimas y con las manos cruzadas en disposición de orar, nos miraba partir, aún envuelta en la sombra del ciprés que nos había dado abrigo.

En el momento en que abríamos la puerta, oyose un grito en la parte superior de la casa, y vimos al tío Candiola que, saliendo a medio vestir, se dirigía hacia nosotros en actitud amenazadora. Quiso Agustín volver atrás; pero le empujé hacia afuera, y salimos.

—¡Al momento a las filas! ¡A las filas! —exclamé—. Nos echarán de menos, Agustín. Deja por ahora a tu futuro suegro que se entienda con tu futura esposa.

Y velozmente corrimos hasta dar en el Coso, donde observamos el sinnúmero de bombas arrojadas sobre la infeliz ciudad. Todos acudían con presteza a distintos sitios; cuál a las Tenerías, cuál al Portillo, cuál a Santa Engracia o a Trinitarios. Al llegar al arco de Cineja, tropezamos con don José Montoria, que seguido de sus amigos, corría hacia el Almudí. En el mismo instante un terrible estampido, resonando a nuestra espalda, nos anunció que un proyectil enemigo había caído en paraje cercano. Agustín, al oír esto, volvió hacia atrás, disponiéndose a tornar al punto de donde veníamos.

—¿A dónde vas?, ¡porra! —le dijo su padre deteniéndole—. A las Tenerías, pronto a las Tenerías.

La gente que iba y venía supo al momento el lugar del desastre, y oímos decir:

—Tres bombas han caído juntas en la casa del tío Candiola.

—Los ángeles del cielo apuntaron sin duda los morteros —exclamó don José de Montoria con estrepitosa carcajada—. Veremos cómo se las compone ese judío mallorquín, si es que ha quedado vivo, para poner a salvo su dinero.

—Corramos a salvar a esos desgraciados —dijo Agustín con vehemencia.

—A las filas, cobardes —exclamó el padre, sujetándole con férrea mano—. Esa es obra de mujeres. Los hombres a morir en la brecha.

Era preciso acudir a nuestros puestos, y fuimos, mejor dicho, nos llevaron, nos arrastró la impetuosa oleada de gente que corría a defender el barrio de las Tenerías.

XVII

Mientras los morteros situados al mediodía arrojaban bombas en el centro de la ciudad, los cañones de la línea oriental dispararon con bala rasa sobre la débil tapia de las Mónicas y las fortificaciones de tierra y ladrillo del Molino de aceite y de la batería de Palafox. Bien pronto abrieron tres grandes brechas, y el asalto era inminente. Apoyábanse en el molino de Goicoechea, que tomaron el día anterior, después de ser abandonado e incendiado por los nuestros.

Seguras del triunfo, las masas de infantería recorrían el campo, ordenándose para asaltarnos. Mi batallón ocupaba una casa de la calle de Pabostre, cuya pared había sido en toda su extensión aspillerada. Muchos paisanos y compañías de varios regimientos aguardaban en la cortina, llenos de furor y sin que les arredrara la probabilidad de una muerte segura, con tal de escarmentar al enemigo en su impetuoso avance.

Pasaron largas horas: los franceses apuraban los recursos de la artillería por ver si nos aterraban, obligándonos a dejar el barrio; pero las tapias se desmoronaban, estremecíanse las casas con espantoso sacudimiento, y aquella gente heroica, que apenas se había desayunado con un zoquete de pan, gritaba desde la muralla, diciéndoles que se acercasen. Por fin, contra la brecha del centro y la de la derecha avanzaron fuertes columnas, sostenidas por otras a retaguardia, y se vio que la intención de los franceses era apoderarse a todo trance de aquella línea de pulverizados ladrillos, que defendían algunos centenares de locos, y tomarla a cualquier precio, arrojando sobre ella masas de carne, y haciendo pasar la columna viva por encima de los cadáveres de la muerta.

No se diga para amenguar el mérito de los nuestros, que el francés luchaba a pecho descubierto; los defensores también lo hacían, y detrás de la desbaratada cortina no podía guarecerse una cabeza. Allí era de ver cómo chocaban las masas de hombres, y cómo las bayonetas se cebaban con saña más propia de fieras que de hombres en los cuerpos enemigos. Desde las casas hacíamos fuego incesante, viéndoles caer materialmente en montones, heridos por el plomo y el acero al pie mismo de los escombros que querían conquistar. Nuevas columnas sustituían a las anteriores, y en los que llegaban después, a los esfuerzos del valor se unían ferozmente las brutalidades de la venganza.

Por nuestra parte el número de bajas era enorme; los hombres quedaban por docenas estrellados contra el suelo en aquella línea que había sido muralla y ya no era sino una aglomeración informe de tierra, de ladrillos y cadáveres. Lo natural, lo humano habría sido abandonar unas posiciones defendidas contra todos los elementos de la fuerza y de la ciencia militar reunidos; pero allí no se trataba de nada que fuese humano y natural, sino de extender la potencia defensiva hasta límites infinitos, desconocidos para el cálculo científico y para el valor ordinario, desarrollando en sus inconmensurables dimensiones el genio aragonés, que nunca se sabe a dónde llega.

Siguió, pues, la resistencia, sustituyendo los vivos a los muertos con entereza sublime. Morir era un accidente, un detalle trivial, un tropiezo del cual no debía hacerse caso.

Mientras esto pasaba, otras columnas igualmente poderosas trataban de apoderarse de la casa de González, que he mencionado arriba; pero desde las casas inmediatas y desde los cubos de la muralla se les hizo un fuego tan terrible de fusilería y cañón, que desistieron de su intento. Iguales ataques se verificaban, con mejor éxito de parte suya, por nuestra derecha, hacia la huerta de Camporeal y baterías de los Mártires, y la inmensa fuerza desplegada por los sitiadores a una misma hora y en una línea de poca extensión no podía menos de producir resultados.

Desde la casa de la calle de Pabostre, inmediata al Molino de la ciudad, hacíamos fuego, como he dicho, contra los que daban el asalto, cuando he aquí que las baterías de San José, antes ocupadas en demoler la muralla, enfilaron sus cañones contra aquel viejo edificio, y sentimos que las paredes retemblaban; que las vigas crujían como cuadernas de un buque conmovido por las tempestades; que las maderas de los tapiales estallaban destrozándose en mil astillas; en suma, que la casa se venía abajo.

—¡Cuerno, recuerno! —exclamó el tío Garcés—. Que se nos viene la casa encima.

El humo, el polvo, no nos permitían ver lo que pasaba fuera ni lo que pasaba dentro.

—¡A la calle, a la calle! —dijo Pirli, arrojándose por una ventana.

—¡Agustín, Agustín! ¿Dónde estás? —grité yo, llamando a mi amigo.

Pero Agustín no aparecía. En aquel momento de angustia, y no encontrando en medio de tal confusión ni puerta para salir, ni escalera para bajar, corrí a la ventana para arrojarme fuera, y el espectáculo que se ofreció a mis ojos obligome a retroceder sin aliento ni fuerzas. Mientras los cañones de la batería de San José intentaban por la derecha sepultarnos entre los escombros de la casa, y parecían conseguirlo sin esfuerzo, por delante, y hacia las eras de San Agustín, la infantería francesa había logrado penetrar al fin por las brechas, rematando a los infelices que ya apenas eran hombres, y acabándoles de matar, pues su agonía desesperada no puede llamarse vida. De los callejones cercanos se les hacía un fuego horroroso y los cañones de la calle de Diezma sustituían a los de la batería vencida. Pero asaltada la brecha, se aseguraban en la muralla. Era imposible conservar en el ánimo una chispa de energía ante tamaño desastre.

Hui de la ventana hacia adentro, despavorido, fuera de mí. Un trozo de pared estalló, reventó, desgajándose en enormes trozos, y una ventana cuadrada tomó la figura de un triángulo isósceles: el techo dejó ver por una esquina la luz del cielo, y los trozos de yeso y las agudas astillas salpicaron mi cara. Corrí hacia el interior, siguiendo a otros, que decían:

—¡Por aquí, por aquí!

—¡Agustín, Agustín! —grité de nuevo, llamando a mi amigo.

Por fin le vi entre los que corríamos, pasando de una habitación a otra y subiendo la escalerilla que conducía a un desván.

—¿Estás vivo? —le pregunté.

—No lo sé —repuso—, ni me importa saberlo.

En el desván rompimos fácilmente un tabique y pasando a otra pieza, hallamos una empinada escalera; la bajamos y nos vimos en una pequeña habitación. Unos y otros siguieron adelante, buscando salida a la calle, y otros detuviéronse allí.

Se ha quedado fijo en mi imaginación, con líneas y colores indelebles, el interior de aquella mezquina pieza, bañada por la copiosa luz que entraba por una ventana abierta a la calle. Cubrían las paredes irregulares estampas de vírgenes y santos. Dos o tres cofres viejos, forrados de piel de cabra, ocupaban un testero. Veíase en otro ropa de mujer, colgada de clavos y alcayatas, y una cama altísima de humilde aspecto, aún con las sábanas revueltas. En la ventana había tres grandes tiestos de hierbas y, parapetadas tras ellos, dirigiendo por los huecos la rencorosa visual de su puntería, dos mujeres hacían fuego sobre los franceses, que ya ocupaban la brecha. Tenían dos fusiles. Una cargaba y otra disparaba; agachábase la fusilera para enfilar el cañón entre los tiestos, y suelto el tiro, alzaba la cabeza por sobre las matas para mirar el campo de batalla.

—Manuela Sancho —exclamé, poniendo la mano sobre el hombro de la heroica muchacha—. Toda resistencia es inútil. Retirémonos. La casa inmediata es destruida por las baterías de San José, y en el techo de ésta empiezan a caer las balas. Vámonos.

Pero no hacía caso y seguía disparando. Al fin la casa, que era débil, como la vecina, y aún menos que ésta podía resistir al choque de los proyectiles, experimentó una fuerte sacudida, cual si temblara la tierra en que arraigaba sus cimientos. Manuela Sancho arrojó el fusil. Ella y la mujer que la acompañaba penetraron precipitadamente en una inmediata alcoba, de cuyo oscuro recinto sentí salir angustiosas lamentaciones. Al entrar, vimos que las dos muchachas abrazaban a una anciana tullida que, en su pavor, quería arrojarse del lecho.

—Madre, esto no es nada —le dijo Manuela, cubriéndola con lo primero que encontró a mano—. Vámonos a la calle, que la casa parece que se quiere caer.

La anciana no hablaba, no podía hablar. Tomáronla en brazos las dos mozas; mas nosotros la recogimos en los nuestros, encargándoles a ellas que llevaran nuestros fusiles y la ropa que pudieran salvar. De este modo pasamos a un patio, que nos dio salida a otra calle, donde aún no había llegado el fuego.

XVIII

Los franceses habíanse apoderado también de la batería de los Mártires, y en aquella misma tarde fueron dueños de las ruinas de Santa Engracia y del convento de Trinitarios. ¿Se concibe que continúe la resistencia de una plaza después de perdido lo más importante de su circuito? No; no se concibe, ni en las previsiones del arte militar ha entrado nunca que, apoderado el enemigo de la muralla por la superioridad incontrastable de su fuerza material, ofrezcan las casas nuevas líneas de fortificaciones, improvisadas por la iniciativa de cada vecino; no se concibe que, tomada una casa, sea preciso organizar un verdadero plan de sitio para tomar la inmediata, empleando la zapa, la mina y ataques parciales a la bayoneta, desarrollando contra un tabique ingeniosa estrategia; no se concibe que, tomada una acera, sea preciso para pasar a la de enfrente poner en ejecución las teorías de Vauban, y que para saltar un arroyo sea necesario hacer paralelas, zig-zags y caminos cubiertos.

Los generales franceses se llevaban las manos a la cabeza, diciendo: «Esto no se parece a nada de lo que hemos visto.» En los gloriosos anales del Imperio se encuentran muchos partes como este: «Hemos entrado en Spandau; mañana estaremos en Berlín.» Lo que aún no se había escrito era lo siguiente: «Después de dos días y dos noches de combate, hemos tomado la casa número uno de la calle de Pabostre. Ignoramos cuándo se podrá tomar el número dos.»

No tuvimos tiempo para reposar. Los dos cañones que enfilaban la calle de Pabostre, en el ángulo de Puerta Quemada, se habían quedado sin gente. Unos corrimos a servirlo y el resto del batallón ocupó varias casas en la calle de Palomar. Los franceses dejaron de hacer fuego de cañón contra los edificios que habíamos abandonado, ocupándose precipitadamente en repararlos como pudieron. Lo que amenazaba ruina lo demolían, y tapiaban los huecos con vigas, cascajo y sacas de lana.

Como no podían atravesar sin riesgo el espacio intermedio entre los restos de muralla y sus nuevos alojamientos, comenzaron a abrir una zanja en zig-zag desde el Molino de la ciudad a la casa que antes ocupáramos nosotros, la cual sólo conservaba en buen estado para alojamiento la planta baja.

Al punto comprendimos que, una vez dueños de aquella casa, procurarían, derribando tabiques, apoderarse de toda la manzana, y para evitarlo, la tropa disponible fue distribuida en guarniciones que ocuparon todos los edificios donde había peligro. Al mismo tiempo se levantaban barricadas en las bocacalles, aprovechando los escombros. Nos pusimos a trabajar con ardor frenético en distintas faenas, entre las cuales la menos penosa era seguramente la de batirnos. Dentro de las casas arrojábamos por los balcones todos los muebles; fuera transportábamos heridos, o arrimábamos los muertos al zócalo de los edificios, pues las únicas honras fúnebres que por entonces podían hacérseles, consistían en quitarlos de donde estorbaban.

Quisieron también los franceses ganar a Santa Mónica, convento situado en la línea de las Tenerías, más al norte de la calle de Pabostre; pero sus paredes ofrecían buena resistencia y no era fácil tomarlo como aquellas endebles casas, que el estruendo tan sólo de los cañones hacía estremecer. Los voluntarios de Huesca la defendían con gran arrojo, y después de repetidos ataques, los sitiadores dejaron la empresa para otro día. Posesionados tan sólo de algunas casas, permanecían en ellas a la caída de la tarde como en escondida madriguera, y ¡ay de aquel que asomaba la cabeza fuera de las ventanas! Las paredes cercanas, los tejados, las buhardillas y tragaluces abiertos en distintas direcciones, estaban llenos de atentos ojos que observaban el menor descuido del soldado enemigo para soltarle un tiro.

Cuando anocheció empezamos a abrir huecos en los tabiques para comunicar todas las casas de una misma manzana. A pesar del incesante ruido del cañón y la fusilería, en el interior de los edificios pudimos percibir el golpear de las piquetas enemigas, ocupadas en igual tarea que nosotros. También ellos establecían comunicaciones. Como aquella arquitectura era frágil y casi todos los tabiques de tierra, en poco tiempo abrimos paso por entre varias casas.

A eso de las diez de la noche nos hallábamos en una que debía de ser muy inmediata a la de Manuela Sancho, cuando sentimos que por conductos desconocidos, por sótanos, pasillos o subterráneas comunicaciones, llegaba a nuestros oídos el rumor de las voces del enemigo. Una mujer subió azorada por una escalerilla, diciéndonos que los franceses estaban abriendo un boquete en la pared de la cuadra, y bajamos al instante; pero aún no estábamos todos en el patio frío, estrecho y oscuro de la casa, cuando a boca de jarro se nos disparó un tiro, y un compañero fue levemente herido en el hombro.

A la escasa claridad percibimos varios bultos que sucesivamente se internaron en la cuadra, e hicimos fuego, avanzando después con brío tras ellos.

Al ruido de los tiros acudieron otros compañeros nuestros que habían quedado arriba y penetramos denodadamente en la lóbrega pieza. Los enemigos no se detuvieron en ella y a todo escape repasaron el agujero abierto en la pared medianera, buscando refugio en su primitiva morada, desde la cual nos enviaron algunas balas. No estábamos completamente a oscuras, porque ellos tenían una hoguera, de cuyas llamas algunos débiles rayos penetraban por la abertura, difundiendo rojiza claridad sobre el teatro de aquella lucha.

Yo no había visto nunca cosa semejante, ni jamás presencié combate alguno entre cuatro negras paredes y a la luz indecisa de una llama lejana, cuya oscilación proyectaba movibles sombras y espantajos en nuestro derredor.

Adviértase que la claridad era perjudicial a los franceses, porque a pesar de guarecerse tras el hueco, nos ofrecían blanco seguro. Nos tiroteamos un breve rato y dos compañeros cayeron muertos o mal heridos sobre el húmedo suelo. A pesar de este desastre, hubo otros que quisieron llevar adelante aquella aventura, asaltando el agujero e internándose en la guarida del enemigo; pero aunque éste había cesado de ofendernos, parecía prepararse para atacar mejor. De repente se apagó la hoguera y quedamos en completa oscuridad. Dimos repetidas vueltas buscando la salida y chocábamos unos con otros. Esta situación, junto con el temor de ser atacados con elementos superiores o de que arrojaran en medio de aquel sepulcro granadas de mano, nos obligó a retirarnos al patio confusamente y en tropel.

Tuvimos tiempo, sin embargo, para buscar a tientas y

recoger a los dos camaradas que habían caído durante la refriega, y luego que salimos, cerramos la puerta, tabicándola por dentro con piedras, escombros, vigas, toneles y cuanto en el patio se nos vino a las manos. Al subir, el que nos mandaba repartió algunos hombres en distintos puntos de la casa, dejando un par de escuchas en el patio para atender a los golpes de la zapa enemiga, y a mí me tocó salir fuera con otros, para traer un poco de comida, que a todos nos hacía muchísima falta.

En la calle, nos pareció que de una mansión de tranquilidad pasábamos al mismo infierno; porque en medio de la noche continuaba el fuego entre las casas y la muralla. La claridad de la luna permitía correr sin tropiezo de un punto a otro, y las calles eran a cada instante atravesadas por escuadrones de tropa y paisanos que iban adonde, según la voz pública, había verdadero peligro. Muchos, sin entrar en fila, y guiados de su propio instinto, acudían aquí y allí, haciendo fuego desde el punto que mejor les venía a cuento. Las campanas de todas las iglesias tocaban a la vez con lúgubre algazara, y a cada paso se encontraban grupos de mujeres transportando heridos.

Por todas partes, especialmente en el extremo de las calles que remataban en la muralla de Tenerías, se veían hacinados los cuerpos, y el herido se confundía con el cadáver, no pudiendo determinarse de qué boca salían aquellas voces lastimosas que imploraban socorro. Yo no había visto jamás desolación tan espantosa; y más que el espectáculo de los desastres causados por el hierro, me impresionó ver en los dinteles de las casas o arrastrándose por el arroyo en busca de lugar seguro, a muchos atacados de la epidemia y que se morían por momentos sin tener en las carnes la más ligera herida. El horroroso frío les hacía dar diente con diente, e imploraban auxilio con ademanes de desesperación, porque no podían hablar.

A todas estas, el hambre nos había quitado por completo las fuerzas, y apenas nos podíamos tener.

—¿Dónde encontraremos algo de comida? —me dijo Agustín—. ¿Quién se va a ocupar de semejante cosa?

—Esto tiene que acabarse pronto de una manera o de otra —respondí—. O se rinde la ciudad, o perecemos todos.

Al fin hacia las piedras del Coso encontramos una cuadrilla de administración que estaba repartiendo raciones, y ávidamente tomamos las nuestras, llevando a los compañeros todo lo que podíamos cargar. Ellos lo recibieron con gran algarabía y cierta jovialidad impropia de las circunstancias; pero el soldado español es y ha sido siempre así. Mientras comían aquellos mendrugos tan duros como el guijarro, cundió por el batallón la opinión unánime de que Zaragoza no podía ni debía rendirse *nunca.*

Era la medianoche cuando empezó a disminuir el fuego. Los franceses no conquistaban un palmo de terreno fuera de las casas que ocuparon por la tarde, aunque tampoco se les pudo echar de sus alojamientos. Esta epopeya se dejaba para los días sucesivos; y cuando los hombres influyentes de la ciudad, los Montoria, los Cereso, los Sas, los Salamero y los San Clemente, volvían de las Mónicas, teatro aquella noche de grandes prodigios, manifestaban una confianza enfática y un desprecio del enemigo, que enardecía el ánimo de cuantos les oían.

—Esta noche se ha hecho poco —decía Montoria—. La gente ha estado algo floja. Verdad que no había para qué echar el resto, ni debemos salir de nuestro ten con ten mientras los franceses nos ataquen con tan poco brío... Veo que hay algunas desgracias... poca cosa. Las monjas han batido bastante aceite con vino y todo es cuestión de aplicar unos cuantos parches... Si hubiera tiempo, bueno sería enterrar los muertos de ese montón; pero ya se hará más adelante. La epidemia avanza un poco... es preciso dar muchas friegas... friegas y más friegas; es mi sistema. Por ahora bien pueden pasarse sin caldo; el caldo es un brevaje repugnante. Yo les daría un trago de aguardiente, y en poco tiempo podrían tomar el fusil. Conque, señores, la fiesta parece acabarse por esta noche; descabezaremos un sueño de media hora, y mañana... mañana se me figura que los franceses nos atacarán formalmente.

Luego encaró con su hijo, que en mi compañía se le acercaba, y continuó así:

—¡Oh, Agustinillo! Ya había preguntado por ti, porque en acciones como la de hoy suele suceder que muere alguna gente. ¿Estás herido? No, no tienes nada; a ver... un simple rasguño... ¡Ah! Chico, se me figura que no te has portado como un Montoria. Y usted, Araceli, ¿ha perdido alguna pierna? Tampoco; parece que los dos acaban de salir de la fábrica: no les falta ni un pelo. Malo, malo. Me parece que tenemos aquí un par de gallinas... Ea, a descansar un rato, nada más que un rato. Si se sienten ustedes atacados de la epidemia, friegas y más friegas... es el mejor sistema... Conque, señores, quedamos en que mañana se defenderán estas casas tabique por tabique. Lo mismo pasa en todo el contorno de la ciudad; pero en cada alcoba habrá una batalla. Vamos a la Capitanía General y veremos si Palafox ha acordado lo que pensamos. No hay otro camino: o entregarles la ciudad, o disputarles cada ladrillo como si fuera un tesoro. Se aburrirán. Hoy han perdido seis u ocho mil hombres. Pero vamos a ver al excelentísimo señor don José... Buenas noches, muchachos, y mañana tratad de sacudir esa cobardía...

—Durmamos un poco —dije a mi amigo cuando nos quedamos solos—. Vamos a la casa que estamos guarneciendo, donde me parece que he visto algunos colchones.

—Yo no duermo —me contestó Montoria, siguiendo por el Coso adelante.

—Ya sé a dónde vas. No se nos permitirá alejarnos tanto, Agustín.

Mucha gente, hombres y mujeres, en distintas direcciones, discurrían por aquella gran vía. De improviso una mujer corrió velozmente hacia nosotros y abrazó a Agustín sin decirle nada, porque profunda emoción ahogaba la voz en su garganta.

—Mariquilla, Mariquilla de mi corazón —exclamó Montoria, abrazándola con júbilo—. ¿Cómo estás aquí? Iba ahora en busca tuya.

Mariquilla no podía hablar, y sin el sostén de los brazos del amante, su cuerpo desmadejado y flojo hubiera caído al suelo.

—¿Estás enferma? ¿Qué tienes? ¿Por qué lloras? ¿Es cierto que las bombas han derribado tu casa?

Cierto debía ser, pues la desgraciada joven mostraba en su desaliñado aspecto una gran desolación. Su vestido era el que le vimos la noche anterior. Tenía suelto el cabello y en sus brazos magullados observamos algunas quemaduras.

—Sí —dijo al fin con apagada voz—. Nuestra casa no existe: no tenemos nada, lo hemos perdido todo. Esta mañana, cuando saliste de allá, una bomba hundió el techo. Luego cayeron otras dos...

—¿Y tu padre?

—Mi padre está allá, y no quiere abandonar las ruinas de la casa. Yo he estado todo el día buscándote para que nos dieras algún socorro. Me he metido entre el fuego; he estado en todas las calles del arrabal; he subido a algunas casas. Creí que habías muerto.

Agustín se sentó en el hueco de una puerta, y abrigando a Mariquilla con su capote, la sostuvo como se sostiene a un niño. Repuesta de su desmayo, pudo seguir hablando, y entonces nos dijo que no habían podido salvar ningún objeto y que apenas tuvieron tiempo para huir. La infeliz temblaba de frío, y poniéndole mi capote sobre el que ya tenía, tratamos de llevarla a la casa que guarnecíamos.

—No —dijo—. Quiero volver al lado de mi padre. Está loco de desesperación y dice mil blasfemias, injuriando a Dios y a los santos. No le he podido arrancar de aquello que fue nuestra casa. Carecemos de alimento. Los vecinos no han querido darle nada. Si ustedes no quieren llevarme allá, me iré yo sola.

—No, Mariquilla; no, no irás allá —exclamó Montoria—; te pondremos en una de estas casas, donde, al menos por esta noche, estarás segura, y entre tanto Gabriel irá en busca de tu padre y, llevándole algo de comer, de grado o por fuerza le sacará de allí.

Insistió la Candiola en volver a la calle de Antón Trillo; pero como apenas tenía fuerzas para moverse, la llevamos en brazos a una casa de la calle de los Clavos, donde estaba Manuela Sancho.

XIX

Cesado el fuego de cañón y de fusil, un gran resplandor iluminaba la ciudad. Era el incendio de la Audiencia, que comenzado cerca de la medianoche, había tomado terribles proporciones y devoraba por sus cuatro costados aquel hermoso edificio.

Sin atender más que a mi objeto, seguí presuroso hasta la

calle de Antón Trillo. La casa del tío Candiola había estado ardiendo todo el día, y al fin, sofocada la llama entre los escombros de los techos hundidos, de entre las paredes agrietadas salía negra columna de humo. Los huecos, perdida su forma, eran unos agujeros irregulares por donde se veía el cielo, y el ladrillo desmoronado formaba una dentelladura desigual en lo que fue arquitrabe. Parte del lienzo de pared que daba frente a la huerta se había venido al suelo, obstruyendo ésta en términos que había desaparecido el antepecho y la escalerilla de piedra, llegando el cascajo hasta la misma tapia de la calle. En medio de estas ruinas subsistía incólume el ciprés, como el pensamiento, que permanece vivo al sucumbir la materia, y alzaba su negra cima como un monumento conmemorativo.

El portalón estaba destrozado a hachazos por los que en el primer momento acudieron a contener el fuego. Cuando penetré en la huerta vi que hacia la derecha y junto a la reja de una ventana había alguna gente. Aquella parte de la casa era la que se conservaba mejor, pues el piso bajo no había sufrido casi nada, y el desplome del techo sobre el principal no había conmovido a éste, aunque era de esperar que con el gran peso se rindiera más o menos pronto.

Acerqueme al grupo, creyendo encontrar a Candiola, y en efecto, allí estaba sentado junto a la reja, con las manos en cruz, inclinada la cabeza sobre el pecho y lleno el vestido de jirones y quemaduras. Era rodeado por una pequeña turba de mujeres y chiquillos, que cual abejorros zumbaban en su alrededor, prodigándole toda clase de insultos y vejámenes. No me costó gran trabajo ahuyentar tan molesto enjambre, y aunque no se fueron todos y persistían en husmear por allí, creyendo encontrar entre las ruinas el oro del rico Candiola, éste se vio al fin libre de los tirones, pedradas y de las crueles agudezas con que era mortificado.

—Señor militar —me dijo—, le agradezco a usted que ponga en fuga a esa vil canalla. Aquí se le quema a uno la casa y nadie le da auxilio. Ya no hay autoridades en Zaragoza. ¡Qué pueblo, señor, qué pueblo! No será porque dejemos de pagar gabelas, diezmos y contribuciones.

—Las autoridades no se ocupan más que de las operaciones militares —le dije—; y son tantas las casas destruidas, que es imposible acudir a todas.

—¡Maldito sea mil veces —exclamó, llevándose la mano a la cabeza desnuda— quien nos ha traído estos desastres! Atormentado en el infierno por mil eternidades no pagaría su culpa. Pero, ¿qué demonios busca usted aquí, señor militar? ¿Quiere usted dejarme en paz?

—Vengo en busca del señor Candiola —respondí—, para llevarle adonde se le pueda socorrer, curando sus quemaduras y dándole un poco de alimento.

—¡A mí!... Yo no salgo de mi casa —exclamó con voz lúgubre—. La Junta tendrá que reedificármela. ¿Y a dónde me quiere llevar usted? Ya... ya... ya estoy en el caso de que me den una limosna. Mis enemigos han conseguido su objeto, que era ponerme en el caso de pedir limosna; pero no la pediré, no. Antes me comeré mi propia carne y beberé mi sangre, que humillarme ante los que me han traído a semejante estado. ¡Ah, miserables, y le quitan a uno su harina para ponerla después en las cuentas como adquirida a noventa o cien reales! Como que están vendidos a los franceses y prolongan la resistencia para redondear sus negocios... luego les entregan la ciudad y se quedan tan frescos.

—Deje usted todas esas consideraciones para otro momento —le dije—, y sígame ahora; que no está el tiempo para pensar en eso. Su hija de usted ha encontrado donde guarecerse y a usted le daremos asilo en el mismo lugar.

—Yo no me muevo de aquí. ¿En dónde está mi hija? —preguntó con pena—. ¡Ah! Esa loca no sabe permanecer al lado de su padre en la desgracia. La vergüenza la hace huir de mí. ¡Maldita sea su liviandad y el momento en que la descubrí! Señor, Jesús de Nazareno, y tú, mi patrono Santo Dominguito del Val, decidme: ¿qué he hecho yo para merecer tantas desgracias en un mismo día? ¿No soy bueno, no hago todo el bien que puedo, no favorezco a mis semejantes, prestándoles dinero con un interés módico, pongo por caso, la miseria de tres o cuatro reales por peso fuerte al mes? Y si soy un hombre bueno a carta cabal, ¿a qué llueven sobre mí tantas desventuras? Y gracias que no pierdo lo poco que a fuerza de trabajos he reunido, porque está en paraje a donde no pueden llegar las bombas; pero ¿y la casa, y los muebles, y los recibos y lo que aún queda en el almacén? Maldito sea yo, y cómanme los demonios, si cuando esto se acabe y cobre los piquillos que por ahí tengo, no me marcho de Zaragoza para no volver más.

—Nada de eso viene ahora al caso, señor de Candiola —dije con impaciencia—. Sígame usted.

—No —dijo con furia—, no, no es desatino. Mi hija se ha envilecido. No sé cómo no la maté esta mañana. Hasta aquí yo había supuesto a María un modelo de virtudes y de honestidad; me deleitaba su compañía y de todos los buenos negocios destinaba un real para comprarle monerías. ¡Mal empleado dinero! Dios mío, tú me castigas por haber despilfarrado un gran capital en cosas superfluas, cuando colocado a interés compuesto hubiérase ya triplicado. Yo tenía confianza en mi hija. Esta mañana levanteme al amanecer: acababa de pedir con fervor a la Virgen del Pilar que me librara del bombardeo, y tranquilamente abrí la ventana para ver cómo estaba el día. Póngase usted en mi caso, señor militar, y comprenderá mi asombro y pena al ver dos hombres allí... allí, en aquel corredor, junto al ciprés... me parece que les estoy viendo. Uno de ellos abrazaba a mi hija. Ambos vestían uniforme; no pude verles el rostro porque aún era escasa la claridad del día... Precipitadamente salí de mi cuarto; pero cuando bajé a la huerta ya los dos estaban en la calle. Quedose muda mi hija al ver descubierta su liviandad, y leyendo en mi cara la indignación que tan vil conducta me producía, se arrodilló delante de mí pidiéndome perdón. «Infame —le dije, ciego de ira—, tú no eres hija mía; tú no eres hija de este hombre honrado, que jamás ha hecho mal a nadie. Muchacha loca y sin pudor, no te conozco, tú no eres mi hija, vete de aquí... ¡Dos hombres, dos hombres en mi casa, de noche, contigo! ¿No has reparado en las canas de tu anciano padre? ¿No has reparado que esos hombres pueden robarme? ¿No has reparado que la casa está llena de mil objetos de valor, que caben fácilmente en una faltriquera?... ¡Mereces la muerte! Y si no me engaño, aquellos dos hombres se llevaban alguna cosa. ¡Dos hombres! ¡Dos novios! ¡Y recibirlos de noche en mi casa, deshonrando a tu padre y ofendiendo a Dios! ¡Y yo desde mi cuarto miraba la luz del tuyo, creyendo con esto que velabas allí, haciendo alguna labor...! De modo, miserable chicuela; de modo, hembra despreciable, que mientras tú estabas en la huerta, en tu cuarto se estaba gastando inútilmente una vela...»

¡Oh, señor militar! no pude contener mi indignación, y luego que esto le dije, cogila por un brazo y la arrastré para echarla fuera. En mi cólera ignoraba lo que hacía. La infeliz me pedía perdón, añadiendo: «Yo le quiero, padre, yo no puedo negar que le quiero.» Oyéndola, se redobló mi furor, y exclamé así: «¡Maldito sea el pan que te he dado en diecinueve años! ¡Meter ladrones en mi casa! ¡Maldita sea la hora en que naciste y malditos los lienzos en que te envolvimos en la noche del 3 de febrero del año 91! Antes se hundirá el cielo ante mí, y antes me dejará de su mano la Señora Virgen del Pilar, que volver a ser para ti tu padre, y tú para mí la Mariquilla a quien tanto he querido.» Apenas dije esto, señor militar, cuando pareció que todo el firmamento reventaba en pedazos, cayendo sobre mi casa. ¡Qué espantoso estruendo y qué conmoción tan horrible! Una bomba cayó en el techo, y en el espacio de cinco minutos cayeron otras dos. Corrimos adentro: el incendio se propagaba con voracidad y el hundimiento del techo amenazaba sepultarnos allí. Quisimos salvar a toda prisa algunos objetos; pero no nos fue posible. Mi casa, esta casa que compré el año 87, casi de balde, porque fue embargada a un deudor que me debía cinco mil reales con trece mil y un pico de intereses, se desmoronaba, se deshacía como un bollo de mazapán, y por aquí cae una viga, por allí salta un vidrio, por acullá se desploma una pared. El gato maullaba; doña Guedita me arañó el rostro al salir de su cuarto; yo me aventuré a entrar en el mío para coger un recibito que había dejado sobre la mesa, y estuve a punto de perecer.

Así habló el tío Candiola. Su dolor, además de profunda afección moral, era como un desorden nervioso, y al instante se comprendía que aquel organismo estaba completamente perturbado por el terror, el disgusto y el hambre. Su locuacidad, más que desahogo del alma, era un desbordamiento impetuoso, y aunque aparentaba hablar conmigo, en realidad dirigíase a entes invisibles, los cuales, a juzgar por los gestos de él, también le devolvían alguna palabra. Por esto, sin que yo le dijera nada, siguió hablando en tono de contestación, y respondiendo a preguntas que sus interlocutores le hacían.

—Ya he dicho que no me marcharé de aquí mientras no recoja lo mucho que aún puede salvarse. Pues qué, ¿voy a abandonar mi hacienda? Ya no hay autoridades en Zaragoza. Si las hubiera, se dispondría que vinieran aquí cien o doscientos trabajadores a revolver los escombros para sacar alguna cosa. Pero, Señor, ¿no hay quien tenga caridad, no hay quien tenga compasión de este infeliz anciano que nunca ha hecho mal a nadie? ¿Ha de estar uno sacrificándose toda la vida por los demás, para que al llegar un caso como este no encuentre un brazo amigo que le ayude? No, no vendrá nadie, y si vienen es por ver si entre las ruinas encuentran algún dinero... ¡Já, já, já! —decía esto riendo como un demente—. ¡Buen chasco se llevan! Siempre he sido hombre precavido, y ahora, desde que empezó el sitio, puse mis ahorros en lugar tan seguro, que sólo yo puedo encontrarlo. No, ladrones; no, tramposos; no, egoístas; no encontraréis un real aunque levantéis todos los escombros y hagáis menudos pedazos lo que queda de esta casa; aunque piquéis toda la madera haciendo con ella palillos de dientes; aunque reduzcáis todo a polvo, pasándolo luego por un tamiz.

—Entonces, señor de Candiola —le dije tomándole resueltamente por un brazo para llevarle fuera—, si las peluconas están seguras, ¿a qué viene el estar aquí de centinela? Vamos fuera.

—¿Cómo se entiende, señor entrometido? —exclamó, desasiéndose con fuerza—. Vaya usted noramala, y déjeme en paz. ¿Cómo quiere usted que abandone mi casa, cuando las autoridades de Zaragoza no mandan un piquete a custodiarla? Pues qué, ¿cree usted que mi casa no está llena de objetos de valor? ¿Ni cómo quiere que me marche de aquí sin sacarlos? ¿No ve usted que el piso bajo está seguro? Pues quitando esta reja, se entrará fácilmente, y todo puede sacarse. Si me aparto de aquí un solo momento, vendrán los rateros, los granujas de la vecindad, y ¡ay de mi hacienda, ay del fruto de mi trabajo, ay de los utensilios que representan cuarenta años de laboriosidad incesante! Mire usted, señor militar, en la mesa de mi cuarto hay una palmatoria de cobre, que pesa lo menos tres libras. Es preciso salvarla, sí, salvarla a toda costa. Si la Junta mandara aquí, como es su deber, una compañía de ingenieros... Pues también hay una vajilla que está en el armario del comedor y que debe permanecer intacta. Entrando con cuidado y apuntalando el techo se la puede salvar. ¡Oh! sí; es preciso salvar esa desgraciada vajilla. No es esto solo, señor militar, señores. En una caja de lata tengo los recibos: espero salvarlos. También hay un cofre donde guardo dos casacas antiguas, algunas medias y tres sombreros. Todo esto está aquí abajo y no ha padecido deterioro. Lo que se pierde irremisiblemente es el ajuar de mi hija. Sus trajes, sus alfileres, sus pañuelos, sus frascos de agua de olor podrían valer un dineral, si se vendieran ahora. ¡Cómo se habrá destrozado todo! ¡Jesús, qué dolor! Verdad es que Dios quiso castigar el pecado de mi hija, y las bombas se fueron derechas a los frascos de olor. Pero en mi cuarto quedó sobre la cama mi chupa, en cuyo bolsillo hay siete reales y diez cuartos. ¡Y no tener yo aquí veinte hombres con piquetas y azadas...! ¡Dios justo y misericordioso! ¿En qué están pensando las autoridades de Zaragoza...? El candil de dos mecheros estará intacto. ¡Oh, Dios! Es la mejor pieza que ha llevado aceite en el mundo. Le encontraremos por ahí, levantando con cuidado los escombros del cuarto de la esquina. Tráiganme una cuadrilla de trabajadores y verán qué pronto despacho... ¿Cómo quieren que me aparte de aquí? ¡Si me aparto, si me duermo un solo instante, vendrán los ladrones... sí... vendrán y se llevarán la palmatoria!

La tenacidad del avaro era tal, que resolví marcharme sin él, dejándole entregado a su delirante inquietud. Llegó doña Guedita a toda prisa, trayendo una piqueta y una azada, juntamente con un canastillo en que vi algunas provisiones.

—Señor —dijo, sentándose fatigada y sin aliento—. Aquí está la piqueta y el azadón que me ha dado mi sobrino. Ya no hacen falta, porque no se harán más fortificaciones... Aquí están estas pasas medio podridas y algunos mendrugos de pan.

La dueña comía con avidez. No así Candiola, que despreciando la comida, cogió la piqueta y resueltamente, como si en su cuerpo hubiera infundido súbita robustez y energía, empezó a desquiciar la reja. Trabajando con ardiente actividad, decía:

—Si las autoridades de Zaragoza no me quieren favorecer, doña Guedita, entre usted y yo lo haremos todo. Coja usted la azada y prepárese a levantar el cascote. Mucho cuidado con las vigas que todavía humean. Mucho cuidado con los clavos.

Luego volviéndose a mí, que fijaba la atención en las señas de inteligencia hechas por el ama de llaves, me dijo:

—¡Eh! Vaya usted noramala. ¿Qué tiene usted que hacer en mi casa? ¡Fuera de aquí! Ya sabemos que viene a ver si puede pescar alguna cosa. Aquí no hay nada. Todo se ha quemado.

No había, pues, esperanza de llevarle a las Tenerías para tranquilizar a la pobre Mariquilla, por cuya razón, no pudiendo detenerme más, me retiré. Amo y criada proseguían con gran ardor su trabajo.

XX

Dormí desde las tres al amanecer, y por la mañana oímos misa en el Coso. En el gran balcón de la casa llamada de las Monas, hacia la entrada de la calle de las Escuelas Pías, ponían todos los domingos un altar y allí se celebraba el oficio divino, pudiéndose ver el sacerdote, por la situación de aquel edificio, desde cualquier punto del Coso. Semejante espectáculo era muy conmovedor, sobre todo en el momento de alzar, y cuando puestos todos de rodillas, se oía un sordo murmullo de extremo a extremo.

Poco después de terminada la misa, advertí que venía como del Mercado un gran grupo de gente alborotada y gritona. Entre la multitud algunos frailes pugnaban por apaciguarla; pero ella, sorda a las voces de la razón, más rugía a cada paso, y en su marcha arrastraba una víctima sin que fuerza alguna pudiera arrancársela de las manos. Detúvose el pueblo irritado junto a la subida del Trenque donde estaba la horca, y al poco rato uno de los dogales de ésta suspendió el cuerpo convulso de un hombre, que se sacudió en el aire hasta quedar exánime. Sobre el madero apareció bien pronto un cartel que decía: *Por asesino del género humano, a causa de haber ocultado veinte mil camas.*

Era aquel infeliz un don Fernando Estallo, guarda-almacén de la Casa-utensilios. Cuando los enfermos y los heridos expiraban en el arroyo y sobre las frías baldosas de las iglesias, encontrose un gran depósito de camas, cuya ocultación no pudo justificar el citado Estallo. Desencadenose impetuosamente sobre él la ira popular, y no fue posible contenerla. Oí decir que aquel hombre era inocente. Muchos lamentaron su muerte; pero al comenzar el fuego en las trincheras, nadie se acordó más de él.

Palafox publicó aquel día una proclama, en que trataba de exaltar los ánimos, y ofrecía el grado de capitán al que se presentara con cien hombres, amenazando con *pena de horca y confiscación de bienes al que no acudiese prontamente a los puntos o los desamparase.* Todo esto era señal del gran apuro de las autoridades.

Aquel día fue memorable por el ataque a Santa Mónica, que defendían los voluntarios de Huesca. Durante el anterior y gran parte de la noche, los franceses habían estado bombardeando el edificio. Las baterías de la huerta estaban inservibles, y fue preciso retirar los cañones, operación que nuestros valientes llevaron a cabo, sufriendo a descubierto el fuego enemigo. Este abrió al fin brecha y, penetrando en la huerta, quiso apoderarse también del edificio, olvidando que había sido rechazado dos veces en los días anteriores. Pero Lannes, contrariado por la extraordinaria y nunca vista tenacidad de los zaragozanos, había mandado reducir a polvo el convento, lo cual, teniendo morteros y obuses, era más fácil que conquistarlo. Efectivamente, después de seis horas de fuego de artillería, una gran parte del muro de levante cayó al suelo, y allí era de ver el regocijo de los franceses, que sin pérdida de tiempo se abalanzaron a asaltar la posición, auxiliados por los fuegos oblicuos del Molino de la ciudad. Viéndoles venir, Villacampa, jefe de los de Huesca, y Palafox, que había acudido al punto del peligro, trataron de cerrar la brecha con sacos de lana y unos cajones vacíos que habían venido con fusiles. Llegando los franceses, asaltaron con furia loca, y después de un breve choque cuerpo a cuerpo, fueron rechazados. Durante la noche siguieron cañoneando el convento.

Al siguiente día resolvieron dar otro asalto, seguros de que no habría mortal que defendiese aquel esqueleto de piedra y ladrillo que por momentos se venía al suelo. Embistiéronlo por la puerta del locutorio; pero durante la mañana no pudieron conquistar ni un palmo de terreno en el claustro.

Desplomose al caer de la tarde el techo por la parte oriental del convento. El piso tercero, que estaba muy quebrantado, no pudo resistir el peso y cayó sobre el segundo. Este, que era aún más endeble, dejose ir sobre el principal, y el principal, incapaz por sí solo de sostener encima todo el edificio, hundiose sobre el claustro, sepultando centenares de hombres. Parecía natural que los demás se acobardaran con esta catástrofe; pero no fue así. Los franceses dominaron una gran parte del claustro, pero nada más, y para apoderarse de la otra necesitaban franquearse camino por entre los escombros. Mientras lo hicieron, los de Huesca, que aún existían, fijaban su alojamiento en la escalera, y agujereaban el piso del claustro alto, para arrojar granadas de mano contra los sitiadores.

Entre tanto nuevas tropas francesas logran penetrar por la iglesia, pasan al techo del convento, extendiéndose por el interior del maderamen abohardillado, bajan al claustro alto y atacan a los valientes voluntarios. Con la algazara de este encuentro anímanse los de abajo, redoblan sus esfuerzos, y sacrificando multitud de hombres, consiguen llegar a la escalera. Los voluntarios se encuentran entre dos fuegos, y si bien aún pueden retirarse por uno de los agujeros practicados en el claustro alto, casi todos juran morir antes que rendirse. Corren buscando un lugar estratégico que les permita defenderse con alguna ventaja, y son cazados a lo largo de las crujías. Cuando sonó el último tiro fue señal de que había caído el último hombre. Algunos pudieron salir por un portillo que habían abierto en los más escondidos aposentos del edificio junto a la ciudad; por allí salió también don Pedro Villacampa, comandante del batallón de voluntarios de Huesca, y al hallarse en la calle, miraba maquinalmente en torno suyo, buscando a sus muchachos.

Durante esta jornada, nosotros nos hallábamos en las casas inmediatas de la calle de Palomar, haciendo fuego sobre los franceses que se destacaban para asaltar el convento. Antes de concluida la acción, comprendimos que en las Mónicas ya no había defensa posible, y el mismo don José Montoria, que estaba con nosotros, lo confesó.

—Los voluntarios de Huesca no se han portado mal —dijo—. Se conoce que son buenos chicos. Ahora les emplearemos en defender estas casas de la derecha... Pero se me figura que no ha quedado ninguno. Allí sale solo Villacampa. ¿Pues y Mendieta, y Paul, y Benedicto, y Oliva? Vamos, veo que todos han quedado en el sitio.

De este modo el convento de las Mónicas pasó al poder de Francia.

XXI

Al llegar a este punto de mi narración, ruego al lector que me dispense si no puedo consignar precisamente las fechas de lo que refiero. En aquel periodo de horrores comprendido desde el 27 de enero hasta la mitad del siguiente mes, los sucesos se confunden, se amalgaman y se eslabonan en mi mente de tal modo, que no puedo distinguir días ni noches, y a veces ignoro si algunos lances de los que recuerdo ocurrieron a la luz del sol. Me parece que todo aquello pasó en un largo día, o en una noche sin fin, y que el tiempo no marchaba entonces con sus divisiones ordinarias. Los acontecimientos, los hombres, las diversas sensaciones se reúnen en mi memoria, formando un cuadro inmenso donde no hay más líneas divisorias que las que ofrecen los mismos grupos, el mayor espanto de un momento, la furia inexplicable o el pánico de otro momento.

Por esta razón no puedo precisar el día en que ocurrió lo que voy a narrar ahora; pero fue, si no me engaño, al día siguiente de la jornada de las Mónicas, y, según mis conjeturas, del 30 de enero al 2 de febrero. Ocupábamos una casa de la calle de Pabostre. Los franceses eran dueños de la inmediata, y trataban de avanzar por el interior de la manzana hasta llegar a Puerta Quemada. Nada es comparable a la expedición laboriosa por dentro de las casas; ninguna clase de guerra, ni las más sangrientas batallas en campo abierto, ni en el sitio de una plaza, ni la lucha en las barricadas de una calle pueden compararse a aquellos choques sucesivos entre el ejército de una alcoba y el ejército de una sala; entre las tropas que ocupan un piso y las que guarnecen el superior.

Sintiendo el sordo golpe de las piquetas por diversos puntos, nos causaba espanto el no saber por qué parte seríamos atacados. Subíamos a las buhardillas; bajábamos a los sótanos, y pegando el oído a los tabiques, procurábamos indagar la intención del enemigo, según la dirección de sus golpes. Por último, advertimos que se sacudía con violencia el tabique de la misma pieza donde nos encontrábamos, y esperamos a pie firme en la puerta después de amontonar los muebles formando una barricada. Los franceses abrieron un agujero, y luego, a culatazos, hicieron saltar maderos y cascote, presentándosenos en actitud de querer echarnos de allí. Eramos veinte. Ellos eran menos, y como no esperaban ser recibidos de aquella manera, retrocedieron, volviendo al poco rato en número tan considerable, que nos hicieron gran daño, obligándonos a retirarnos, después de dejar tras los muebles cinco compañeros, dos de los cuales estaban muertos. En el angosto pasillo topamos con una escalera por donde subimos precipitadamente, sin saber a dónde íbamos; pero luego nos hallamos en un desván, posición admirable para la defensa. Era estrecha la escalera, y el francés que intentaba pasarla moría sin remedio. Así estuvimos un buen rato, prolongando la resistencia y animándonos unos a otros con vivas y aclamaciones, cuando el tabique que teníamos a la espalda empezó a estremecerse con fuertes golpes, y al punto comprendimos que los franceses, abriendo una entrada por aquel sitio, nos cogerían irremisiblemente entre dos fuegos. Eramos trece, porque en el desván habían caído dos gravemente heridos.

El tío Garcés, que nos mandaba, exclamó furioso:

—¡Recuerno! No nos cogerán esos perros. En el techo hay un tragaluz. Salgamos por él al tejado. Que seis sigan haciendo fuego... al que quiera subir partirlo. Que los demás agranden el agujero, y fuera miedo y ¡viva la Virgen del Pilar!

Se hizo como él mandaba. Aquello iba a ser una retirada en regla, y mientras parte de nuestro ejército contenía la marcha invasora del enemigo, los demás se ocupaban en facilitar el paso. Este hábil plan fue puesto en ejecución con febril rapidez, y bien pronto el hueco de escape tenía suficiente anchura para que pasaran tres hombres a la vez, sin que durante el tiempo empleado en esto ganaran los franceses un solo peldaño. Velozmente salimos al tejado. Eramos nueve. Tres habían quedado en el desván y otro fue herido al querer salir, cayendo vivo en poder del enemigo.

Al encontrarnos arriba saltamos de alegría. Paseamos la vista por los techos del arrabal y vimos a lo lejos las baterías francesas. A gatas avanzamos un buen trecho, explorando el terreno, después de dejar dos centinelas en el boquete con orden de descerrajar un tiro al que quisiese escurrirse por él; y no habíamos andado veinte pasos, cuando oímos gran ruido de voces y risas, que al punto nos parecieron de franceses. Efectivamente: desde un ancho buhardillón nos miraban riendo aquellos malditos. No tardaron en hacernos fuego; pero parapetados tras las chimeneas y tras los ángulos y recortaduras que allí ofrecían los tejados, les contestamos a los tiros con tiros y a los juramentos y exclamaciones con otras mil invectivas, que nos inspiraba el fecundo ingenio del tío Garcés.

Al fin nos retiramos saltando al tejado de la casa cercana. Creímosla en poder de los nuestros, y nos internamos por la ventana de un chiribitil, considerando fácil el bajar desde allí a la calle, donde unidos y reforzados con más gente, podíamos proseguir aquella aventura al través de pasillos, escaleras, tejados y desvanes. Pero aún no habíamos puesto el pie en firme, cuando sentimos en los aposentos que quedaban bajo nosotros el ruido de repetidas detonaciones.

—Abajo se están batiendo —dijo Garcés—, y de seguro los franceses que dejamos en la casa de al lado se han pasado a ésta, donde se habrán encontrado con los compañeros. ¡Cuerno, recuerno! Bajemos ahora mismo. ¡Abajo todo el mundo!

Pasando de un desván a otro, vimos una escalera de mano que facilitaba la entrada a un gran aposento interior, desde cuya puerta se oía vivo rumor de voces, destacándose principalmente algunas de mujer. El estruendo de la lucha era mucho más lejano y, por consiguiente, procedía de punto más bajo. Franqueando, pues, la escalerilla, nos hallamos en una gran habitación, materialmente llena de gente, la mayor parte ancianos, mujeres y niños, que habían buscado refugio en aquel lugar. Muchos, arrojados sobre jergones, mostraban en su rostro las huellas de la terrible epidemia, y algún cuerpo inerte sobre el suelo tenía todas las trazas de haber exhalado el último suspiro pocos momentos antes.

Otros estaban heridos y se lamentaban sin poder contener la crueldad de sus dolores; dos o tres viejas lloraban o rezaban. Algunas voces se oían de rato en rato, diciendo con angustia, «agua, agua». Desde que bajamos distinguí en un extremo de la sala al tío Candiola, que ponía cuidadosamente en un rincón multitud de baratijas, ropas y objetos de cocina y de loza. Con gesto displicente apartaba a los chicos curiosos que querían poner sus manos en aquella despreciable quincalla, y lleno de inquietud, diligente en amontonar y resguardar su tesoro, sin que la última pieza se le escapase, decía:

—Ya me han quitado dos tazas. Y no me queda duda; alguien de los que están aquí las ha de tener. No hay seguridad en ninguna parte; no hay autoridades que garanticen a uno la posesión de su hacienda. Fuera de aquí, muchachos malcriados. ¡Oh! Estamos bien... ¡Malditas sean las bombas y quien las inventó! Señores militares, a buena hora llegan ustedes. ¿No podrían ponerme aquí un par de centinelas para que guardaran estos objetos preciosos que con gran trabajo logré salvar?

Como es de suponer, mis compañeros se rieron de tan graciosa pretensión. Ya íbamos a salir, cuando vi a Mariquilla. La infeliz estaba transfigurada por el insomnio, el llanto y el terror; pero tanta desolación en torno suyo y en ella misma aumentaba la dulce expresión de su hermoso semblante. Ella me vio, y al punto fue hacia mí con viveza, mostrando deseo de hablarme.

—¿Y Agustín? —le pregunté.

—Está abajo —repuso con voz temblorosa— Abajo están dando una batalla. Las personas que nos habíamos refugiado en esta casa, estábamos repartidas por los distintos aposentos. Mi padre llegó esta mañana con doña Guedita. Agustín nos trajo de comer y nos puso en un cuarto donde había un colchón. De repente sentimos golpes en los tabiques... venían los franceses. Entró la tropa, nos hicieron salir, trajeron los heridos y los enfermos a esta sala alta... aquí nos han encerrado a todos, y luego, rotas las paredes, los franceses se han encontrado con los españoles y han empezado a pelear... ¡Ay! Agustín está abajo también...

Esto decía, cuando entró Manuela Sancho, trayendo dos cántaros de agua para los heridos. Aquellos desgraciados se arrojaron frenéticamente de sus lechos, disputándose a golpes un vaso de agua.

—No empujar, no atropellarse, señores —dijo Manuela riendo—. Hay agua para todos. Vamos ganando. Trabajillo ha costado echarles de la alcoba y ahora están disputándose la mitad de la sala, porque la otra mitad está ya ganada. No nos quitarán tampoco la cocina ni la escalera. Todo el suelo está lleno de muertos.

Mariquilla se estremeció de horror.

—Tengo sed —me dijo.

Al punto pedí agua a la Sancho; pero como el único vaso que trajera estaba ocupado en aplacar la sed de los demás, y andaba de boca en boca, por no esperar, tomé una de las tazas que en su montón tenía el tío Candiola.

—Eh, señor entrometido —dijo, sujetándome la mano—, deje usted ahí esa taza.

—Es para que beba esta señorita —contesté indignado—. ¿Tanto valen esas baratijas, señor Candiola?

El avaro no me contestó, ni se opuso a que diera de beber a su hija; mas luego que ésta calmó su sed, un herido tomó ávidamente de sus manos la taza y he aquí que ésta empezó a correr también, pasando de boca en boca. Cuando yo salí para unirme a mis compañeros, don Jerónimo seguía con la vista, y de muy mal talante, el extraviado objeto que tanto tardaba en volver a sus manos.

Tenía razón Manuela Sancho al decir que íbamos ganando. Los franceses, desalojados del piso principal de la casa, habíanse retirado al de la contigua, donde continuaban defendiéndose. Cuando yo bajé, todo el interés de la batalla estaba en la cocina, disputada con mucho encarnizamiento; pero lo demás de la casa nos pertenecía. Muchos cadáveres de una y otra nación cubrían el ensangrentado suelo; algunos patriotas y soldados, rabiosos por no poder conquistar aquella cocina funesta, desde donde se les hacía tanto fuego, lanzáronse dentro de ella a la bayoneta, y aunque perecieron bastantes, este acto de arrojo decidió la cuestión, porque tras ellos fueron otros, y por fin todos los que cabían.

Aterrados los imperiales con tan ruda embestida, buscaron salida precipitadamente por el laberinto que de pieza en pieza habían abierto. Persiguiéndoles por pasillos y aposentos, cuya serie inextricable volvería loco al mejor topógrafo, les rematábamos donde podíamos alcanzarles, y algunos de ellos se arrojaban desesperadamente a los patios. De este modo, después de reconquistada aquella casa, reconquistamos la vecina, obligándoles a contenerse en sus antiguas posiciones, que eran por aquella parte las dos casas primeras de la calle de Pabostre.

Después retiramos los muertos y heridos, y tuve el sentimiento de hallar entre éstos al hijo de Montoria, aunque no era de gravedad el balazo recibido en el brazo derecho. Mi batallón quedó aquel día reducido a la mitad.

Los infelices que se refugiaban en la habitación alta de la casa quisieron acomodarse de nuevo en los distintos aposentos; pero esto no se juzgó conveniente y fueron obligados a abandonarla, buscando asilo en lugares más lejanos del peligro. Cada día, cada hora, cada instante las dificultades crecientes de nuestra situación militar se agravaban con el obstáculo que ofrecía número tan considerable de víctimas, hechas por el fuego y la epidemia. ¡Dichosos mil veces los que eran sepultados en las ruinas de las casas minadas, como aconteció a los valientes defensores de la calle de Pomar, junto a Santa Engracia! Lo verdaderamente lamentable estaba allí donde se hacinaban unos sobre otros, sin poder recibir auxilio, multitud de hombres destrozados por horribles heridas. Había recursos médicos para la centésima parte de los pacientes. La caridad de las mujeres, la diligencia de los patriotas, la multiplicación de la actividad en los hospitales, nada bastaba.

Llegó un día en que cierta impasibilidad, cierta espantosa y cruel indiferencia se apoderaron de los defensores, y nos acostumbramos a ver un montón de muertos cual si fuera un montón de sacos de lana; nos acostumbramos a ver sin lástima largas filas de heridos arrimados a las casas, curándose cada cual como mejor podía. A fuerza de padecimientos parece que las necesidades de la carne habían desaparecido y que no teníamos más vida que la del espíritu. La familiaridad con el peligro había transfigurado nuestra naturaleza, infundiéndole al parecer un elemento nuevo, el desprecio absoluto de la materia y total indiferencia hacia la vida. Cada uno esperaba morir *dentro de un rato,* sin que esta idea le conturbara.

Recuerdo que oí contar el ataque dado al convento de Trinitarios para arrebatarlo a los franceses; y las fabulosas hazañas, la inconcebible temeridad de esta empresa, me parecieron un hecho natural y ordinario.

No sé si he dicho que inmediato al convento de las Mónicas estaba el de Agustinos observantes, edificio de bastante capacidad, con una iglesia no pequeña y muy irregular, vastas crujías y un claustro espacioso. Era, pues, indudable que los franceses, dueños ya de las Mónicas, habrían de poner gran empeño en poseer también aquel otro monasterio, para establecerse sólida y definitivamente en el barrio.

—Ya que no tuvimos la suerte de hallarnos en las Mónicas —me dijo Pirli—, hoy nos daremos el gustazo de defender hasta morir las cuatro paredes de San Agustín. Como no basta Extremadura para defenderlo, nos mandan también a nosotros. ¿Y qué hay de grados, amigo Araceli? ¿Conque es cierto que este par de caballeros que están aquí son un par de sargentos?

—No sabía nada, amigo Pirli —le respondí—; y verdad era que ignoraba aquel mi ascenso a las alturas jerárquicas del sargentazgo.

—Pues sí, anoche lo acordó el general. El señor de Araceli es sargento primero y el señor de Pirli sargento segundo. Harto bien lo hemos ganado, y gracias que nos ha quedado cuerpo en que poner las charreteras. También me han dicho que a Agustín Montoria le han nombrado teniente por lo bien que se portó en el ataque dentro de las casas. Ayer tarde al anochecer, el batallón de las Peñas de San Pedro no tenía más que cuatro sargentos, un alférez, un capitán y doscientos hombres.

—A ver, amigo Pirli, si hoy nos ganamos un par de ascensos.

—Todo es ganar el ascenso del pellejo —repuso—. Los pocos soldados que viven del batallón de Huesca, creo que van para generales. Ya tocan llamada. ¿Tienes qué comer?

—No mucho.

—Manuela Sancho me ha dado cuatro sardinas; las partiré contigo. Si quieres un par de docenas de garbanzos tostados... ¿Te acuerdas tú del gusto que tiene el vino? Dígolo porque hace días no nos dan una gota... Por ahí corre el run run de que esta tarde nos darán un poco cuando acabe la guerra de San Agustín. Ahí tienes tú: sería muy triste cosa que le mataran a uno antes de saber qué color tiene eso que van a repartir esta tarde. Si siguieran mi consejo, lo darían antes de empezar, y así el que muriera, eso se llevaba... Pero la Junta de abastos habrá dicho: «Hay poco vino; si lo repartimos ahora apenas tocarán tres gotas a cada uno. Esperemos a la tarde, y como de los que defienden a San Agustín será milagro que quede la cuarta parte, les tocará a trago por barba.»

Y con este criterio siguió discurriendo sobre la escasez de vituallas. No tuvimos tiempo de entretenernos en esto, porque apenas nos dábamos la mano con los de Extremadura que guarnecían el edificio, cuando ved aquí que una fuerte detonación nos puso en cuidado, y entonces un fraile apareció diciendo a gritos:

—Hijos míos, han volado la pared medianera del lado de las Mónicas, y ya les tenemos en casa. Corred a la iglesia; ellos deben haber ocupado la sacristía; pero no importa. Si vais a tiempo seréis dueños de la nave principal, de las capillas, del coro. ¡Viva la Santa Virgen del Pilar y el batallón de Extremadura!

Marchamos a la iglesia con serenidad.

XXII

Los buenos padres nos animaban con sus exhortaciones, y alguno de ellos, confundiéndose con nosotros en lo más apretado de las filas, nos decía:

—Hijos míos, no desmayéis. Previendo que llegaría este caso, hemos conservado un mediano número de víveres en nuestra despensa. También tenemos vino. Sacudid el polvo a esa canalla. Animo, jóvenes queridos. No temáis el plomo enemigo. Más daño hacéis vosotros con una de vuestras miradas que ellos con una descarga de metralla. Adelante, hijos míos. La Santa Virgen del Pilar es entre vosotros. Cerrad los ojos al peligro, mirad con serenidad al enemigo, y entre las nubes veréis la santa figura de la Madre de Dios. ¡Viva España y Fernando VII!

Llegamos a la iglesia; pero los franceses, que habían entrado por la sacristía, se nos adelantaron y ya ocupaban el altar mayor. Yo no había visto jamás una mole churrigueresca, cuajada de esculturas y follajes de oro, sirviendo de parapeto a la infantería; yo no había visto nunca que vomitasen fuego los mil nichos, albergue de mil santos de ebanistería; yo no había visto nunca que los rayos de madera dorada, que fulminan su llama inmóvil desde los huecos de una nube de cartón poblada de angelitos, se confundieran con los fogonazos, ni que tras los pies del Santo Cristo y tras el nimbo de oro de la Virgen María, el ojo vengativo del soldado atisbara el blanco de su mortífera puntería.

Baste decir que el altar mayor de San Agustín era una gran fábrica de entalle dorado, cual otras que habréis visto en cualquier templo de España. Este armatoste se extendía desde el piso a la bóveda, y de machón a machón, representando en sucesivas hileras de nichos como una serie de jerarquías celestiales. Arriba el Cristo ensangrentado abría sus brazos sobre la cruz; abajo y encima del altar, un pequeño templete encerraba el símbolo de la Eucaristía. Aunque la mole se apoyaba en el muro del fondo, había pequeños pasadizos interiores destinados al servicio casero de aquella república de santos, y por ellos el lego sacristán podía subir desde la sacristía a mudar el traje de la Virgen, a encender las velas del altísimo crucifijo, o a limpiar el polvo que los siglos depositaban sobre el antiguo tisú de los vestidos y la madera bermellonada de los rostros.

Pues bien, los franceses se posesionaron rápidamente del camarín de la Virgen, de los estrechos tránsitos que he mencionado; y cuando nosotros llegamos, en cada nicho, detrás de cada santo y en innumerables agujeros abiertos a toda prisa, brillaba el cañón de los fusiles. Igualmente establecidos detrás del ara santa, que a empujones adelantaron un poco, se preparaban a defender en toda regla la cabecera de la iglesia.

Nosotros no estábamos enteramente a descubierto, y para resguardarnos del gran retablo, teníamos los confesionarios, los altares de las capillas y las tribunas. Los más expuestos éramos los que entramos por la nave principal; y mientras los más atrevidos avanzaron resueltamente hacia el fondo, otros tomamos posiciones en el coro bajo, y tras el facistol, tras las sillas y bancos amontonados contra la reja, molestábamos desde allí con certera puntería a la nación francesa, posesionada del altar mayor.

El tío Garcés, con otros nueve de igual empuje, corrió a posesionarse del púlpito, otra pesada fábrica churrigueresca, cuyo guardapolvo, coronado por una estatua de la Fe, casi llegaba al techo. Subieron, ocupando la cátedra y la escalera, y desde allí, con singular acierto, dejaban seco a todo francés que, abandonando el presbiterio, se adelantaba a lo bajo de la iglesia.

También sufrían ellos bastante, porque les abrasaban los del altar mayor, deseosos de quitar de en medio aquel obstáculo. Al fin se destacaron unos veinte hombres, resueltos a tomar a todo trance aquel reducto de madera, sin cuya posesión era locura intentar el paso de la gran nave. No he visto nada más parecido a una gran batalla, y así como en ésta la atención de uno y otro ejército se reconcentra a veces en un punto, el más disputado y apetecido de todos, y cuya pérdida o conquista decide el éxito de la lucha, así la atención de todos se dirigió al púlpito, tan bien defendido como bien atacado.

Los veinte tuvieron que resistir el vivísimo fuego que se les hacía desde el coro y la explosión de las granadas de mano que los de las tribunas les arrojaban; pero a pesar de sus grandes pérdidas, avanzaron resueltamente a la bayoneta sobre la escalera. No se acobardaron los diez defensores del fuerte, y defendiéronse a arma blanca con aquella superioridad infalible que siempre tuvieron en este género de lucha. Muchos de los nuestros, que antes hacían fuego parapetados tras los altares y los confesionarios, corrieron a atacar a los franceses por la espalda, representando de este modo en miniatura la peripecia de una acción campal; y trabose la contienda cuerpo a cuerpo a bayonetazos, a tiros y a golpes, según como cada cual cogía a su contrario.

De la sacristía salieron mayores fuerzas enemigas, y nuestra retaguardia, que se había mantenido en el coro, salió también. Algunos que se hallaban en las tribunas de la derecha, saltaron fácilmente al cornisamento de un gran retablo lateral, y no satisfechos con hacer fuego desde allí, desplomaron sobre los franceses tres estatuas de santos que coronaban los tres ángulos del ático. En tanto el púlpito se sostenía con firmeza, y en medio de aquel infierno, vi al tío Garcés ponerse en pie, desafiando al fuego, y accionar como un predicador, gritando desaforadamente con voz ronca. Si alguna vez viera al demonio predicando el pecado en la cátedra de una iglesia, invadida por todas las potencias infernales en espantosa bacanal, no me llamaría la atención.

Aquello no podía prolongarse mucho tiempo, y Garcés, atravesado por cien balazos, cayó de improviso, lanzando un ronco aullido. Los franceses, que en gran número llenaban la sacristía, vinieron en columna cerrada, y en los tres escalones que separan el presbiterio del resto de la iglesia, nos presentaron un muro infranqueable. La descarga de esta columna decidió la cuestión del púlpito, y quintados en un instante, dejando sobre las baldosas gran número de muertos, nos retiramos a las capillas. Perecieron los primitivos defensores del púlpito, así como los que luego acudieron a reforzarlos, y al tío Garcés, acribillado a bayonetazos, después de muerto, le arrojaron en su furor los vencedores por encima del antepecho. Así concluyó aquel gran patriota que no nombra la historia.

El capitán de nuestra compañía quedó también inerte sobre el pavimento. Retirándonos desordenadamente a distintos puntos, separados unos de otros, no sabíamos a quién obedecer; bien es verdad que allí la iniciativa de cada uno o de cada grupo de dos o tres era la única organización posible, y nadie pensaba en compañías ni en jerarquías militares.

Había la subordinación de todos al pensamiento común, y un instinto maravilloso para conocer la estrategia rudimentaria que las necesidades de la lucha a cada instante nos iba ofreciendo. Este instintivo golpe de vista nos hizo comprender que estábamos perdidos desde que nos metimos en las capillas de la derecha, y era temeridad persistir en la defensa de la iglesia ante las enormes fuerzas francesas que la ocupaban.

Algunos opinaron que con los bancos, las imágenes y la madera de un retablo viejo, que fácilmente podía ser hecho pedazos, debíamos levantar una barricada en el arco de la capilla y defendernos hasta lo último; pero dos padres Agustinos se opusieron a este esfuerzo inútil y uno de ellos nos dijo:

—Hijos míos, no os empeñéis en prolongar la resistencia,

que os llevaría a perder vuestras vidas sin ventaja alguna. Los franceses están atacando en este instante el edificio por la calle de las Arcadas. Corred allí a ver si lográis atajar sus pasos; pero no penséis en defender la iglesia, profanada por esos cafres.

Estas exhortaciones nos obligaron a salir al claustro, y todavía quedaban en el coro algunos soldados de Extremadura tiroteándose con los franceses, que ya invadían toda la nave.

Los frailes sólo cumplieron a medias su oferta en lo de darnos algún *gaudeamus,* como recompensa por haberlos defendido hasta el último extremo su iglesia, y fueron repartidos algunos trozos de tasajo y pan duro, sin que viéramos ni oliéramos el vino en ninguna parte, por más que alargamos la vista y las narices. Para explicar esto dijeron que los franceses, ocupando todo lo alto, se habían posesionado del principal depósito de provisiones, y lamentándose del suceso, procuraron consolarnos con alabanzas de nuestro buen comportamiento.

La falta del vino prometido hízome acordar del gran Pirli, y entonces caí en la cuenta de que le había visto al principio del lance en una de las tribunas. Pregunté por él; pero nadie me sabía dar razón de su paradero.

Los franceses ocupaban la iglesia y también parte de los altos del convento. A pesar de nuestra desfavorable posición en el claustro bajo, estábamos resueltos a seguir resistiendo, y traíamos a la memoria la heroica conducta de los voluntarios de Huesca, que defendieron las Mónicas hasta quedar sepultados bajo sus escombros. Estábamos delirantes, ebrios: nos creíamos ultrajados si no vencíamos, y nos impulsaba a las luchas desesperadas una fuerza secreta, irresistible, que no me puedo explicar sino por la fuerte tensión erectiva del espíritu y una aspiración poderosa hacia lo ideal.

Nos contuvo una orden venida de fuera, y que dictó sin duda en su buen sentido práctico el general Saint-March.

—El convento no se puede sostener —dijeron—. Antes que sacrificar gente sin provecho alguno para la ciudad, salgan todos a defender los puntos atacados en la calle de Pabostre y Puerta Quemada, por donde el enemigo quiere extenderse, conquistando las casas de que se le ha rechazado varias veces.

Salimos, pues, de San Agustín. Cuando pasábamos por la calle del mismo nombre, paralela a la de Palomar, vimos que desde la torre de la iglesia arrojaban granadas de mano sobre los franceses, establecidos en la plazoleta inmediata a la última de aquellas dos vías. ¿Quién lanzaba aquellos proyectiles desde la torre? Para decirlo más brevemente y con más elocuencia, abramos la historia y leamos: «En la torre se habían situado y pertrechado siete u ocho paisanos con víveres y municiones para hostigar al enemigo, y subsistieron verificándolo por unos días sin querer rendirse.»

Allí estaba el insigne Pirli. ¡Oh, Pirli! Más feliz que el tío Garcés, tú ocupas un lugar en la historia.

XXIII

Incorporados al batallón de Extremadura, se nos llevó por la calle de Palomar hasta la plaza de la Magdalena, desde donde oímos fuerte estrépito de combate hacia el extremo de la calle de Puerta Quemada. Como nos habían dicho, el enemigo procuraba extenderse por la calle de Pabostre para apoderarse de Puerta Quemada, punto importantísimo que le permitía enfilar con su artillería la calle del mismo nombre hasta la plaza de la Magdalena; y como la posesión de San Agustín y las Mónicas les permitía amenazar aquel punto céntrico por el fácil tránsito de la calle de Palomar, ya se conceptuaban dueños del arrabal. En efecto, si los de San Agustín lograban avanzar hasta las ruinas del Seminario, y los de la calle de Pabostre hasta Puerta Quemada, era imposible disputar a los franceses el barrio de Tenerías.

Después de una breve espera, nos llevaron a la calle de Pabostre, y como la lucha era combinada entre el interior de los edificios y la vía pública, entramos por la calle de los Viejos a la primera manzana. Desde las ventanas de la casa en que nos situaron no se veía más que humo, y apenas podíamos hacernos cargo de lo que allí estaba pasando; mas luego advertí que la calle estaba llena de zanjas y cortaduras de trecho en trecho, con parapetos de tierra, muebles y escombros.

Desde las ventanas se hacía un fuego horroroso. Recordando una frase del mendigo cojo Sursum Corda, puedo decir que nuestra alma era toda balas. En el interior de las casas corría la sangre a torrentes. El empuje de la Francia era terrible; y para que la resistencia no fuese menor, las campanas convocaban sin cesar al pueblo; los generales dictaban órdenes crueles para castigar a los rezagados; los frailes reunían gente de los otros barrios, trayéndoles como en traílla, y algunas mujeres heroicas daban el ejemplo, arrojándose en medio del peligro, fusil en mano.

Día horrendo, cuyo rumor pavoroso retumba sin cesar en los oídos del que lo presenció, cuyo recuerdo le persigue, pesadilla indeleble de toda la vida. Quien no vio sus excesos, quien no oyó su vocerío y estruendo, ignora con qué aparato externo se presenta a los sentidos humanos el ideal del horror. Y no me digáis que habéis visto el cráter de un volcán en lo más recio de sus erupciones, o una furiosa tempestad en medio del océano. cuando la embarcación, lanzada al cielo por una cordillera de agua, cae después al abismo vertiginoso; no me digáis que habéis visto eso, pues nada de eso se parece a los volcanes y a las tempestades que hacen estallar los hombres, cuando sus pasiones les llevan a eclipsar los desórdenes de la naturaleza.

Era difícil contenernos, y no pudiendo hacer gran hostilidad desde allí, bajamos a la calle unos tras otros, sin hacer caso de los jefes que querían contenernos. El combate tenía sobre todos una atracción irresistible, y nos llamaba como llama el abismo al que le mira desde el vértice de elevada cima.

Jamás me he considerado héroe; pero es lo cierto que en aquellos momentos ni temía la muerte, ni me arredraba el espectáculo de las catástrofes que a mi lado veía. Verdad es que el heroísmo, como cosa del momento e hijo directo de la inspiración, no pertenece exclusivamente a los valerosos, razón por la cual suele encontrarse con frecuencia en las mujeres y en los cobardes.

Por no parecer prolijo no referiré aquí las peripecias de aquel combate de la calle de Pabostre. Se parecen mucho a las que antes he contado, y si en algo se diferenciaron fue por el exceso de la constancia y de la energía, llevadas a un grado tal que allí acababa lo humano y empezaba lo divino. Dentro de las casas pasaban escenas como las que en otro lugar he referido; pero con mayor encarnizamiento, porque el triunfo se creía más definitivo. La ventaja adquirida en una pieza perdíanla los imperiales en otra; la acción trabada en la buhardilla descendía peldaño por peldaño hasta el sótano, y allí se remataba al arma blanca, con ventaja siempre para los paisanos. Las voces de mando con que unos y otros dirigían los movimientos dentro de aquellos laberintos, retumbaban de pieza en pieza con espantosos ecos.

En la calle usaban ellos artillería y nosotros también. Varias veces trataron de apoderarse con rápidos golpes de mano de nuestras piezas; pero perdían mucha gente sin conseguirlo nunca. Acobardados al ver que el esfuerzo empleado otra vez para ganar una batalla no bastaba entonces para conquistar dos varas de calle, se negaban a batirse, y sus oficiales les sacudían a palos la pereza.

Por nuestra parte no era preciso emplear tales medios, y bastaba la persuasión. Los frailes, sin dejar de prestar auxilio a los moribundos, atendían a todo, y al advertir debilidad en un punto, volaban a llamar la atención de los jefes.

En una de las zanjas abiertas en la calle, una mujer, más que ninguna valerosa, Manuela Sancho, después de hacer fuego de fusil, disparó varios tiros en la pieza de a 8. Mantúvose ilesa durante gran parte del día, animando a todos con sus palabras, y sirviendo de ejemplo a los hombres; pero serían las tres de la tarde cuando cayó en la zanja, herida en una pierna, y durante largo tiempo confundiose con los muertos, porque la hemorragia la puso exánime y con apariencia de cadáver. Más tarde, advirtiendo que respiraba, la retiramos, y fue curada, quedando tan bien, que muchos años después tuve el gusto de verla viva aún. La historia no ha olvidado a aquella valiente joven, y además la calle de Pabostre, cuyas mezquinas casas son más elocuentes que las páginas de un libro, lleva el nombre de *Manuela Sancho.*

Poco después de las tres, una horrísona explosión conmovió las casas que los franceses nos habían disputado tan encarnizadamente durante la mañana, y entre el espeso humo y el polvo, más espeso aún que el humo, vimos volar en pedazos mil las paredes y el techo, cayendo todo al suelo con un estruendo de que no puede darse idea. Los franceses empezaban a emplear la mina para conquistar lo que por ningún otro medio podía arrancarse de las manos aragonesas. Abrieron galerías, cargaron los hornillos y los hombres cruzáronse de brazos, esperando que la pólvora lo hiciera todo.

Cuando reventó la primera casa, nos mantuvimos serenos en las inmediatas y en la calle; pero cuando con estallido más fuerte aún vino a tierra la segunda, iniciose el movimiento de retirada con bastante desorden. Al considerar que eran sepultados entre las ruinas o lanzados al aire tantos infelices compañeros que no se habrían dejado vencer por la fuerza del brazo, nos sentimos débiles para luchar con aquel elemento de destrucción, y parecíanos que en todas las demás casas y en la calle, minadas ya también, iban a estallar horribles cráteres que en pedazos mil nos salpicarían desgarrados en sangrientos jirones.

Los jefes nos detenían diciendo:

—Firmes, muchachos. No correr. Eso es para asustaros. Nosotros también tenemos pólvora en abundancia, y abriremos minas. ¿Creéis que eso les dará ventaja? Al contrario. Veremos cómo se defienden entre los escombros.

Palafox se presentó a la entrada de la calle y su presencia nos contuvo algún tanto. El mucho ruido impidiome oír lo que nos dijo; pero por sus gestos comprendí que quería impelernos a marchar sobre las ruinas.

—Ya oís, muchachos, ya oís lo que dice el capitán general —vociferó a nuestro lado un fraile de los que venían en la comitiva de Palafox—. Dice que si hacéis un pequeño esfuerzo más, no quedará vivo un solo francés.

—¡Y tiene razón! —exclamó otro fraile—. No habrá en Zaragoza una mujer que os mire, si al punto no os arrojáis sobre las ruinas de las casas y echáis de allí a los franceses.

—Adelante, hijos de la Virgen del Pilar —añadió un tercer fraile—. Allí hay un grupo de mujeres. ¿Las veis? Pues dicen que si no vais vosotros irán ellas. ¿No os da vergüenza vuestra cobardía?

Con esto nos contuvimos un poco. Reventó otra casa a la derecha y entonces Palafox se internó en la calle. Sin saber cómo ni por qué, nos llevaba tras sí. Y ahora es ocasión de hablar de este personaje eminente, cuyo nombre va unido al de las célebres proezas de Zaragoza. Debía en gran parte su prestigio a su gran valor; pero también a la nobleza de su origen, al respeto con que siempre fue mirada allí la familia de Lazan, y a su hermosa y arrogante presencia. Era joven. Había pertenecido al cuerpo de Guardias y se le elogiaba mucho por haber despreciado los favores de una muy alta señora, tan famosa por su posición como por sus escándalos. Lo que más que nada hacía simpático al caudillo zaragozano era su indomable y serena valentía, aquel ardor juvenil con que acometía lo más peligroso y difícil, por simple afán de tocar un ideal de gloria.

Si carecía de dotes intelectuales para dirigir obra tan ardua como aquella, tuvo el acierto de reconocer su incompetencia, y rodeose de hombres insignes por distintos conceptos. Estos lo hacían todo y Palafox quedábase tan solo con lo teatral. Sobre un pueblo en que tanto prevalece la imaginación, no podía menos de ejercer subyugador dominio aquel joven general, de ilustre familia y simpática figura, que se presentaba en todas partes, reanimando a los débiles y distribuyendo recompensas a los animosos.

Los zaragozanos habían simbolizado en él sus virtudes, su constancia, su patriotismo ideal con ribetes de místico y su fervor guerrero. Lo que él disponía todos lo encontraban bueno y justo. Como aquellos monarcas a quienes las tradicionales leyes han hecho representación personal de los principios fundamentales del gobierno, Palafox no podía hacer nada malo: lo malo era obra de sus consejeros. Y en realidad, el ilustre caudillo reinaba y no gobernaba. Gobernaban el padre Basilio, O'Neilly, Saint-March y Butrón, clérigo escolapio el primero, generales insignes los otros tres.

En los puntos de peligro aparecía siempre Palafox como la expresión humana del triunfo. Su voz reanimaba a los moribundos, y si la Virgen del Pilar hubiera hablado, no lo habría hecho por otra boca. Su rostro expresaba siempre una confianza suprema, y en él la triunfal sonrisa infundía coraje como en otros el ceño feroz. Vanagloriábase de ser el impulsor de aquel gran movimiento. Como comprendía por instinto que parte del éxito era debido más que a lo que tenía de general a lo que tenía de actor, siempre se presentaba con todos sus arreos de gala, entorchados, plumas y veneras; y la atronadora música de los aplausos y los vivas le halagaban en extremo. Todo esto era preciso, pues ha de haber siempre algo de mutua adulación entre la hueste y el caudillo para que el enfático orgullo de la victoria arrastrase a todos al heroísmo.

XXIV

Como he dicho, Palafox nos detuvo, y aunque abandonamos casi toda la calle de Pabostre, nos mantuvimos firmes en Puerta Quemada.

Si encarnizada fue la batalla hasta las tres, hora en que nos concentramos hacia la plaza de la Magdalena, no lo fue menos desde dicha ocasión hasta la noche. Los franceses empezaron a hacer trabajos en las casas arruinadas por los hornillos, y era curioso ver cómo entre las masas de cascote y vigas, se abrían pequeñas plazas de armas, caminos cubiertos y plataformas para emplazar la artillería. Aquella era una guerra que cada vez se iba pareciendo menos a las demás guerras conocidas.

De esta nueva fase de batalla resultó una ventaja y un inconveniente para los franceses, porque si la demolición de las casas les permitía colocar en ellas algunas piezas, en cambio los hombres quedaban a descubierto. Por nuestra desgracia no supimos aprovecharnos de esto al presenciar las voladuras. El terror nos hizo ver una centuplicación del peligro, cuando en realidad lo disminuía, y no queriendo ser menos que ellos en aquel duelo a fuego, los zaragozanos empezaron a incendiar las casas de la calle de Pabostre que no podían sostener.

Sitiadores y sitiados, deseosos de rematarse pronto, y no pudiendo conseguirlo en la laberíntica guerra de las madrigueras, empezaron a destruirlas, unos con la mina, otros con el incendio, quedándose a descubierto como el impaciente gladiador que arroja su escudo.

¡Qué tarde, qué noche! Al llegar aquí me detengo cansado y sin aliento, y mis recuerdos se nublan, como se nublaron mi pensar y mi sentir en aquella tarde espantosa. Hubo, pues, un momento, en que no pudiendo resistir más, mi cuerpo, como el de otros compañeros que habían tenido la suerte o la desgracia de vivir, se arrastraba sobre el arroyo tropezando con cadáveres insepultos o medio inhumados entre los escombros. Mis sentidos, salvajemente lanzados a los extremos del delirio, no me representaban claramente el lugar donde me encontraba, y la noción del vivir era un conjunto de vagas confusiones, de dolores inauditos. No me parecía que fuese de día, porque en algunos puntos, lóbrega oscuridad envolvía la escena; mas tampoco me consideraba en medio de la noche, porque llamas semejantes a las que suponemos en el infierno, enrojecían la ciudad por otro lado.

Sólo sé que me arrastraba pisando cuerpos, yertos unos, con movimiento otros, y que más allá, siempre más allá, creía encontrar un pedazo de pan y un buche de agua. ¡Qué desfallecimiento tan horrible! ¡Qué hambre! ¡Qué sed! Vi correr a muchos con ágiles movimientos, les oí gritar; vi proyectadas sus inquietas sombras formando espantajos sobre las paredes cercanas; iban y venían no sé a dónde ni de dónde. No era yo el único que, agotadas las fuerzas del cuerpo y del espíritu, después de tantas horas de lucha, se había rendido. Otros muchos, que no tenían la acerada entereza de los cuerpos aragoneses, se arrastraban como yo y nos pedíamos unos a otros un poco de agua. Algunos, más felices que los demás, tuvieron fuerza para registrar entre los cadáveres y recoger mendrugos de pan, piltrafas de carne fría y envuelta en tierra, que devoraban con avidez.

Algo reanimados, seguimos buscando, y pude alcanzar una parte en las migajas de aquel festín. No sé si estaba yo herido: algunos de los que hablaban conmigo comunicándome su gran hambre y sed, tenían horribles golpes, quemaduras y balazos. Por fin encontramos unas mujeres que nos dieron a beber agua fangosa y tibia. Nos disputamos el vaso de barro, y luego en las manos de un muerto descubrimos un pañuelo liado que contenía dos sardinas secas y algunos bollos de aceite. Alentados por los repetidos hallazgos seguimos merodeando y al fin, lo poco que logramos comer, y más que nada el agua sucia que bebimos, nos devolvió en parte las fuerzas.

Yo me sentí con algún brío y pude andar, aunque difícilmente. Advertí que todo mi vestido estaba lleno de sangre, y sintiendo un vivo escozor en el brazo derecho, juzgueme gravemente herido; pero aquel malestar era de una contusión insignificante, y las manchas de mis ropas provenían de haberme arrastrado entre charcos de fango y sangre.

Volví a pensar sin confusiones, volví a ver sin oscuridad, y oí distintamente los gritos, los pasos precipitados, los cañonazos cercanos y distantes en pavoroso diálogo. Sus estampidos aquí y allí parecían preguntas y respuestas.

Los incendios continuaban. Había sobre la ciudad una densa niebla, formada de polvo y humo, la cual con el resplandor de las llamas, formaba perspectivas horrorosas que jamás se ven en el mundo; en sueños sí. Las casas despedazadas, con sus huecos abiertos a la claridad como ojos infernales, las recortaduras angulosas de las ruinas humeantes, las vigas encendidas eran espectáculo menos siniestro que el de aquellas figuras saltonas e incansables, que no cesaban de revolotear allí delante, allí mismo, casi en medio de las llamas. Eran los paisanos de Zaragoza que aún se estaban batiendo con los franceses, y les disputaban ferozmente un palmo de infierno.

Me encontraba en la calle de Puerta Quemada, y lo que he descrito se veía en las dos direcciones opuestas del Seminario y de la entrada de la calle de Pabostre. Di algunos pasos, pero caí otra vez rendido de fatiga. Un fraile, viéndome cubierto de sangre, se me acercó y empezó a hablarme de la otra vida y del premio eterno destinado a los que mueren por la patria. Díjele que no estaba herido: pero que el hambre, el cansancio y la sed me habían postrado, y que creía tener los primeros síntomas de la epidemia. Entonces el buen religioso, en quien al punto reconocí al padre Mateo del Busto, se sentó a mi lado y dijo exhalando un hondo suspiro:

—Yo tampoco me puedo tener, y creo que me muero.

—¿Está vuestra paternidad herido? —le pregunté, viendo un lienzo atado a su brazo derecho.

—Sí, hijo mío; una bala me ha destrozado el hombro y el brazo. Siento grandísimo dolor; pero es preciso aguantarlo. Más padeció Cristo por nosotros. Desde que amaneció no he cesado de curar heridos y encaminar moribundos al cielo. En dieciséis horas no he descansado un solo momento, ni comido ni bebido cosa alguna. Una mujer me ató este lienzo en el brazo derecho y seguí mi tarea. Creo que no viviré mucho... ¡Cuánto muerto, Dios mío! ¿Y estos heridos que nadie recoge...? Pero, ¡ay! yo no puedo tenerme en pie, yo me muero. ¿Has visto aquella zanja que hay al fin de la calle de los Clavos? Pues allí yace sin vida el desgraciado Coridón. Fue víctima de su arrojo. Pasábamos por allí para recoger unos heridos, cuando vimos hacia las eras de San Agustín un grupo de franceses que pasaban de una casa a otra. Coridón, cuya sangre impetuosa le impele a los actos más heroicos, se lanzó ladrando sobre ellos. ¡Ay! ensartándolo en una bayoneta, lo arrojaron exánime dentro de la zanja... ¡Cuántas víctimas en un solo día, Araceli! ¡Pues no tiene usted poca suerte en haber salido ileso! Pero se morirá usted de la epidemia, que es peor. Hoy he dado la absolución a sesenta moribundos de la epidemia. A usted también se la daré, amigo mío, porque sé que no comete pecadillos y que se ha portado valientemente en estos días... ¿Qué tal? ¿Crece el mal? Efectivamente, está usted más amarillo que esos cadáveres que nos rodean. Morir de la epidemia, durante el horroroso cerco, también es morir por la patria. Joven, ánimo: el cielo se abre para recibirle a usted, y la Virgen del Pilar le agasajará con su manto de estrellas. La vida no vale nada. ¡Cuánto mejor es morir honrosamente y ganar con el padecer de un día la eterna gloria! En nombre de Dios le perdono a usted todos sus pecados.

Después de murmurar la oración propia del caso, pronunció, bendiciéndome, el *ego te absolvo,* extendiose luego cuan largo era sobre el suelo. Su aspecto era tristísimo, y aunque yo no me encontraba bien, juzgueme en mejor estado de salud que el buen fraile. No era aquella la primera ocasión en que el confesor caía antes que el moribundo, y el médico antes que el enfermo. Llamé al padre Mateo, y como no me respondiera sino con lastimeros quejidos, aparteme de allí para buscar quien fuese en su ayuda. Encontré a varios hombres y mujeres y les dije: —Ahí está el padre fray Mateo del Busto que no puede moverse.

Pero no me hicieron caso y siguieron adelante. Muchos heridos me llamaban a su vez, pidiéndome que les diese auxilio; pero yo tampoco les hacía caso. Junto al Coso encontré un niño de ocho o diez años, que marchaba solo y llorando con el mayor desconsuelo. Le detuve; le pregunté por sus padres y señaló un punto cercano donde había gran número de muertos y heridos.

Más tarde encontré al mismo niño en diversos puntos, siempre solo, siempre llorando, y nadie se cuidaba de él.

No se oía otra cosa que las preguntas *¿has visto a mi hermano? ¿Has visto a mi hijo? ¿Has visto a mi padre?* Pero mi hermano, mi hijo y mi padre no parecían por ninguna parte. Ya nadie se cuidaba de llevar los enfermos a las iglesias, porque todas o casi todas estaban atestadas. Los sótanos y cuartos bajos, que antes se consideraron buenos refugios, ofrecían una atmósfera infecta y mortífera. Llegó el momento en que donde mejor se encontraban los heridos era en medio de la calle.

Me dirigí hacia el centro del Coso, porque me dijeron que allí se repartía algo de comer; pero nada alcancé. Iba a volver a las Tenerías, y al fin frente al Almudí me dieron un poco de comida caliente. Al punto me sentí mejor, y lo que creía síntomas de epidemia, desapareció poco a poco, pues mi mal hasta entonces era de los que se curan con pan y vino. Acordeme al punto del padre Mateo del Busto, y con otros que se me juntaron fuimos a prestarle auxilio. El desgraciado anciano no se había movido, y cuando nos acercamos, preguntándole cómo se encontraba, nos contestó así:

—¡Cómo! ¿Ha sonado la campana de maitines? Todavía es temprano. Déjenme ustedes descansar. Me hallo fatigadísimo, padre González. He estado durante dieciséis horas cogiendo flores en la huerta... Estoy rendido.

A pesar de sus ruegos, le cargamos entre cuatro; pero al poco trecho se nos quedó muerto en los brazos.

Mis compañeros acudieron al fuego y yo me disponía a seguirlos, cuando alcancé a ver un hombre cuyo aspecto llamó mi atención. Era el tío Candiola, que salió de una casa cercana con los vestidos chamuscados y apretando entre sus manos un ave de corral que cacareaba sintiéndose prisionera. Le detuve en medio de la calle preguntándole por su hija y por Agustín, y con gran agitación me dijo:

—¡Mi hija!... No sé... Allá, allá está... ¡Todo, todo lo he perdido! ¡Los recibos! ¡Se han quemado los recibos!... Y gracias que al salir de la casa tropecé con este pollo, que huía como yo del horroroso fuego. ¡Ayer valía una gallina cinco duros!... Pero mis recibos, ¡Santa Virgen del Pilar, y tú Santo Dominguito de mi alma! ¿Por qué se han quemado mis recibos?... Todavía se pueden salvar... ¿Quiere usted ayudarme? Debajo de una gran viga ha quedado la caja de lata en que los tenía... ¿Dónde hay por ahí media docena de hombres?... ¡Dios mío! Pero esa Junta, esa Audiencia, ese capitán general, ¿en qué están pensando?

Y luego siguió, gritando a los que pasaban:

—¡Eh, paisano, amigo, hombre caritativo... a ver si levantamos la viga que cayó en el rincón!... ¡Eh! buenos amigos, dejen ustedes ahí en un ladito ese enfermo moribundo que llevan al hospital y vengan a ayudarme. No hay un alma piadosa. Parece que los corazones se han vuelto de bronce... Ya no hay sentimientos humanitarios... ¡Oh! Zaragozanos sin piedad, ¡ved cómo Dios os está castigando!

Viendo que nadie le amparaba, entró de nuevo en la casa; pero salió al poco rato, gritando con desesperación:

—¡Ya no se puede salvar nada! ¡Todo está ardiendo! Virgen mía del Pilar, ¿por qué no haces un milagro? ¿Por qué no me concedes el don de aquellos prodigiosos niños del horno de Babilonia, para que pueda penetrar dentro del fuego y salvar mis recibos?

XXV

Luego se sentó sobre un montón de piedras, y a ratos se golpeaba el cráneo, a ratos, sin soltar el gallo, llevábase la mano al pecho, exhalando profundos suspiros. Preguntele de nuevo por su hija, con objeto de saber de Agustín, y me dijo:

—Yo estaba en aquella casa de la calle de Añón, donde nos metimos ayer. Todos me decían que allí no había seguridad y que mejor estaríamos en el centro del pueblo; pero a mí no me gusta ir allí donde van todos, y el lugar que prefiero es el que abandonan los demás. El mundo está lleno de ladrones y rateros. Conviene, pues, huir del gentío. Nos acomodamos en un cuarto bajo de aquella casa. Mi hija tenía mucho miedo al cañoneo y quería salir afuera. Cuando reventaron las minas en los edificios cercanos, ella y Guedita salieron despavoridas. Quedeme solo, pensando en el peligro que corrían mis efectos, y de pronto entraron unos soldados con teas encendidas, diciendo que iban a pegar fuego a la casa. Aquellos canallas miserables no me dieron tiempo a recoger nada, y lejos de compadecer mi situación, burláronse de mí. Yo escondí la caja de los recibos por temor a que, creyéndola llena de dinero, me la quisieran quitar; pero no me fue posible permanecer allí mucho tiempo. Me abrasaba con el resplandor de las llamas y me ahogaba con el humo; a pesar de todo, insistí en salvar mi caja... ¡Cosa imposible! Tuve que huir. Nada pude traer, ¡Dios poderoso!, nada más que este pobre animal, que había quedado olvidado por sus dueños en el gallinero. Buen trabajo me costó el cogerle. ¡Casi se me quemó toda una mano! ¡Oh! ¡Maldito sea el que inventó el fuego! ¡Que pierda uno su fortuna por el gusto de esos héroes!... Yo tengo dos casas en Zaragoza, además de la en que vivía. Una de ellas, la de la calle de la Sombra, se me conserva ilesa, aunque sin inquilinos. La otra, que llaman Casa de los Duentes, a espaldas de San Francisco, está ocupada por las tropas, y toda me la han destrozado. ¡Ruinas, nada más que ruinas! ¡Es feliz la ocurrencia de quemar las casas sólo por impedir que las conquisten los franceses!

—La guerra exige que se haga así —le respondí—, y esta heroica ciudad quiere llevar hasta el último extremo su defensa.

—¿Y qué saca Zaragoza con llevar hasta el último extremo su defensa? A ver, ¿qué van ganando los que han muerto? Hábleles usted a ellos de la gloria, del heroísmo y de todas esas zarandajas. Antes que volver a vivir en ciudades heroicas, me iré a un desierto. Concedo que haya alguna resistencia; pero no hasta ese bárbaro extremo. Verdad es que los edificios valían poco, tal vez menos que esta gran masa de carbón que ahora resulta. A mí no me vengan con simplezas. Esto lo han ideado los pájaros gordos, para luego hacer negocio con el carbón.

Esto me hizo reír. No crean mis lectores que exagero, pues tal como lo cuento me lo dijo él punto por punto, y pueden dar fe de mi veracidad los que tuvieron la desdicha de conocerle. Si Candiola hubiera vivido en Numancia, habría dicho que los numantinos eran negociantes de carbón disfrazados de héroes.

—¡Estoy perdido, estoy arruinado para siempre! —añadió después, cruzando las manos en actitud dolorosa—. Esos recibos eran parte de mi fortuna. Vaya usted ahora a reclamar las cantidades sin documento alguno, y cuando casi todos han muerto y yacen en putrefacción por esas calles. No, lo digo y lo repito; no es conforme a la ley de Dios lo que han hecho esos miserables. Es un pecado mortal, es un delito imperdonable dejarse matar, cuando se deben piquillos que el acreedor no podrá cobrar fácilmente. Ya se ve... esto de pagar es muy duro, y algunos dicen: «muramos y nos quedaremos con el dinero...» Pero Dios debiera ser inexorable con esta canalla heroica, y en castigo de su infamia debiera resucitarlos para que se las vieran con el alguacil y el escribano. ¡Dios mío, resucítalos! ¡Santa Virgen del Pilar, Santo Dominguito del Val, resucítalos!

—Y su hija de usted —le pregunté con interés—, ¿ha salido ilesa del fuego?

—No me nombre usted a mi hija —repuso con desabrimiento—. Dios ha castigado en mí su culpa. Ya sé quién es su infame pretendiente. ¿Quién podía ser sino ese condenado hijo de don José Montoria, que estudia para clérigo? María me lo ha confesado. Ayer estaba curándole la herida que tiene en el brazo. ¿Hase visto muchacha más desvergonzada? ¡Y esto lo hacía delante de mí, en mis propias barbas!

Esto decía, cuando doña Guedita, que buscaba afanosamente a su amo, apareció trayendo en una taza algunas provisiones. El se las comió con voracidad, y luego a fuerza de ruegos logramos arrancarle de allí, conduciéndole al callejón del Organo, donde estaba su hija, guarecida en un zaguán con otras infelices. Candiola, después de regañarla, se internó con el ama de llaves.

—¿Dónde está Agustín? —pregunté a Mariquilla.

—Hace un instante estaba aquí; pero vinieron a darle la noticia de la muerte de un hermano suyo, y se fue. Oí decir que estaba su familia en la calle de las Rufas.

—¡Que ha muerto su hermano, el primogénito!

—Así se lo dijeron, y él corrió allí muy afligido.

Sin oír más, yo también corrí a la calle de la Parra para aliviar en lo posible la tribulación de aquella generosa familia a quien tanto debía, y antes de llegar a ella encontré a don Roque, que con lágrimas en los ojos se acercó a hablarme.

—Gabriel —me dijo—. Dios ha cargado hoy la mano sobre nuestro buen amigo.

—¿Ha muerto el hijo mayor, Manuel Montoria?

—Sí; y no es esa la única desgracia de la familia. Manuel era casado, como sabes, y tenía un hijo de cuatro años. ¿Ves aquel grupo de mujeres? Pues allí está la mujer del desgraciado primogénito de Montoria, con su hijo en brazos, el cual, atacado de la epidemia, agonizaba hace un momento. ¡Qué horrible situación! Ahí tienes a una de las primeras familias de Zaragoza reducida al más triste estado, sin un techo en que guarecerse y careciendo hasta de lo más preciso. Toda la noche ha estado esa infeliz madre en la calle y a la intemperie con el enfermo en brazos, aguardando por instantes que exhale el último suspiro; y en realidad, mejor está aquí que en los pestilentes sótanos, donde no se puede respirar. Gracias a que yo y otros amigos la hemos socorrido en lo posible... ¿Pero qué podemos hacer, si apenas hay pan, si se ha acabado el vino y no se encuentra un pedazo de carne de vaca, aunque se dé por él un pedazo de la nuestra?

Principiaba a amanecer. Acerqueme al grupo de mujeres y vi el lastimoso espectáculo. Con el ansia de salvarle, la madre y las demás mujeres que le hacían compañía martirizaban al infeliz niño, aplicándole los remedios que cada cual discurría; pero bastaba ver a la víctima para comprender la imposibilidad de salvar aquella naturaleza, que la muerte había asido ya con su mano amarilla.

La voz de don José de Montoria me obligó a seguir más adelante, y en la esquina de la calle de las Rufas, un segundo grupo completaba el cuadro horroroso de las desgracias de aquella familia. Tendido en el suelo estaba el cadáver de Manuel Montoria, joven de treinta años, no menos simpático y generoso en vida que su padre y hermano. Una bala le había atravesado el cráneo, y de la pequeña herida exterior, en el punto por donde entró el proyectil, salía un hilo de sangre, que bajando por la sien, el carrillo y el cuello, escurríase entre la piel y la camisa. Fuera de esto, su cuerpo no parecía el de un difunto.

Cuando yo me acerqué, su madre no se había decidido aún a creer que estaba muerto, y poniendo la cabeza del cadáver sobre sus rodillas, quería reanimarle con ardientes palabras. Montoria, de rodillas al costado derecho, tenía entre sus manos la de su hijo, y sin decir nada, no le quitaba los ojos. Tan pálido como el muerto, el padre no lloraba.

—Mujer —exclamó al fin—. No pidas a Dios imposibles. Hemos perdido a nuestro hijo.

—¡No; mi hijo no ha muerto! —gritó la madre con desesperación—. Es mentira. ¿Para qué me engañan? ¿Cómo es posible que Dios nos quite a nuestro hijo? ¿Qué hemos hecho para merecer este castigo? ¡Manuel, tú, hijo mío! ¿No me respondes? ¿Por qué no te mueves? ¿Por qué no hablas?... Al instante te llevaremos a casa... Pero, ¿dónde está nuestra casa? Mi hijo se enfría sobre este desnudo suelo. ¡Ved qué heladas están sus manos y su cara!

—Retírate, mujer —dijo Montoria, conteniendo el llanto—. Nosotros cuidaremos al pobre Manuel.

—¡Señor, Dios mío! —exclamó la madre—; ¿qué tiene mi hijo que no habla, ni se mueve, ni despierta? Parece muerto; pero no está, ni puede estar muerto. Santa Virgen del Pilar, ¿no es verdad que mi hijo no ha muerto?

—Leocadia —repitió Montoria, secando las primeras lágrimas que salieron de sus ojos—. Vete de aquí; retírate por Dios. Ten resignación, porque Dios nos ha dado un fuerte golpe y nuestro hijo no vive ya. Ha muerto por la patria...

—¡Que ha muerto mi hijo! —repitió la madre, estrechando el cadáver entre sus brazos como si se lo quisieran quitar—. No, no, no; ¿qué me importa a mí la patria? ¡Que me devuelvan a mi hijo! ¡Manuel, niño mío! No te separes de mi lado, y el que quiera arrancarte de mis brazos tendrá que matarme.

—¡Señor, Dios mío! ¡Santa Virgen del Pilar! —dijo don José de Montoria con grave acento—. Nunca os ofendí a sabiendas ni deliberadamente. Por la patria, por la religión y por el Rey he dado mis bienes y mis hijos. ¿Por qué antes que llevaros a este mi primogénito, no me quitasteis cien veces la vida a mí, miserable viejo que para nada sirvo? Señores que estais presentes, no me avergüenzo de llorar delante de ustedes. Con el corazón despedazado, Montoria es el mismo. ¡Dichoso tú mil veces, hijo mío, que has muerto en el puesto del honor! ¡Desgraciados los que vivimos después de perderte! Pero Dios lo quiere así, y bajemos la frente ante el dueño de todas las cosas.

Mujer, Dios nos ha dado paz, felicidad, bienestar y buenos hijos; ahora parece que nos lo quiere quitar todo. Llenemos el corazón de humildad y no maldigamos nuestro sino. Bendita sea la mano que nos hiere, y esperemos tranquilos el beneficio de la propia muerte.

Doña Leocadia no tenía vida más que para llorar, besando incesantemente el frío cuerpo de su hijo. Don José, tratando de vencer las irresistibles manifestaciones de su dolor, se levantó y dijo con voz entera:

—Leocadia, levántate. Es preciso enterrar a nuestro hijo.

—¡Enterrarle! —exclamó la madre—. ¡Enterrarle!...

Y no pudo decir más, porque quedó sin sentido.

En el mismo instante, oyose un grito desgarrador, no lejos de allí, y una mujer corrió despavorida hacia nosotros. Era la esposa del desgraciado Manuel, viuda ya y sin hijo. Varios de los presentes nos abalanzamos a contenerla para que no presenciase aquella escena, tan horrible como la que acababa de dejar, y la infeliz dama forcejeó con nosotros, pidiéndonos que le dejásemos ver a su marido.

En tanto don José, apartándose de allí, llegó a donde yacía el cuerpo de su nieto: tomole en brazos y lo trajo junto al de Manuel. Las mujeres exigían todo nuestro cuidado, y mientras doña Leocadia continuaba sin movimiento ni sentido, abrazada al cadáver, su nuera, poseída de un dolor febril, corría en busca de imaginarios enemigos, a quienes anhelaba despedazar. La conteníamos y se nos escapaba de las manos. Reía a veces con espantosa carcajada, y luego se nos ponía de rodillas delante, rogándonos que le devolviéramos los dos cuerpos que le habíamos quitado.

Pasaba la gente, pasaban soldados, frailes, paisanos, y todos veían aquello con indiferencia, porque a cada paso se encontraba espectáculo semejante. Los corazones estaban osificados y las almas parecían haber perdido sus más hermosas facultades, no conservando más que el rudo heroísmo. Por fin la pobre mujer cedió a la fatiga, al aniquilamiento producido por su propia pena, quedándosenos en los brazos como muerta. Pedimos algún cordial o algún alimento para reanimarla; pero no había nada, y las demás personas que allí vi, harto trabajo tenían con atender a los suyos. En tanto don José, ayudado de su hijo Agustín, que también trataba de vencer su acerbo dolor, desligó el cadáver de los brazos de doña Leocadia. El estado de esta infeliz señora era tal, que creímos tener que lamentar otra muerte en aquel día.

Luego Montoria repitió:

—Es preciso que enterremos a mi hijo.

Miró él, miramos todos en derredor, y vimos muchos, muchísimos cadáveres insepultos. En la calle de las Rufas había bastantes; en la inmediata de la Imprenta (*) se había constituido una especie de depósito. No es exageración lo que voy a decir. Innumerables cuerpos estaban apilados en la angosta vía, formando como un ancho paredón entre casa y casa. Aquello no se podía mirar y el que lo vio, fue condenado a tener ante los ojos durante toda su vida la fúnebre pira hecha con cuerpos de sus semejantes. Parece mentira, pero es cierto. Un hombre entró en la calle de la Imprenta y empezó a dar voces. Por un ventanillo apareció otro hombre, que contestando al primero, dijo: «Sube.» Entonces, aquél, creyendo que era extravío entrar en la casa y subir por la escalera, trepó por el montón de cuerpos y llegó al piso principal, una de cuyas ventanas le sirvió de puerta.

En otras muchas calles ocurría lo mismo. ¿Quién pensaba en darles sepultura? Por cada par de brazos útiles y por cada azada había cincuenta muertos. De trescientos a cuatrocientos perecían diariamente sólo de la epidemia. Cada acción encarnizada arrancaba la vida a algunos miles, y ya Zaragoza empezaba a dejar de ser una ciudad poblada por criaturas vivas.

Montoria, al ver aquello, habló así:

—Mi hijo y mi nieto no pueden tener el privilegio de dormir bajo tierra. Sus almas están en el cielo, ¿qué importa lo demás? Acomodémosles ahí en la entrada de la calle de las Rufas... Agustín, hijo mío: más vale que te vayas a las filas. Los jefes pueden echarte de menos y creo que hace falta gente en la Magdalena. Ya no tengo más hijo varón que tú. Si mueres, ¿qué me queda? Pero el deber es lo primero, y antes que cobarde prefiero verte como tu pobre hermano con la sien traspasada por una bala enemiga.

(*) Hoy de Flandro.

Después, poniendo la mano sobre la cabeza de su hijo, que estaba descubierto y de rodillas junto al cadáver de Manuel, prosiguió así, elevando los ojos al cielo:

—Señor, si has resuelto también llevarte a mi segundo hijo, llévame a mí primero. Cuando se acabe el sitio, no deseo tener más vida. Mi pobre mujer y yo hemos sido bastante felices, hemos recibido hartos beneficios para maldecir la mano que nos ha herido; pero para probarnos, ¿no ha sido ya bastante? ¿Ha de perecer también nuestro segundo hijo?... Ea, señores —añadió luego—, despachemos pronto, que quizá hagamos falta en otra parte.

—Señor don José —dijo don Roque llorando—, retírese usted también, que los amigos cumpliremos este triste deber.

—No, yo soy hombre para todo y Dios me ha dado un alma que no se dobla ni se rompe.

Y tomó, ayudado de otro, el cadáver de Manuel, mientras Agustín y yo cogimos el del nieto, para ponerles a entrambos en la entrada del callejón de las Rufas, donde otras muchas familias habían depositado los muertos. Montoria, luego que soltó el cuerpo, exhaló un suspiro, y dejando caer los brazos, como si el esfuerzo hecho hubiera agotado sus fuerzas, dijo:

—En verdad, señores, yo no puedo negar que estoy cansado. Ayer me encontraba joven; hoy me encuentro muy viejo.

Efectivamente, Montoria estaba viejísimo, y una noche había condensado en él la vida de diez años.

Sentose sobre una piedra, y puestos los codos en las rodillas, apoyó la cara entre las manos, en cuya actitud permaneció mucho tiempo, sin que los presentes turbáramos su dolor. Doña Leocadia, su hija y su nuera, asistidas por otros individuos de la familia, continuaban en el Coso. Don Roque, que iba y venía de un punto a otro, llegó diciendo:

—La señora sigue tan abatida... Ahora están todas rezando con mucha devoción y no cesan de llorar. Están muy caídas las pobrecitas. Muchachos, es preciso que deis una vuelta por la ciudad, a ver si se encuentra algo sustancioso con que alimentarlas.

Montoria se levantó entonces, limpiando las lágrimas que corrían abundantemente de sus ojos encendidos.

—No ha de faltar, según creo. Amigo don Roque, busque usted algo de comer, cueste lo que cueste.

—Ayer pedían cinco duros por una gallina en la Tripería —dijo uno que era criado antiguo de la casa.

—Pero hoy no las hay —indicó don Roque—. He estado allí hace un momento.

—Amigos, buscad por ahí, que algo se encontrará. Yo nada necesito para mí.

Esto decía, cuando sentimos un agradable cacareo de aves de corral. Miramos todos con alegría hacia la entrada de la calle y vimos al tío Candiola, que sosteniendo en su mano izquierda el pollo consabido, le acariciaba con la derecha el negro plumaje. Antes que se lo pidieran, llegose a Montoria y con mucha sorna le dijo:

—Una onza por el pollo.

—¡Que carestía! —exclamó don Roque—. ¡Si no tiene más que huesos el pobre animal!

No pude contener la cólera al ver ejemplo tan claro de la repugnante tacañería y empedernido corazón del tío Candiola. Así es que llegueme a él y arrancándole el pollo de la mano, le dije violentamente:

—Ese pollo es robado. Venga acá. ¡Miserable usurero! ¡Si al menos vendiera lo suyo!... ¡Una onza! A cinco duros estaban ayer en el mercado. ¡Cinco duros, canalla, ladrón, cinco duros! Ni un ochavo más.

Candiola empezó a chillar, reclamando su pollo, y a punto estuvo de ser apaleado impíamente; pero don José de Montoria intervino, diciendo:

—Désele lo que quiere. Tome usted, señor Candiola, la onza que pide por ese animal.

Diole la onza, que el infame avaro no tuvo reparo en tomar, y luego nuestro amigo prosiguió hablando de esta manera:

—Señor de Candiola, tenemos que hablar. Ahora caigo en que le ofendí a usted... Sí... hace días, cuando aquello de la harina... Es que a veces no es uno dueño de sí mismo, y cuando se sube la sangre a la cabeza... Verdad es que usted me provocó, y como se empeñaba en que le dieran por la harina más de lo que el señor capitán general había mandado... Lo cierto es, amigo don Jerónimo, que yo me amosqué... ya ve usted... no lo puede uno remediar así de pronto... pues... y creo que se me fue la mano; creo que hubo algo de...

—Señor Montoria —dijo Candiola—, llegará un día en que haya otra vez autoridades en Zaragoza. Entonces nos veremos las caras.

—¿Va usted a meterse entre jueces y escribanos? Malo. Aquello pasó... Fue un arrebato de cólera; una de esas cosas que no se pueden remediar. Lo que me llama la atención es que hasta ahora no había caído en que hice mal. No se debe ofender al prójimo...

—Y menos ofenderle después de robarle —dijo don Jerónimo, mirándonos a todos y sonriendo con desdén.

—Eso de robar no es cierto —continuó Montoria—, porque yo hice lo que el capitán general me mandaba. Cierto es lo de la ofensa de palabra y obra, y ahora cuando le he visto a usted venir con el pollo, he caído en la cuenta de que hice mal. Mi conciencia me lo dice... ¡Ah!, señor Candiola, soy muy desgraciado. Cuando uno es feliz no conoce sus faltas. Pero ahora... Lo cierto es, don Jerónimo de Candiola, que en cuanto le vi venir a usted, me sentí inclinado a pedirle perdón por aquellos golpes... yo tengo la mano pesada, y... Así es que en un pronto... no sé lo que me hago... Sí, yo le ruego a usted que me perdone y seamos amigos. Señor don Jerónimo, seamos amigos; reconciliémonos, y no hagamos caso de resentimientos antiguos. El odio envenena las almas, y el recuerdo de haber obrado mal nos pone encima un peso insoportable.

—Después de hecho el daño, todo se arregla con hipócritas palabrejas —dijo Candiola, volviendo la espalda a Montoria y escurriéndose fuera del grupo—. Más vale que piense el señor Montoria en reintegrarme el precio de la harina... ¡Perdoncitos a mí!... Ya no me queda nada que ver.

Dijo esto en voz baja y alejose lentamente. Montoria, viendo que alguno de los presentes corría tras él insultándole, añadió:

—Dejadle marchar tranquilo y tengamos compasión de ese desgraciado.

XXVI

El 3 de febrero se apoderaron los franceses del convento de Jerusalén, que estaba entre Santa Engracia y el hospital (*). La acción que precedió a la conquista de tan importante posición, fue tan sangrienta como las de las Tenerías, y allí murió el distinguido comandante de ingenieros don Marcos Simonó. Por la parte del arrabal poco adelantaban los sitiadores, y en los días 6 y 7 todavía no habían podido dominar la calle de Puerta Quemada.

Las autoridades comprendían que era difícil prolongar mucho más la resistencia, y con ofertas de honores y dinero intentaban exaltar a los patriotas. En una proclama del 2 de febrero, Palafox, al pedir recursos, decía: «Doy mis dos relojes y veinte cubiertos de plata, que es lo que me queda.» En la de 4 de febrero ofrecía armar caballeros a los doce que más se distinguieran, para lo cual creaba una Orden militar noble, llamada de *Infanzones;* y en la del 9 se quejaba de la indiferencia y *abandono con que algunos vecinos miraban la suerte de la patria,* y después de suponer que el desaliento era producido por el *oro francés,* amenazaba con grandes castigos al que se mostrara cobarde.

Las acciones de los días 3, 4 y 5 no fueron tan encarnizadas como la última que describí. Franceses y españoles estaban muertos de fatiga. Las bocacalles que conservamos en la plazuela de la Magdalena, conteniendo siempre al enemigo en sus dos avances de la calle de Palomar y de Pabostre, se defendían con cañones. Los restos del Seminario estaban asimismo erizados de artillería, y los franceses, seguros de no poder echarnos de allí por los medios ordinarios, trabajaban sin cesar en sus minas.

Mi batallón se había fundido en el de Extremadura, pues el resto de uno y otro no llegaba a tres compañías. Agustín Montoria era capitán, y yo fui ascendido a alférez el día 2. No volvimos a prestar servicio en las Tenerías, y lleváraonnos a

(*) Hoy existe renovado el convento de Jerusalén. Su fachada da al paseo de Santa Engracia. El hospital ocupaba el sitio donde hoy está la fonda de Europa. El actual palacio de la Diputación Provincial se ha construido sobre el solar del convento de San Francisco.

guarnecer a San Francisco, vasto edificio que ofrecía buenas posiciones para tirotear a los franceses, establecidos en Jerusalén. Se nos repartían raciones muy escasas, y los que ya nos contábamos en el número de oficiales, comíamos rancho lo mismo que los soldados. Agustín guardaba su pan para llevárselo a Mariquilla.

Desde el día 4 empezaron los franceses a minar el terreno para apoderarse del Hospital y de San Francisco, pues harto sabían que de otro modo era imposible. Para impedirlo, nosotros contraminanos, con objeto de volarles a ellos antes que nos volaran a nosotros, y este trabajo ardoroso en las entrañas de la tierra a nada del mundo puede compararse. Parecíamos haber dejado de ser hombres para convertirnos en otra especie de seres, insensibles y fríos habitantes de las cavernas, lejos del sol, del aire puro y de la hermosa luz. Sin cesar labrábamos largas galerías, como el gusano que se fabrica la casa en lo oscuro de la tierra y con el molde de su propio cuerpo. Entre los golpes de nuestras piquetas oíamos, como un sordo eco, el de los franceses, y después de habernos batido y destrozado en la superficie, nos buscábamos en la horrible noche de aquellos sepulcros para acabar de exterminarnos.

El convento de San Francisco tenía por la parte del coro vastas bodegas subterráneas. Los edificios que ocupaban más abajo los franceses también las tenían, y rara era la casa que no se alzaba sobre profundos sótanos. En ellos perecieron muchos enemigos, ya por hundimiento de los arruinados pisos, ya heridos desde lejos por nuestras balas, que penetraban en lo más escondido. Las galerías, abiertas por las azadas de unos y otros, juntábanse al fin en uno de aquellos aposentos: a la luz de nuestros faroles veíamos a los franceses, como imaginarias figuras de duendes engendradas por la luz rojiza en las sinuosidades de la mazmorra; ellos nos veían también, y al punto nos tiroteábamos; pero nosotros íbamos provistos de granadas de mano, y arrojándolas sobre ellos, les poníamos en dispersión, persiguiéndoles luego a arma blanca a lo largo de las galerías. Todo aquello parecía una pesadilla, una de esas luchas angustiosas que a veces trabamos contra seres aborrecidos en las profundas concavidades del sueño; pero era cierto y se repetía a cada instante en diversos puntos.

En esta penosa tarea nos relevábamos frecuentemente, y en los ratos de descanso salíamos al Coso, sitio céntrico de reunión y al mismo tiempo parque, hospital y cementerio general de los sitiados. Una tarde (creo que la del 5) estábamos en la puerta del convento varios muchachos del batallón de Extremadura y de San Pedro y comentábamos las peripecias del sitio, opinando todos que bien pronto sería imposible la resistencia. El corrillo se renovaba constantemente. Don José Montoria se acercó a nosotros, y saludándonos con semblante triste, sentose en el banquillo de madera que teníamos junto a la puerta.

—Oiga usted lo que se habla por aquí, señor don Jose —le dije—. La gente cree que es imposible resistir muchos días más.

—No os desaniméis, muchachos —contestó—. Bien dice el capitán general en su proclama, que corre mucho oro francés por la ciudad.

Un franciscano que venía de auxiliar a algunas docenas de moribundos, tomó la palabra y dijo:

—Es un dolor lo que pasa. No se habla por ahí de otra cosa que de rendirse. Si parece que esto ya no es Zaragoza. ¡Quién conoció aquella gente templada del primer sitio...!

—Dice bien su paternidad —afirmó Montoria—. Está uno avergonzado, y hasta los que tenemos corazón de bronce nos sentimos atacados de esta flaqueza, que cunde más que la epidemia. Y en resumidas cuentas, no se a qué viene ahora esa novedad de rendirse cuando nunca lo hemos hecho, ¡porra! Si hay algo después de este mundo, como nuestra religión nos enseña, ¿a qué apurarse por un día más o menos de vida?

—Verdad es, señor don José —dijo el fraile—, que las provisiones se acaban por momentos, y que donde no hay harina todo es mohína.

—¡Boberías y melindres, padre Luengo! —exclamó Montoria—. Ya... Si esta gente, acostumbrada al regalo de otros tiempos, no puede pasarse sin carne y pan, no hemos dicho nada. ¡Cómo si no hubiera otras muchas cosas que comer!... Soy partidario de la resistencia a todo trance, cueste lo que cueste. He experimentado terribles desgracias; la pérdida de mi primogénito y de mi nieto ha cubierto de luto mi corazón, pero el honor nacional, llenando toda mi alma, a veces no deja hueco para otro sentimiento. Un hijo me queda, único consuelo de mi vida y depositario de mi casa y mi nombre. Lejos de apartarle del peligro, le obligo a persistir en la defensa. Si le pierdo, me moriré de pena; pero que se salve el honor nacional, aunque perezca mi único heredero.

—Y según he oído —dijo el padre Luengo—, el señor don Agustín ha hecho prodigios de valor. Está visto que los primeros laureles de esta campaña pertenecen a los insignes guerreros de la Iglesia.

—No; mi hijo no pertenecerá ya a la Iglesia —repuso Montoria—. Es preciso que renuncie a ser clérigo, pues yo no puedo quedarme sin sucesión directa.

—Sí, vaya usted a hablarle de sucesiones y de casorios. Desde que es soldado parece que ha cambiado un poco; pero antes sus conversaciones trataban siempre *de re theologica,* y jamás le oí hablar *de re erotica.* Es un chico que tiene a Santo Tomás en las puntas de los dedos, y no sabe en qué sitio de la cara llevan los ojos las muchachas.

—Agustín sacrificará por mí su ardiente vocación. Si salimos bien del sitio y la Virgen del Pilar me lo deja con vida, pienso casarle al instante con mujer que le iguale en condición y fortuna.

Cuando esto decía, vimos que se nos acercaba sofocada Mariquilla Candiola, la cual, llegándose a mí, me preguntó:

—Señor de Araceli, ¿ha visto usted a mi padre?

—No, señorita doña María —le respondí—. Desde ayer no le he visto. Puede que esté en las ruinas de su casa, ocupándose en ver si puede sacar alguna cosa.

—No está —dijo Mariquilla con desaliento—. Le he buscado por todas partes.

—¿Ha estado usted aquí detrás, por junto a San Diego? El señor Candiola suele ir a visitar su casa llamada de los Duendes, por ver si se la han destrozado.

—Pues voy al momento allá.

Cuando desapareció, dijo Montoria:

—Es esta, a lo que parece, la hija del tío Candiola. A fe que es bonita, y no parece hija de aquel lobo... Dios me perdone el mote. De aquel buen hombre, quise decir.

—Es guapilla —afirmó el fraile—. Pero se me figura que es una buena pieza. De la madera del tío Candiola no puede salir un buen santo.

—No se habla mal del prójimo —dijo don José.

—Candiola no es prójimo. La muchacha, desde que se quedaron sin casa, no abandona la compañía de los soldados.

—Estará entre ellos para asistir a los heridos.

—Puede ser; pero me parece que le gustan más los sanos y robustos. Su carilla graciosa está diciendo que allí no hay pizca de vergüenza.

—¡Lengua de escorpión!

—Pura verdad —añadió el fraile—. Bien dicen que de tal palo tal astilla. ¿No aseguran que su madre, la Pepa Rincón, fue mujer pública o poco menos?

—Alegre de cascos tal vez...

—No está mala alegría. Cuando fue abandonada por su tercer cortejo, cargó con ella el señor don Jerónimo.

—Basta de difamación —dijo Montoria—, y aunque se trata de la peor gente del mundo, dejémosles con su conciencia.

—Yo no daría un maravedí por el alma de todos los Candiolas reunidos —repuso el fraile—. Pero allí aparece el señor don Jerónimo, si no me engaño. Nos ha visto y viene hacia acá.

En efecto, el tío Candiola avanzaba despaciosamente por el Coso, y llegó a la puerta del convento.

—Buenas tardes tenga el señor don Jerónimo —le dijo Montoria—. Quedamos en que se acabaron los rencorcillos...

—Hace un momento ha estado aquí preguntando por usted. su inocente hija —le indicó Luengo con malicia.

—¿Dónde está?

—Ha ido a San Diego —dijo un soldado—. Puede que se la roben los franceses que andan por allí cerca.

—Quizá la respeten al saber que es hija del señor don Jerónimo —dijo Luengo—. ¿Es cierto, amigo Candiola, lo que se cuenta por ahí?

—¿Qué?

—Que usted ha pasado estos días la línea francesa para conferenciar con la canalla.

—¡Yo! ¡Qué vil calumnia! —exclamó el tacaño—. Eso lo dirán mis enemigos para perderme. ¿Es usted, señor de Montoria, quien ha hecho correr esas voces?

—Ni por pienso —respondió el patriota—. Pero es cierto

que lo oí decir. Recuerdo que le defendí a usted, asegurando que el señor Candiola es incapaz de venderse a los franceses.

—¡Mis enemigos, mis enemigos quieren perderme! ¡Qué infamias inventan contra mí! También quieren que pierda la honra, después de haber perdido la hacienda. Señores, mi casa de la calle de la Sombra ha perdido parte del tejado. ¿Hay desolación semejante? La que tengo aquí detrás de San Francisco y pegada a la huerta de San Diego se conserva bien; pero está ocupada por la tropa, y me la destrozan que es un primor.

—El edificio vale bien poco, señor don Jerónimo —dijo el fraile—, y si mal no recuerdo, hace diez años que nadie quiere habitarla.

—Como dio la gente en la manía de decir si había duendes o no... Pero dejemos eso. ¿Han visto por aquí a mi hija?

—Esa virginal azucena ha ido a San Diego en busca de su papá.

—Mi hija ha perdido el juicio.

—Algo de eso.

—También tiene de ello la culpa el señor Montoria. Mis enemigos, mis pérfidos enemigos no me dejan respirar.

—¡Cómo! —exclamó mi protector—. ¿También tengo yo la culpa de que esa niña haya sacado las malas mañas de su madre...? Quiero decir... ¡Maldita lengua mía! Su madre fue una señora ejemplar.

—Los insultos del señor Montoria no me llaman la atención, y los desprecio —dijo el avaro con ponzoñosa cólera—. En vez de insultarme el señor don José, debiera sujetar a su niño Agustín, libertino y embaucador, que es quien ha trastornado el seso a mi hija. No, no se la daré en matrimonio, aunque bebe los vientos por ella. Y quiere robármela. ¡Buena pieza el tal don Agustín! No, no la tendrá por esposa. Vale ella más.

Don José Montoria, al oír esto, púsose blanco, y dio algunos pasos hacia el tío Candiola, con intento sin duda de renovar la violenta escena de la calle de Antón Trillo. Después, con expresión dolorida habló así:

—¡Dios mío! Dame fuerzas para reprimir mis arrebatos de cólera. ¿Es posible matar la soberbia y ser humilde delante de este hombre? Le pedí perdón de la ofensa que le hice;

humilleme ante él; le ofrecí una mano de amigo, y sin embargo se me pone delante para injuriarme otra vez, para insultarme del modo más horrendo... ¡Miserable hombre, castígame, mátame, bébete toda mi sangre y vende después mis huesos para hacer botones; pero que tu vil lengua no arroje tanta ignominia sobre mi hijo querido! ¿Qué has dicho, que ha dicho usted de mi Agustín?

—La verdad.

—No se cómo me contengo. Señores, sean ustedes testigos de mi bondad. No quiero arrebatarme; no quiero atropellar a nadie; no quiero ofender a Dios. Yo le perdono a este hombre sus infamias; pero que se quite al punto de mi presencia, porque viéndole, no respondo de mí.

Candiola, amedrentado por estas palabras, entró en el portalón del convento. El padre Luengo se llevó a Montoria por el Coso abajo.

Y sucedió que en el mismo instante, entre los soldados que allí estaban reunidos, empezó a cundir un murmullo rencoroso que indicaba sentimientos muy hostiles contra el padre de Mariquilla. El quiso huir, viéndose empujado de un lado para otro; mas le detuvieron, y sin saber cómo, en un rápido movimiento del grupo amenazador, fue llevado al claustro. Entonces una voz dijo con colérico acento:

—Al pozo; arrojarle al pozo.

Candiola fue asido y magullado por varias manos.

—Es de los que andan repartiendo dinero para que la tropa se rinda.

—Sí, sí —exclamaron otros—. Ayer decían que andaba en el Mercado repartiendo dinero.

—Señores —respondió el infeliz con voz ahogada—, yo les juro a ustedes que jamás he repartido dinero.

Y así era la verdad.

—Anoche le vi traspasar la línea y meterse en el campo francés.

Otro amigo y yo forcejeamos un rato por salvar a Candiola de una muerte segura.

—Muchachos, no hagamos una barbaridad. ¿Qué daño puede causar este vejete despreciable?

—Es verdad —añadió él en el colmo de la angustia—. ¿Qué

mal puedo hacer yo, que siempre me he ocupado de socorrer a los menesterosos? Vosotros no me mataréis; sois soldados de las Peñas de San Pedro y de Extremadura; sois todos guapos chicos. ¿Quién dice que yo me vendo a los franceses? Les odio, no les puedo ver, y a vosotros os quiero como a mi propio pellejo. Niñitos míos, dejadme en paz. Todo lo he perdido; que me quede al menos la vida.

Estas lamentaciones, y los ruegos míos y de mi amigo, ablandaron un poco a los soldados, y una vez pasada la primera efervescencia, nos fue fácil salvar al desgraciado viejo. Al relevarse la gente que estaba en las posiciones, quedó completamente a salvo; pero ni siquiera nos dio las gracias cuando después de librarle de la muerte le ofrecimos un pedazo de pan. Poco después, y cuando tuvo alientos para andar, salió a la calle, donde él y su hija se reunieron.

XXVII

Aquella tarde casi todo el esfuerzo de los franceses se dirigió contra el arrabal de la izquierda del Ebro. Asaltaron el monasterio de Jesús y bombardearon el templo del Pilar, donde se refugiaba el mayor número de enfermos y heridos, creyendo que lo santo del lugar les ofrecía allí más seguridad que en otra parte.

En el centro no se trabajó mucho en aquel día. Toda la atención estaba reconcentrada en las minas, y nuestros esfuerzos se dirigían a probar al enemigo que antes que consentir en ser volados solos, trataríamos de volarles a ellos, o volar juntos por lo menos.

Por la noche ambos ejércitos parecían entregados al reposo. En las galerías subterráneas no se sentía el rudo golpe de la piqueta. Yo salí afuera y hacia San Diego encontré a Agustín y a Mariquilla, que hablaban sosegadamente sentados en el dintel de una puerta de la casa de los Duendes. Se alegraron mucho de verme y me senté junto a ellos, participando de los mendrugos que estaban cenando.

—No tenemos donde albergarnos —dijo Mariquilla—. Estábamos en un portal del callejón del Organo y nos echaron. ¿Por qué aborrecen tanto a mi pobre padre? ¿Qué daño les ha hecho? Después nos guarecimos en un cuartucho de la calle de las Urreas, y también nos echaron. Nos sentamos después bajo un arco del Coso, y todos los que allí estaban huyeron de nosotros. Mi padre está furioso.

—Mariquilla de mi corazón —dijo Agustín—, espero que el sitio se acabe pronto de un modo o de otro. Quiera Dios que muramos los dos, si vivos no podemos ser felices. No sé por qué, en medio de tantas desgracias, mi corazón está lleno de esperanza; no sé por qué me ocurren ideas agradables y pienso constantemente en un risueño porvenir. ¿Por qué no? ¿Todo ha de ser desgracias y calamidades? Las desventuras de mi familia son infinitas. Mi madre no tiene ni quiere tener consuelo. Nadie puede apartarla del sitio en que están el cadáver de mi hermano y el de mi sobrino, y cuando por fuerza la llevamos lejos de allí, la vemos luego arrastrándose sobre las piedras de la calle para volver. Ella, mi cuñada y mi hermana ofrecen un espectáculo lastimoso; niéganse a tomar alimentos, y al rezar, deliran confundiendo los nombres santos. Esta tarde al fin hemos conseguido llevarlas a un sitio cubierto, donde se las obliga a mantenerse en reposo y a tomar algún alimento. Mariquilla, ¡a qué triste estado ha traído Dios a los míos! ¿No hay motivo para esperar que al fin se apiade de nosotros?

—Sí —repuso la Candiola—; el corazón me dice que hemos pasado las amarguras de nuestra vida y que ahora tendremos días tranquilos. El sitio se acabará pronto, porque según dice mi padre, lo que queda es cosa de días. Esta mañana fui al Pilar; cuando me arrodillé delante de la Virgen, pareciome que la Santa Señora me miraba y se reía. Después salí de la iglesia y un gozo muy vivo hacía palpitar mi corazón. Miraba al cielo, y las bombas me parecían un juguete; miraba a los heridos, y se me figuraba que todos ellos se volvían sanos; miraba a las gentes, y en todas creía encontrar la alegría que se desbordaba en mi pecho. Yo no sé lo que me ha pasado hoy; yo estoy contenta... Dios y la Virgen sin duda se han apiadado de nosotros; y estos latidos de mi corazón, esta alegre inquietud, son avisos de que al fin, después de tantas lágrimas, vamos a ser dichosos.

—Lo que dices es la verdad —exclamó Agustín, estrechando a Mariquilla amorosamente contra su pecho—. Tus presentimientos son leyes, tu corazón, identificado con lo divino, no puede engañarnos; oyéndote me parece que se disipa esta atmósfera de penas en que nos ahogamos, y respiro con delicia los aires de la felicidad. Espero que tu padre no se opondrá a que te cases conmigo.

—Mi padre es bueno —dijo la Candiola—. Yo creo que si los vecinos de la ciudad no le mortificaran, él sería más humano. Pero no le pueden ver. Esta tarde ha sido maltratado otra vez en el claustro de San Francisco, y cuando se reunió conmigo en el Coso estaba furioso y juraba que se había de vengar. Yo procuraba aplacarle, pero todo en vano. Nos echaron de varias partes. El, cerrando los puños y pronunciando voces coléricas, amenazaba a los transeúntes. Después echó a correr hacia aquí; yo pensé que venía a ver si le han destrozado esta casa, que es nuestra; seguile, volviose él hacia mí como atemorizado al sentir mis pasos, y me dijo: «Tonta, entrometida, ¿quién te manda seguirme?» Yo no le contesté nada; pero viendo que avanzaba hacia la línea francesa con ánimo de traspasarla, quise detenerle, y le dije: «Padre, ¿a dónde vas?» Entonces me contestó: «¿No sabes que en el ejército francés está mi amigo el capitán de suizos, don Carlos Lindener, que servía el año pasado en Zaragoza? Voy a verle; recordarás que me debe algunas cantidades.» Hízome quedar aquí y se marchó. Lo que siento es que sus enemigos, si saben que traspasa la línea y va al campo francés, le llamarán traidor. No sé si será por el gran cariño que le tengo por lo que me parece incapaz de semejante acción. Temo que le pase algún mal, y por eso deseo la conclusión del sitio. ¿No es verdad que concluirá pronto, Agustín?

—Sí, Mariquilla, concluirá pronto, y nos casaremos. Mi padre quiere que me case.

—¿Quién es tu padre? ¿Cómo se llama? ¿No es tiempo todavía de que me lo digas?

—Ya lo sabrás. Mi padre es persona principal, y muy querido en Zaragoza. ¿Para qué quieres saber más?

—Ayer quise averiguarlo... Somos curiosas. A varias personas conocidas que hallé en el Coso, les pregunté: «¿Saben ustedes quién es ese señor que ha perdido a su hijo primogénito?» Pero como hay tantos en este caso, la gente se reía de mí.

—No me lo preguntes. Yo te lo revelaré a su tiempo y cuando al decírtelo pueda darte una buena noticia.

—Agustín, si me caso contigo, quiero que me lleves fuera de Zaragoza por unos días. Deseo durante un poco de tiempo ver otras cosas, otros árboles, otro país; deseo vivir algunos días en sitios que no sean estos, donde tanto he padecido.

—Sí, Mariquilla de mi alma —exclamó Montoria con arrebato—; iremos adonde quieras, lejos de aquí, mañana mismo... mañana no, porque no está levantado el sitio; pasado... en fin, cuando Dios quiera...

—Agustín —añadió Mariquilla, con voz débil que indicaba cierta somnolencia—, quiero que al volver de nuestro viaje, reedifiques la casa en que he nacido. El ciprés continúa en pie.

Mariquilla, inclinando la cabeza, mostraba estar medio vencida por el sueño.

—¿Deseas dormir, pobrecilla? —le dijo mi amigo tomándola en brazos.

—Hace varias noches que no duermo nada —respondió la joven cerrando los ojos—. La inquietud, el pesar, el miedo me han mantenido en vela. Esta noche el cansancio me rinde, y la tranquilidad que siento me hace dormir.

—Duerme en mis brazos, María —dijo Agustín—, y que la tranquilidad que ahora llena tu alma no te abandone cuando despiertes.

Después de un breve rato en que la creíamos dormida, Mariquilla, mitad despierta, mitad en sueños, habló así:

—Agustín, no quiero que quites de mi lado a esa buena doña Guedita, que tanto nos protegía cuando éramos novios... Ya ves cómo tenía yo razón al decirte que mi padre fue al campo francés a cobrar sus cuentas...

Después no habló más y se durmió profundamente. Sentado Agustín en el suelo, la sostenía sobre sus rodillas y entre sus brazos. Yo abrigué sus pies con mi capote.

Callábamos Agustín y yo, porque nuestras voces no turbaran el sueño de la muchacha. Aquel sitio era bastante solitario. Teníamos a la espalda la casa de los Duendes, inmediata al convento de San Francisco, y enfrente el colegio de San Diego, con su huerta circuida por largas tapias que se alzaban en irregulares y angostos callejones. Por ellos discurrían los centinelas que se relevaban y los pelotones que iban a las avanzadas o venían de ellas. La tregua era completa, y aquel reposo anunciaba grandes luchas para el día siguiente. De pronto el silencio me permitió oír sordos golpes debajo de nosotros en lo profundo del suelo. Al punto comprendí que andaba por allí la piqueta de los minadores franceses, y comuniqué mi recelo a Agustín, el cual, prestando atención, me dijo:

—Efectivamente, parece que están minando. Pero, ¿adónde van por aquí? Las galerías que hicieron desde Jerusalén están todas cortadas por las nuestras. No pueden dar un paso sin que se les salga al encuentro.

—Es que este ruido indica que están minando por San Diego. Ellos poseen una parte del edificio. Hasta ahora no han podido llegar a las bodegas de San Francisco. Si por casualidad han discurrido que es fácil el paso desde San Diego a San Francisco por los bajos de esta casa, es probable que este paso sea el que están abriendo ahora.

—Corre al instante al convento —me dijo—, baja a los subterráneos y si sientes ruido, cuenta a Renovales lo que pasa. Si algo ocurre, me llamas en seguida.

Agustín quedose solo con Mariquilla. Fui a San Francisco, y al bajar a las bodegas, encontré con otros patriotas, a un oficial de ingenieros, el cual, como yo le expusiera mi temor, me dijo:

—Por las galerías abiertas debajo de la calle de Santa Engracia, desde Jerusalén y el Hospital, no pueden acercarse aquí, porque con nuestra zapa hemos inutilizado la suya, y unos cuantos hombres podrán contenerlos. Debajo de este edificio dominamos los subterráneos de la iglesia, bodegas y los sótanos que caen hacia el claustro de oriente. Hay una parte del convento que no está minada, y es la del poniente y sur; pero allí no hay sótanos y hemos creído excusado abrir galerías, porque no es probable se nos acerquen por esos dos lados. Poseemos la casa inmediata y yo he reconocido su parte subterránea, que está casi pegada a las cuevas de la casa capitular. Si ellos dominaran la casa de los Duendes, fácil les sería poner hornillos y volar toda la parte del sur y poniente; pero aquel edificio es nuestro, y desde él a las posiciones francesas enfrente de San Diego y en Santa Rosa, hay mucha distancia. No es probable que nos ataquen por ahí, a menos que no exista alguna comunicación desconocida entre la casa y San Diego o Santa Rosa, que les permitiera acercársenos sin advertirlo.

Hablando sobre el particular estuvimos hasta la madrugada. Al amanecer, Agustín entró muy alegre, diciéndome que había conseguido albergar a Mariquilla en el mismo local donde estaba su familia. Después nos dispusimos para hacer un esfuerzo en aquel día, porque los franceses, dueños ya del Hospital, mejor dicho, de sus ruinas, amenazaban asaltar a San Francisco, no por bajo tierra, sino a descubierto y a la luz del sol.

XXVIII

La posesión de San Francisco iba a decidir la suerte de la ciudad. Aquel vasto edificio, situado en el centro del Coso, daba una superioridad incontestable a la nación que lo ocupase. Los franceses lo cañonearon desde muy temprano, con objeto de abrir brecha para el asalto, y los zaragozanos llevaron a él lo mejor de su fuerza para defenderlo. Como escaseaban ya los soldados, multitud de personas graves, que hasta entonces no sirvieran sino de auxiliares, tomaron las armas. Sas, Cereso, La Casa, Piedrafita, Escobar, Leiva, don José de Montoria, todos los grandes patriotas habían acudido también.

En la embocadura de la calle de San Gil y en el arco de Cineja había varios cañones para contener los ímpetus del enemigo. Yo fui enviado con otros de Extremadura al servicio de aquellas piezas, porque apenas quedaban artilleros, y cuando me despedí de Agustín, que permanecía en San Francisco al frente de la compañía, nos abrazamos creyendo que no nos volveríamos a ver.

Don José de Montoria, hallándose en la barricada de la Cruz del Coso, recibió un balazo en la pierna y tuvo que retirarse; pero apoyado en la pared de una casa inmediata al arco de Cineja, resistió por algún tiempo el desmayo que le producía la hemorragia, hasta que al fin, sintiéndose desfallecido, me llamó, diciéndome:

—Señor de Araceli, se me nublan los ojos... No veo nada... ¡Maldita sangre, cómo se marcha a toda prisa, cuando hace más falta! ¿Quiere usted darme la mano?

—Señor —le dije, corriendo hacia él y sosteniéndole—. Más vale que se retire usted a su alojamiento.

—No, aquí quiero estar... Pero señor de Araceli, si me quedo sin sangre... ¿Dónde demonios se ha ido esta condenada sangre...? Y parece que tengo piernas de algodón... Me caigo al suelo como un costal vacío.

Hizo terribles esfuerzos por reanimarse; pero casi llegó a perder el sentido, más que por la gravedad de la herida, por la pérdida de la sangre, el ningún alimento, los insomnios y penas de aquellos días. Aunque él rogaba que le dejáramos allí arrimado a la pared, para no perder ni un solo detalle de la acción que iba a trabarse, le llevamos a su albergue, que estaba en el mismo Coso, esquina a la calle del Refugio. La familia había sido instalada en una habitación alta. La casa toda estaba llena de heridos, y casi obstruían la puerta los muchos cadáveres depositados en aquel sitio. En el angosto portal, en las habitaciones interiores no se podía dar un paso, porque la gente que había ido allí a morirse lo obstruía todo, y no era fácil distinguir los vivos de los difuntos.

Montoria, cuando le entramos allí, dijo:

—No me llevéis arriba, muchachos, donde está mi familia. Dejadme en esta pieza baja. Ahí veo un mostrador que me viene de perillas.

Pusímosle donde dijo. La pieza baja era una tienda. Bajo el mostrador habían expirado aquel día algunos heridos y apestados, y muchos enfermos se extendían por el infecto suelo, arrojados sobre piezas de tela.

—A ver —continuó— si hay por ahí algún alma caritativa que me ponga un poco de estopa en este boquete por donde sale la sangre.

Una mujer se adelantó hacia el herido. Era Mariquilla Candiola.

—Dios te lo premie, niña —dijo don José al ver que traía lienzo para curarle—. Basta por ahora con que me remiende usted un poco esta pierna. Creo que no se ha roto el hueso.

Mientras esto pasaba, unos veinte paisanos invadieron la casa, para hacer fuego desde las ventanas contra las ruinas del Hospital.

—Señor de Araceli, ¿se marcha usted al fuego? Aguarde usted un rato para que me lleve, porque me parece que no puedo andar solo. Mande usted el fuego desde esa ventana. Buena puntería. No dejar respirar a los del Hospital... A ver, joven, despache usted pronto. ¿No tiene usted un cuchillo a mano? Sería bueno cortar ese pedazo de carne que cuelga... ¿Cómo va eso, señor de Araceli? ¿Vamos ganando?

—Vamos bien —le respondí desde la ventana—. Ahora retroceden al Hospital. San Francisco es un hueso un poco duro de roer.

María en tanto miraba fijamente a Montoria, y seguía curándole con mucho cuidado y esmero.

—Es usted una alhaja, niña —dijo mi amigo—. Parece que no pone las manos encima de la herida... Pero ¿a qué me mira usted tanto? ¿Tengo monos en la cara? A ver... ¿Está concluido eso?... Trataré de levantarme... Pero si no me puedo tener... ¿qué agua de malva es esta que tengo en las venas? Porr... iba a decirlo... que no pueda corregir la maldita costumbre... señor de Araceli, no puedo con mi alma. ¿Cómo anda la cosa?

—Señor, a las mil maravillas. Nuestros valientes paisanos están haciendo prodigios.

En esto llegó un oficial herido a que le pusieran un vendaje.

—Todo marcha a pedir de boca —nos dijo—. No tomarán a San Francisco. Los del Hospital han sido rechazados tres veces. Pero lo portentoso, señores, ha ocurrido por el lado de San Diego. Viendo que los franceses se apoderaban de la huerta pegada a la casa de los Duendes, cargaron sobre ellos a la bayoneta los valientes soldados de Orihuela, mandados por Pinohermoso, y no sólo los desalojaron, sino que dieron muerte a muchos, cogiendo trece prisioneros.

—Quiero ir allá. ¡Viva el batallón de Orihuela! ¡Viva el

marqués de Pinohermoso! —exclamó con furor sublime don José de Montoria—. Señor de Araceli, vamos allá. Lléveme usted. ¿Hay por ahí un par de muletas? Señores, las piernas me faltan; pero andaré con el corazón. Adiós, niña, hermosa curandera... Pero, ¿por qué me mira usted tanto?... Me conoce usted y yo creo haber visto esa cara en alguna parte... sí... pero no recuerdo dónde.

—Yo también le he visto a usted una vez, una vez sola —dijo Mariquilla con aplomo—, y ojalá no me acordara.

—No olvidaré este beneficio —añadió Montoria—. Parece usted una buena muchacha... y muy linda por cierto. Adiós; estoy muy agradecido, sumamente agradecido... Venga un par de muletas, un bastón; que no puedo andar, señor de Araceli. Deme usted el brazo... ¿Qué telarañas son estas que se me ponen ante los ojos?... Vamos allá y echaremos a los franceses del Hospital.

Disuadiéndole de su temerario propósito de salir, me disponía a marchar yo solo cuando se oyó una detonación tan fuerte, que ninguna palabra del lenguaje tiene energía para expresarla. Parecía que la ciudad entera era lanzada al aire por la explosión de inmenso volcán abierto bajo sus cimientos. Todas las casas temblaron; oscureciose el cielo con espesa nube de humo y polvo, y a lo largo de la calle vimos caer trozos de pared, miembros despedazados, maderos, tejas, lluvias de tierra y material de todas clases.

—¡La Santa Virgen del Pilar nos asista! —exclamó Montoria—. Parece que ha volado el mundo entero.

Los enfermos y heridos gritaban creyendo llegada su última hora y todos nos encomendamos mentalmente a Dios.

—¿Qué es esto? ¿Existe todavía Zaragoza? —preguntaba uno.

—¿Volamos nosotros también?

—Debe haber sido en el convento de San Francisco esta terrible explosión —dije yo.

—Corramos allá —respondió Montoria, sacando fuerzas de flaqueza—. Señor de Araceli, ¿no decían que estaban tomadas las precauciones para defender a San Francisco?... ¿Pero no hay un par de muletas por ahí?

Salimos al Coso, donde al punto nos cercioramos de que una gran parte de San Francisco había sido volada.

—Mi hijo estaba en el convento —dijo Montoria, pálido como un difunto—. ¡Dios mío, si has determinado que lo pierda también, que muera por la patria en el puesto del honor!

Acercose a nosotros el locuaz mendigo de quien hice mención en las primeras páginas de este relato, el cual trabajosamente andaba con sus muletas y parecía en muy mal estado de salud.

—Sursum Corda —le dijo el patriota—, dame tus muletas, que para nada las necesitas.

—Déjeme su merced —repuso el cojo— llegar a aquel portal y se las daré. No quiero morirme en medio de la calle.

—¿Te mueres?

—¡Así parece! La calentura me abrasa. Estoy herido en el hombro desde ayer y todavía no me han sacado la bala. Siento que me voy. Tome usía las muletas.

—¿Vienes de San Francisco?

—No señor; yo estaba en el arco del Trenque... allí había un cañón: hemos hecho mucho fuego. Pero San Francisco ha volado por los aires, cuando menos lo creíamos. Toda la parte del sur y de poniente vino al suelo, enterrando mucha gente. Ha sido traición, según dice el pueblo... Adiós, don José... aquí me quedo... los ojos se me oscurecen, la lengua se me traba, yo me voy... la Señora Virgen del Pilar me ampare, y aquí tiene usía mis remos.

Con ellos pudo avanzar un poco Montoria hacia el lugar de la catástrofe; pero tuvimos que doblar la calle de San Gil, porque no se podía seguir más adelante. Los franceses habían cesado de hostilizar el convento por el lado del Hospital; pero asaltándolo por San Diego, ocupaban a toda prisa las ruinas, que nadie podía disputarles. Conservábase en pie la iglesia y torre de San Francisco.

—¡Eh, padre Luengo! —dijo Montoria, llamando al fraile de este nombre, que entraba apresuradamente en la calle de San Gil—. ¿Qué hay? ¿Dónde está el capitán general? ¿Ha perecido entre las ruinas?

—No —repuso el padre deteniéndose—. Está con otros jefes en la plazuela de San Felipe. Puedo anunciarle a usted que su hijo Agustín se ha salvado, porque era de los que ocupaban la torre.

—¡Bendito sea Dios! —dijo don José cruzando las manos.

—Toda la parte de sur y poniente ha sido destruida —prosiguió Luengo—. No se sabe cómo han podido minar por aquel sitio. Debieron poner los hornillos debajo de la sala del capítulo, y por allí no se habían hecho minas, creyendo que era lugar seguro.

—Además —dijo un paisano armado y que se acercó al grupo—, teníamos la casa inmediata, y los franceses, posesionados sólo de parte de San Diego y de Santa Rosa, no podían acercarse allí con facilidad.

—Por eso se cree —dijo un clérigo armado que se nos agregó— que han encontrado un paso secreto entre Santa Rosa y la casa de los Duendes. Apoderados de los sótanos de ésta, con una pequeña galería, pudieron llegar debajo de la sala del capítulo, que está muy cerca.

—Ya se sabe todo —dijo un capitán del ejército—. La casa de los Duendes tiene un gran sótano que nos era desconocido. Desde este sótano partía, sin duda, una comunicación con Santa Rosa, a cuyo convento perteneció antiguamente dicho edificio, y servía de granero y almacén.

—Pues si eso es cierto, si esa comunicación existe —añadió Luengo—, ya comprendo quién se la ha descubierto a los franceses. Ya saben ustedes que cuando los enemigos fueron rechazados en la huerta de San Diego, se hicieron algunos prisioneros. Entre ellos está Candiola, que ha visitado estos días el campo francés, y desde anoche se pasó al enemigo.

—Así tiene que ser —dijo Montoria—, porque la casa de los Duendes pertenece a Candiola. Harto sabe el condenado judío los pasos y escondrijos de aquel edificio. Señores, vamos a ver al capitán general. ¿Se cree que aún podrá defenderse el Coso?

—¿Pues no se ha de defender? —dijo el militar—. Lo que ha pasado es una friolera: algunos muertos más. Aún se intentará reconquistar la iglesia de San Francisco.

Todos mirábamos a aquel hombre que tan serenamente hablaba de lo imposible. La concisa sublimidad de su empeño parecía una burla, y sin embargo, en aquella epopeya de lo increíble, semejantes burlas solían parar en realidad.

Los que no den crédito a mis palabras, abran la historia y verán que unas cuantas docenas de hombres extenuados, hambrientos, descalzos, medio desnudos, algunos de ellos heridos, se sostuvieron todo el día en la torre; mas no contentos con esto, extendiéronse por el techo de la iglesia y abriendo aquí y allí innumerables claraboyas, sin atender al fuego que se les hacía desde el Hospital, empezaron a arrojar granadas de mano contra los franceses, obligándoles a abandonar el templo al caer de la tarde. Toda la noche pasó en tentativas del enemigo para reconquistarlo; pero no pudieron conseguirlo hasta el día siguiente, cuando los tiradores del tejado se retiraron, pasando a la casa de Sástago.

XXIX

¿Zaragoza se rendirá? La muerte al que esto diga.

Zaragoza no se rinde. La reducirán a polvo: de sus históricas casas no quedará ladrillo sobre ladrillo; caerán sus cien templos; su suelo abrirase vomitando llamas; y lanzados al aire los cimientos, caerán las tejas al fondo de los pozos; pero entre los escombros y entre los muertos habrá siempre una lengua viva para decir que Zaragoza no se rinde.

Llegó el momento de la suprema desesperación. Francia ya no combatía, minaba. Era preciso desbaratar el suelo nacional para conquistarlo. Medio Coso era suyo y España, destrozada, se retiró a la acera de enfrente. Por las Tenerías, por el arrabal de la izquierda habían alcanzado también ventajas, y sus hornillos no descansaban un instante.

Al fin, ¡parece mentira! nos acostumbramos a las voladuras, como antes nos habíamos acostumbrado al bombardeo. A lo mejor se oía un ruido como el de mil truenos retumbando a la vez. ¿Qué ha sido? Nada: la Universidad, la capilla de la Sangre, la casa de Aranda, tal convento o iglesia que ya no existe. Aquello no era vivir en nuestro pacífico y callado planeta; era tener por morada las regiones del rayo, mundos desordenados donde todo es fragor y desquiciamiento. No había sitio alguno donde estar, porque el suelo ya no era suelo, y bajo cada planta se abría un cráter. Y sin embargo, aquellos hombres seguían defendiéndose contra la inmensidad abrumadora de un volcán continuo y de una tempestad incesante. A falta de fortalezas, habían servido los conventos; a falta de conventos, los palacios; a falta de palacios, las casas humildes. Todavía había algunas paredes.

Ya no se comía. ¿Para qué, si se esperaba la muerte de un momento a otro? Centenares, miles de hombres perecían en las voladuras y la epidemia había tomado carácter fulminante. Tenía uno la suerte de salir ileso de entre la lluvia de balas, y luego al volver una esquina, el horroroso frío y la fiebre, apoderándose súbitamente de la naturaleza, la conducían en poco tiempo a la muerte. Ya no había parientes ni amigos; menos aún, ya los hombres no se conocían unos a otros, y ennegrecidos los rostros por la tierra, por el humo, por la sangre, desençajados y cadavéricos, al juntarse después del combate, se preguntaban: «¿Quién eres tú? ¿Quién es usted?»

Ya las campanas no tocaban a alarma, porque no había campaneros; ya no se oían pregones, porque no se publicaban proclamas; ya no se decía misa, porque faltaban sacerdotes; ya no se cantaba la jota, y las voces iban expirando en las gargantas a medida que iba muriendo gente. De hora en hora el fúnebre silencio iba conquistando la ciudad. Sólo hablaba el cañón, y las avanzadas de las dos naciones no se entretenían diciéndose insultos. Más que de rabia, las almas empezaban a llenarse de tristeza, y la ciudad moribunda se batía en silencio para que ni un átomo de fuerza se le perdiera en voces importunas.

La necesidad de la rendición era una idea general; pero nadie la manifestaba, guardándola en el fondo de su conciencia, como se guarda la idea de la culpa que se va a cometer. ¡Rendirse! Esto parecía una imposibilidad, una obra difícil, y perecer era más fácil.

Pasó un día después de la explosión de San Francisco; día horrible, que no parece haber existido en las series del tiempo, sino tan sólo en el reino engañoso de la imaginación.

Yo había estado en la calle de las Arcadas poco antes de que la mayor parte de sus casas se hundieran. Corrí después hacia el Coso a cumplir una comisión que se me encargó, y recuerdo que la pesada e infecta atmósfera de la ciudad me ahogaba de tal modo, que apenas podía andar. Por el camino encontré el mismo niño que algunos días antes vi llorando y solo en el barrio de las Tenerías. También entonces iba solo y llorando, y además el infeliz metía las manos en la boca, como si se comiese los dedos. A pesar de esto, nadie le hacía caso. Yo también pasé con indiferencia por su lado; pero después una vocecilla dijo algo en mi conciencia, volví atrás y me le llevé conmigo, dándole algunos pedazos de pan.

Cumplida mi comisión, corrí a la plazuela de San Felipe, donde después de lo de las Arcadas, estaban los pocos hombres que aún subsistían de mi batallón. Era ya de noche y aunque en el Coso había gran fuego entre una y otra acera, los míos fueron dejados en reserva para el día siguiente, porque estaban muertos de cansancio.

Al llegar vi un hombre que, envuelto en su capote, paseaba de largo a largo sin hacer caso de nada ni de nadie. Era Agustín Montoria.

—¡Agustín! ¿Eres tú? —le dije, acercándome—. ¡Qué palido y demudado estás! ¿Te han herido?

—Déjame —contestó agriamente—, no quiero compañías importunas.

—¿Estás loco? ¿Qué te pasa?

—Déjame, te digo —añadió, repeliéndome con fuerza—. Te digo que quiero estar solo. No quiero ver a nadie.

—Amigo —exclamé, comprendiendo que algún terrible pesar perturbaba el alma de mi compañero—, si te ocurre algo desagradable dímelo y tomaré para mí una parte de tu desgracia.

—¿Pues no lo sabes?

—No sé nada. Ya sabes que me mandaron con veinte hombres a la calle de las Arcadas. Desde ayer, desde la explosión de San Francisco no nos hemos visto.

—Es verdad —repuso—. Gabriel, he buscado la muerte en esa barricada del Coso, y la muerte no ha querido venir. Innumerables compañeros míos cayeron a mi lado y no ha habido una bala para mí. Gabriel, amigo mío querido, pon el cañón de una de tus pistolas en mi sien y arráncame la vida. ¿Lo creerás? Hace poco intenté matarme... No sé... parece que vino una mano invisible y me apartó el arma de las sienes. Después otra mano suave y tibia pasó por mi frente.

—Cálmate, Agustín, y cuéntame lo que tienes.
—¡Lo que tengo! ¿Qué hora es?
—Las nueve.
—¡Falta una hora! —exclamó con nervioso estremecimiento—. ¡Sesenta minutos! Puede ser que los franceses hayan minado esta plazuela de San Felipe donde estamos, y tal vez dentro de un instante la tierra, saltando bajo nuestros pies, abra una horrible sima en que todos quedemos sepultados, todos, la víctima y los verdugos.
—¿Qué víctima es esa?
—¿No lo sabes? El desgraciado Candiola. Está encerrado en la Torre Nueva.
En la puerta de la Torre Nueva había algunos soldados, y una macilenta luz alumbraba la entrada.
—En efecto —dije—, sé que ese infame viejo fue cogido prisionero con algunos franceses en la huerta de San Diego.
—Su crimen es indudable. Enseñó a los enemigos el paso desde Santa Rosa a la casa de los Duendes, de él solo conocido. Además de que no faltan pruebas, el infeliz esta tarde ha confesado todo con esperanza de salvar la vida.
—Le han condenado...
—Sí. El consejo de guerra no ha discutido mucho. Candiola será arcabuceado dentro de una hora por traidor. ¡Allí está! Y aquí me tienes a mí, capitán del batallón de las Peñas de San Pedro; ¡malditas charreteras! Aquí me tienes con una orden en el bolsillo en que se me manda ejecutar la sentencia a las diez de la noche, en este mismo sitio, aquí en la plazuela de San Felipe, al pie de la torre. ¿Ves, ves la orden? Está firmada por el general Saint-March.
Callé, porque no se me ocurría una sola palabra que decir a mi compañero en aquella terrible ocasión.
—¡Amigo mío, valor! —exclamé al fin—. Es preciso cumplir la orden.
Agustín no me oía. Su actitud era la de un demente, y se apartaba de mí para volver en seguida, balbuciendo palabras de desesperación. Después, mirando a la torre, que majestuosa y esbelta alzábase sobre nuestras cabezas, exclamó con terror:
—Gabriel, ¿no la ves, no ves la torre? ¿No ves que está derecha, Gabriel? La torre se ha puesto derecha. ¿No la ves? ¿Pero no la ves?

Miré a la torre y, como era natural, la torre continuaba inclinada.

—Gabriel —añadió Montoria—, mátame: no quiero vivir. No: yo no le quitaré a ese hombre la vida. Encárgate tú de esta comisión. Yo, si vivo, quiero huir; estoy enfermo; me arrancaré estas charreteras y se las tiraré a la cara al general Saint-March. No, no me digas que la Torre Nueva sigue inclinada. Pero hombre, ¿no ves que está derecha? Amigo, tú me engañas; mi corazón está traspasado por un acero candente, rojo, y la sangre chisporrotea. Me muero de dolor.

Yo procuraba consolarle, cuando una figura blanca penetró en la plaza por la calle de Torresecas. Al verla temblé de espanto, porque era Mariquilla. Agustín no tuvo tiempo de huir, y la desgraciada joven se abrazó a él, exclamando con ardiente emoción:

—Agustín, Agustín. Gracias a Dios que te encuentro aquí. ¡Cuánto te quiero! Cuando me dijeron que eras tú el carcelero de mi padre, me volví loca de alegría, porque tengo la seguridad de que le has de salvar. Esos caribes del Consejo le han condenado a muerte. ¡A muerte! ¡Morir él, que no ha hecho mal a nadie! Pero Dios no quiere que perezca el inocente y le ha puesto en tus manos para que le dejes escapar.

—Mariquilla, María de mi corazón —dijo Agustín—. Déjame, vete... no te quiero ver... Mañana, mañana hablaremos. Yo también te amo... Estoy loco por ti. Húndase Zaragoza; pero no dejes de quererme. Esperaban que yo matara a tu padre...

—¡Jesús, no digas eso! —exclamó la muchacha—. ¡Tú!

—No, mil veces no; que castiguen otros su traición.

—No, mentira; mi padre no ha sido traidor. ¿Tú también le acusas? Nunca lo creí... Agustín, es de noche. Desata sus manos; quítale los grillos que destrozan sus pies; ponle en libertad. Nadie lo puede ver.

—María... espera un poco... —dijo Montoria con suma agitación—. Eso no puede hacerse así... Hay mucha gente en la plaza. Los soldados están muy irritados contra el preso. Mañana...

—¡Mañana! ¿Qué has dicho? ¿Te burlas de mí? Ponle al instante en libertad, Agustín. Si no lo haces, creeré que he amado al más vil, cobarde y despreciable de los hombres.

—María, Dios nos está oyendo. Dios sabe que te adoro. Por él juro que no mancharé mis manos con la sangre de ese infeliz; antes romperé mi espada; pero en nombre de Dios te digo también que no puedo poner en libertad a tu padre. María, el cielo se nos ha caído encima.

—Agustín, me estás engañando —dijo la joven con angustiosa perplejidad—. ¿Dices que no le pondrás en libertad?

—No, no, no puedo. Si Dios en forma humana viniera a pedirme la libertad del que ha vendido a nuestros heroicos paisanos, entregándoles al cuchillo francés, no podría hacerlo. Es un deber supremo al que no puedo faltar.

—Mi padre no puede haber hecho traición —dijo Mariquilla, pasando súbitamente del dolor a una exaltada y nerviosa cólera—. Son calumnias de sus enemigos. Mienten los que le llaman traidor, y tú, más cruel y más inhumano que todos, mientes también. No, no es posible que yo te haya querido: vergüenza me causa pensarlo. ¿Has dicho que no le pondrás en libertad? ¿Pues para qué existes, de qué sirves tú? ¿Esperas ganar con tu crueldad sanguinaria el favor de esos bárbaros inhumanos que han destruido la ciudad, fingiendo defenderla? ¡Para ti nada vale la vida del inocente, ni la desolación de una huérfana! ¡Miserable y ambicioso egoísta: te aborrezco más de lo que te he querido! ¿Has pensado que podrías presentarte delante de mí con las manos manchadas en la sangre de mi padre?

—María —dijo Agustín—, me estás despedazando el alma; me pides lo imposible, lo que yo no haré, ni puedo hacer, aunque en pago me ofrezcas la bienaventuranza eterna. Todo lo he sacrificado ya, y contaba con que me aborrecerías. Considera que un hombre se arranca con sus propias manos el corazón y lo arroja al lodo; pues eso hago yo.

La ardiente exaltación de María Candiola la llevaba de la ira más intensa a la sensibilidad más patética. Antes mostraba con enérgica fogosidad su cólera y después se deshacía en lágrimas, expresándose así:

—¿Qué he dicho, y qué locuras has dicho tú? ¡Agustín, tú no puedes negarme lo que pido! ¡Cuánto te he querido y cuánto te quiero! Desde que te vi por primera vez en nuestra torre, no te has apartado un solo instante de mi pensamiento. Tú has sido para mí el más amable, el más generoso, el más discreto, el más valiente de todos los hombres. Te quise sin saber quién eras; yo ignoraba tu nombre y el de tus padres; pero te habría amado aunque hubieras sido hijo del verdugo de Zaragoza. Agustín: tú te has olvidado de mí desde que no nos vemos. ¡Soy yo, Mariquilla! Siempre he creído y creo que no me quitarás a mi buen padre, a quien quiero tanto como a ti. El es bueno, no ha hecho mal a nadie, es un pobre anciano... Tiene algunos defectos; pero yo no los veo; yo no veo en él más que virtudes.

Leí claramente en el semblante de Montoria la indecisión. El miraba con aterrados ojos tan pronto a la muchacha como a los hombres que estaban de centinela en la entrada de la torre, y la hija de Candiola, con admirable instinto, supo aprovechar esta disposición a la debilidad y echándole los brazos al cuello, añadió:

—Agustín, ponle en libertad. Nos ocultaremos donde nadie pueda descubrirnos. Si te dicen algo, si te acusan de haber faltado al deber, no les hagas caso y vente conmigo. ¡Cuánto te amará mi padre al ver que le salvas la vida! Entonces, ¡qué gran felicidad nos espera, Agustín! ¡Qué bueno eres! Ya lo esperaba yo, y cuando supe que el pobre preso estaba en tu poder, se me figuró que me abrían las puertas del cielo.

Mi amigo dio algunos pasos y retrocedió después. Había bastantes militares y gente armada en la plazuela. De repente se nos apareció delante un hombre con muletas, acompañado de otros paisanos y algunos oficiales de alta graduación.

—¿Qué pasa aquí? —dijo don José de Montoria—. Me pareció oír chillidos de mujer. Agustín, ¿estás llorando? ¿Qué tienes?

—Señor —dijo Mariquilla con terror, volviéndose hacia Montoria—. Usted no se opondrá tampoco a que dejen en libertad a mi padre. ¿No se acuerda usted de mí? Ayer estaba usted herido y yo le curé.

—Es verdad, niña —dijo gravemente don José—. Estoy muy agradecido. Ahora caigo en que es usted la hija del señor Candiola.

—Sí señor: ayer, cuando le curaba a usted, reconocí en su cara la de aquel hombre que maltrató a mi padre hace muchos días.

—Sí, hija mía; fue un arrebato, un pronto... No lo pude remediar... Yo tengo la sangre muy viva... Y usted me curó...

Así se portan los buenos cristianos. Pagar las injurias con beneficios y hacer bien a los que nos aborrecen es lo que manda Dios.

—Señor —exclamó María, toda deshecha en lágrimas—, yo perdono a mis enemigos, perdone usted también a los suyos. ¿Por qué no han de poner en libertad a mi padre? El no ha hecho nada.

—Es un poco difícil lo que usted pretende. La traición del señor Candiola es imperdonable. La tropa está furiosa.

—¡Todo es un error! Si usted quiere interceder... Usted debe ser de los que mandan.

—¿Yo?... —dijo Montoria—. Ese es un asunto que no me incumbe... Pero serénese usted, joven... De veras que parece usted una buena muchacha. Recuerdo el esmero con que usted me curaba y me llega al alma tanta bondad. Grande ofensa hice a usted, y de la misma persona a quien ofendí he recibido un bien inmenso, tal vez la vida. De este modo nos enseña Dios con un ejemplo que debemos ser humildes y caritativos, ¡porr...!, ya la iba a soltar... ¡Maldita lengua mía!

—¡Señor, qué bueno es usted! —exclamó la joven—. ¡Yo le creía muy malo! Usted me ayudará a salvar a mi padre.

—Oiga usted —le dijo Montoria, tomándola por un brazo—. Hace poco pedí perdón al señor don Jerónimo por aquel vejamen, y lejos de reconciliarse conmigo, me insultó del modo más grosero. El y yo no casamos, niña. Dígame usted que me perdona lo de los golpes, y mi conciencia se descargará de un gran peso.

—¡Pues no le he de perdonar! ¡Oh señor, qué bueno es usted! Usted manda aquí sin duda. Pues haga que pongan en libertad a mi padre.

—Eso no es de mi cuenta. El señor Candiola ha cometido un crimen que espanta. Es imposible perdonarle, imposible; comprendo la aflicción de usted... De veras lo siento; mayormente al acordarme de su caridad... Ya la protegeré a usted... Veremos.

—Yo no quiero nada para mí —dijo María, ronca ya de tanto gritar—. Yo no quiero sino que pongan en libertad a un infeliz que nada ha hecho. Agustín, ¿no mandas aquí? ¿Qué haces?

—Este joven cumplirá con su deber.

—Este joven —repuso la Candiola con furor—, hará lo que yo le mande, porque me ama. ¿No es verdad que pondrás en libertad a mi padre? Tú me lo dijiste... Señores, ¿qué buscan ustedes aquí? ¿Piensan impedirlo? Agustín, no les hagas caso y defendámonos.

—¿Qué es esto? —exclamó Montoria con estupefacción—. Agustín, ¿ha dicho esta muchacha que te disponías a faltar a tu deber? ¿La conoces tú?

Agustín, dominado por profundo temor, no contestó nada.

—Sí, le pondrá en libertad —exclamó María con desesperación—. Fuera de aquí, señores. Aquí no tienen ustedes nada que hacer.

—¡Cómo se entiende! —gritó don José, tomando a su hijo por un brazo—. Si lo que esta muchacha dice fuera cierto; si yo supiera que mi hijo faltaba al honor de ese modo, atropellando la lealtad jurada al principio de autoridad delante de las banderas; si yo supiera que mi hijo hacía burla de las órdenes cuyo cumplimiento se le ha encargado, yo mismo le pasaría una cuerda por los codos, llevándole delante del consejo de guerra para que le dieran su merecido.

—¡Señor, padre mío! —repuso Agustín, pálido como la muerte—. Jamás he pensado en faltar a mi deber.

—¿Es este tu padre? —dijo María—. Agustín, dile que me amas y quizá tenga compasión de mí.

—Esta joven está loca —afirmó don José—. Desgraciada niña, la tribulación de usted me llega al alma. Yo me encargo de protegerla en su orfandad... pero serénese usted. Sí, la protegeré, siempre que usted reforme sus costumbres... ¡Pobrecilla! Usted tiene buen corazón... un excelente corazón... pero... sí... me lo han dicho; un poco levantada de cascos... Es lástima que por una perversa educación se pierda una buena alma...

—Agustín, ¿cómo permites que me insulten? —exclamó María con inmenso dolor.

—No es insulto —añadió el padre—. Es un consejo. ¡Cómo había yo de insultar a mi bienhechora! Creo que si usted se porta bien, le tendremos gran cariño. Queda usted bajo mi protección, desgraciada huerfanita... ¿Para qué toma usted en boca a mi hijo? Nada, nada: más juicio, y por ahora basta ya de agitación... El chico tal vez la conozca a usted... Sí, me han dicho que durante el sitio no ha abandonado usted la compañía de los soldados... Es preciso enmendarse: yo me encargo... No puedo olvidar el beneficio recibido; además, conozco que su fondo es bueno...

—No —exclamó de súbito Agustín, con tan vivo arrebato de ira que todos temblamos al verle y oírle—. No, no consiento a nadie, ni aun a mi padre, que la injurie delante de mí. Yo la amo, y si antes lo he ocultado, ahora lo digo aquí sin miedo ni vergüenza para que todo el mundo lo sepa. Señor, usted no sabe lo que está diciendo, ni cuánto falta a lo verdadero, sin duda porque le han engañado. Máteme usted si le falto al respeto; pero no la infame delante de mí, porque oyendo otra vez lo que he oído, ni la presencia de mi propio padre me reportaría.

Montoria, que no esperaba aquello, miró con asombro a sus amigos.

—Bien, Agustín —exclamó la Candiola—. No hagas caso de esa gente. Este hombre no es tu padre. Haz lo que te indica tu buen corazón. ¡Fuera de aquí, señores, fuera de aquí!

—Te engañas, María —repuso el joven—, yo no he pensado poner en libertad al preso, ni lo pondré; pero al mismo tiempo digo que no seré yo quien disponga su muerte. Oficiales hay en mi batallón que cumplirán la orden. Ya no soy militar: aunque esté delante del enemigo, arrojo mi espada y corro a presentarme al capitán general para que disponga de mi suerte.

Diciendo esto, desenvainó y doblando la hoja sobre la rodilla, rompiola, y después de arrojar los dos pedazos en medio del corrillo, se fue sin decir una palabra más.

—¡Estoy sola! ¡Ya no hay quien me ampare! —exclamó Mariquilla con abatimiento.

—No hagan ustedes caso de las barrabasadas de mi hijo —dijo Montoria—. Ya le tomaré por mi cuenta. Tal vez la muchacha le haya interesado... pues... no tiene nada de particular. Estos eclesiásticos inexpertos suelen ser así... Y usted, señorita doña María, procure serenarse... Ya nos ocuparemos de usted. Yo le prometo que si tiene buena conducta, se le conseguirá que entre en las Arrepentidas... Vamos, llevarla fuera de aquí.

—¡No, no me sacarán de aquí sino a pedazos! —gritó la muchacha en el colmo de la desolación—. ¡Oh! señor don José de Montoria: usted le pidió perdón a mi padre. Si él no le perdonó, yo le perdono mil veces... Pero...

—Yo no puedo hacer lo que usted me pide —repuso el patriota con pena—. El crimen cometido es enorme. Retírese usted... ¡Qué espantoso dolor! ¡Es preciso tener resignación! Dios le perdonará a usted todas sus culpas, pobre huerfanita... Cuente usted conmigo, y todo lo que yo pueda... la socorreremos, la auxiliaremos... Estoy conmovido y no sólo por agradecimiento, sino por lástima... Vamos, venga usted conmigo... Son las diez menos cuarto.

—Señor Montoria —dijo María, poniéndose de rodillas delante del patriota y besándole las manos—. Usted tiene influencia en la ciudad y puede salvar a mi padre. Se ha enfadado usted conmigo, porque Agustín dijo que me quería. No, no le quiero; ya no le miraré más. Aunque soy honrada, él es superior a mí y no puedo pensar en casarme con él. Señor de Montoria, por el alma de su hijo muerto, hágalo usted. Mi padre es inocente. No, no es posible que haya sido traidor. Aunque el Espíritu Santo me lo dijera, no lo creería. Dicen que no era patriota: mentira, yo digo que es mentira. Dicen que no dio nada para la guerra; pues ahora se dará todo lo que tenemos. En el sótano de la casa hay enterrado mucho dinero. Yo le diré a usted dónde está y pueden llevárselo todo. Dicen que no ha tomado las armas. Yo las tomaré ahora: no temo las balas, no me asusta el ruido del cañón, no me asusto de nada; volaré al sitio de mayor peligro, y allí donde no puedan resistir los hombres me pondré yo sola ante el fuego. Yo sacaré con mis manos la tierra de las minas y haré agujeros para llenar de pólvora todo el suelo que ocupan los franceses. Dígame usted si hay algún castillo que tomar o alguna muralla que defender, porque nada temo, y de todas las personas que aún viven en Zaragoza, yo seré la última que se rinda.

—Desgraciada muchacha —dijo el patriota, alzándola del suelo—. Vámonos, vámonos de aquí.

—Señor de Araceli —dijo el jefe de la fuerza, que era uno de los presentes—, puesto que el capitán don Agustín Montoria no está en su puesto, encárguese usted del mando de la compañía.

—No, asesinos de mi padre —exclamó María, no ya

exasperada, sino furiosa como una leona—. No mataréis al inocente. Cobardes verdugos, los traidores sois vosotros, no él. No podéis vencer a vuestros enemigos y os gozáis quitando la vida a un infeliz anciano. Militares, ¿a qué habláis de vuestro honor, si no sabéis lo que es eso? Agustín, ¿dónde estás? Señor don José de Montoria, esto que ahora pasa es una ruin venganza, tramada por usted, hombre rencoroso y sin corazón. Mi padre no ha hecho mal a nadie. Ustedes intentaban robarle... Bien hacía él en no querer dar su harina, porque los que se llaman patriotas son negociantes que especulan con las desgracias de la ciudad... No puedo arrancar a estos hombres crueles una palabra compasiva. Hombres de bronce, bárbaros, mi padre es inocente, y si no lo es, bien hizo en vender la ciudad. Siempre le darían más de lo que ustedes valen... ¿Pero no hay uno, uno tan solo que se apiade de él y de mí?

—Retirémosla, señores... llevarla a cuestas. ¡Infeliz muchacha! —dijo Montoria—. Esto no puede prolongarse. ¿En dónde se ha metido mi hijo?

Se la llevaron y durante un rato oí desde la plazuela sus lamentos.

—Buenas noches, señor de Araceli —me dijo Montoria—. Voy a ver si hay un poco de agua y vino que dar a esa pobre huérfana.

XXX

Vete lejos de mí, horrible pesadilla. No quiero dormir. Pero el mal sueño que anhelo desechar vuelve a mortificarme. Quiero borrar de mi imaginación la lúgubre escena; pero pasa una noche y otra, y la escena no se borra. Yo, que en tantas ocasiones he afrontado sin pestañear los mayores peligros, hoy tiemblo: mi cuerpo se estremece y helado sudor corre por mi frente. La espada, teñida en sangre de franceses, se cae de mis manos y cierro los ojos para no ver lo que pasa delante de mí.

En vano te arrojo, imagen funesta. Te expulso y vuelves,

porque has echado profunda raíz en mi cerebro. No, yo no soy capaz de quitar la vida a sangre fría a un semejante, aunque un deber inexorable me lo ordene. ¿Por qué no tiemblo en las trincheras, y ahora tiemblo? Siento un frío mortal. A la luz de las linternas veo algunas caras siniestras; una sobre todo, lívida y hosca, que expresa un espanto superior a todos los espantos. ¡Cómo brillan los cañones de los fusiles! Todo está preparado y no falta más que una voz, mi voz. Trato de pronunciar la palabra, y me muerdo la lengua. No, esa palabra no saldrá jamás de mis labios.

Vete lejos de mí, negra pesadilla. Cierro los ojos, me aprieto los párpados con fuerza para cerrarlos mejor, y cuanto más los cierro más te veo, horrendo cuadro. Esperan todos con ansiedad; pero ninguna ansiedad es comparable a la de mi alma, rebelándose contra la ley que la obliga a determinar el fin de una existencia extraña. El tiempo pasa y unos ojos que yo no quisiera haber visto nunca, desaparecen bajo una venda. Yo no puedo ver tal espectáculo y quisiera que pusieran también un lienzo en los míos. Los soldados me miran y yo disimulo mi cobardía, frunciendo el ceño. Somos estúpidos y vanos hasta en los momentos supremos. Parece que los circunstantes se burlan de mi perplejidad, y esto me da cierta energía. Entonces despego la lengua del paladar y grito: *¡Fuego!*

La maldita pesadilla no se quiere ir, y me atormenta esta noche, como anoche, y como anteanoche, reproduciéndome lo que no quiero ver. Más vale no dormir y prefiero el insomnio. Sacudo el letargo, y aborrezco despierto la vigilia como antes aborrecía el sueño. Siempre el mismo zumbido de los cañones. Esas insolentes bocas de bronce no han cesado de hablar aún. Han pasado días, y Zaragoza no se ha rendido, porque todavía algunos locos se obstinan en guardar para España aquel montón de polvo y ceniza. Siguen reventando los edificios, y Francia, después de sentar un pie, gasta ejércitos y quintales de pólvora para conquistar terreno en que fijar el otro. España no se retira mientras tenga una baldosa en que apoyar la inmensa máquina de su bravura.

Y estoy exánime y no me puedo mover. Esos hombres que veo pasar delante de mí no parecen hombres. Están flacos, macilentos, y sus rostros serían amarillos si no les ennegreciera el polvo y el humo. Brillan bajo la negra ceja los negros ojos que ya no saben mirar sino matando. Se cubren de inmundos harapos, y un pañizuelo ciñe su cabeza como un cordel. Están tan escuálidos, que parecen los muertos del montón de la calle de la Imprenta, que se han levantado para relevar a los vivos. De trecho en trecho se ven, entre columnas de humo, moribundos, en cuyo oído murmura un fraile conceptos religiosos. Ni el moribundo entiende, ni el fraile sabe lo que dice. La religión misma anda desatinada y medio loca. Generales, soldados, paisanos, frailes, mujeres, todos están confundidos. No hay clases ni sexos. Nadie manda ya, y la ciudad se defiende en la anarquía.

No sé lo que me pasa. No me digáis que siga contando, porque ya no hay nada. Ya no hay nada que contar, y lo que veo no parece cosa real, confundiéndose en mi memoria lo verdadero con lo soñado. Estoy tendido en un portal de la calle de la Albardería y tiemblo de frío; mi mano izquierda está envuelta en un lienzo lleno de sangre y fango. La calentura me abrasa, y anhelo tener fuerzas para acudir al fuego. No son cadáveres todos los que hay a mi lado. Alargo la mano y toco el brazo de un amigo que vive aún.

—¿Qué ocurre, señor Sursum Corda? —le pregunto.

—Los franceses parece que están del lado acá del Coso —me contesta con voz desfallecida—. Han volado media ciudad. Puede ser que sea preciso rendirse. El capitán general ha caído enfermo de la epidemia y está en la calle de Predicadores. Creo que se morirá. Entrarán los franceses. Me alegro de morirme para no verlos. ¿Qué tal se encuentra usted, señor Araceli?

—Muy mal. Veré si puedo levantarme.

—Yo estoy vivo todavía, a lo que parece. No lo creí. El Señor sea conmigo. Me iré derecho al cielo. Señor de Araceli, ¿se ha muerto usted ya?

Me levanto y doy algunos pasos. Apoyándome en las paredes, avanzo un poco y llego junto a las Escuelas Pías. Algunos militares de alta graduación acompañan hasta la puerta a un clérigo pequeño y delgado, que les despide diciendo: «Hemos cumplido con nuestro deber, y la fuerza humana no alcanza a más.» Era el padre Basilio.

Un brazo amigo me sostiene, y reconozco a don Roque.

—Amigo Gabriel —me dice con aflicción—. La ciudad se rinde hoy.

—¿Qué ciudad?

—Esta.

Al hablar así, me parece que nada está en su sitio. Los hombres y las casas, todo corre en veloz fuga. La Torre Nueva saca sus pies de los cimientos para huir también, y desapareciendo a lo lejos, el capacete de plomo se le cae de un lado. Ya no resplandecen las llamas en la ciudad. Columnas de negro humo corren de levante a poniente, y el polvo y la ceniza, levantados por los torbellinos del viento, marchan en la misma dirección. El cielo no es cielo, sino un toldo de color plomizo, que tampoco está quieto.

—Todo huye, todo se va de este lugar de desolación —digo a don Roque—. Los franceses no encontrarán nada.

—Nada: hoy entran por la puerta del Carmen. Dicen que la capitulación ha sido honrosa. Mira, ahí vienen los espectros que defendían la plaza.

En efecto, por el Coso desfilan los últimos combatientes, aquel uno por mil que había resistido a las balas y a la epidemia. El que no puede hallar a los suyos entre los vivos, tampoco es fácil que los encuentre entre los muertos, porque hay cincuenta y dos mil cadáveres, casi todos arrojados en las calles, en los portales de las casas, en los sótanos, en las trincheras. Los franceses al entrar, se detienen llenos de espanto ante tan horrible espectáculo y casi están a punto de retroceder. Las lágrimas corren de sus ojos y se preguntan si son hombres o sombras las pocas criaturas con movimiento que discurren ante su vista.

El soldado voluntario, al entrar en su casa, tropieza con los cuerpos de su esposa y de sus hijos. La mujer corre a la trinchera, al paredón, a la barricada, y busca a su marido. Nadie sabe dónde está: los mil muertos no hablan y no pueden dar razón de si está Fulano entre ellos. Familias numerosas se encuentran reducidas a cero, y no queda en ellas uno solo que eche de menos a los demás. Esto ahorra muchas lágrimas y la muerte ha herido de un solo golpe al padre y al huérfano, al esposo y a la viuda, a la víctima y a los ojos que habían de llorarla.

XXXI

Francia ha puesto al fin el pie dentro de aquella ciudad edificada a orillas del clásico río que da su nombre a nuestra Península; pero la ha conquistado sin domarla. Al ver tanto desastre y el aspecto que ofrece Zaragoza, el ejército imperial, más que vencedor, se considera sepulturero de aquellos heroicos habitantes. Cincuenta y tres mil vidas le tocaron a la ciudad aragonesa en el contingente de doscientos millones de criaturas con que la humanidad pagó las glorias militares del imperio francés.

Este sacrificio no será estéril, como sacrificio hecho en nombre de una idea. El imperio francés, cosa vana y de circunstancias, fundado en la movible fortuna, en la audacia, en el genio militar que siempre es secundario, cuando abandonando el servicio de la idea, sólo existe en obsequio de sí propio; el ejército francés, digo, aquella tempestad que conturbó los primeros años del siglo y cuyos relámpagos, truenos y rayos aterraron tanto a la Europa, pasó, porque las tempestades pasan, y lo normal en la vida histórica, como en la de la naturaleza, es la calma. Todos le vimos pasar, y presenciamos su merecida agonía en 1815: después vimos su resurrección algunos años adelante; pero también pasó, derribado el segundo como el primero por la propia soberbia. Tal vez retoñe por tercera vez este árbol viejo; pero no dará sombra al mundo durante siglos, apenas servirá para que algunos hombres se calienten con el fuego de su última leña.

Lo que no ha pasado, ni pasará, es la idea de nacionalidad que España defendía contra el derecho de conquista y la usurpación. Cuando otros pueblos sucumbieron, ella mantiene su derecho, lo defiende, y sacrificando su propia sangre y vida, lo consagra como consagraban los mártires en el circo la idea cristiana. El resultado es que España, despreciada injustamente en el Congreso de Viena, desacreditada con razón por sus continuas guerras civiles, sus malos gobiernos, su desorden, sus bancarrotas más o menos declaradas, sus inmorales partidos, sus extravagancias, sus toros y sus pronunciamientos, no ha visto nunca, después de 1808, puesta en duda la continuación de su nacionalidad; y aun hoy mismo, cuando parece hemos llegado al último grado del envilecimiento, con más motivos que Polonia para ser repartida, nadie se atreve a intentar la conquista de esta casa de locos.

Hombres de poco seso, o sin ninguno en ocasiones, los españoles darán mil caídas hoy como siempre, tropezando y levantándose, en la lucha de sus vicios ingénitos, de las cualidades eminentes que aún conservan y de las que adquieren lentamente con las ideas que les envía la Europa central. Grandes subidas y bajadas, grandes asombros y sorpresas, aparentes muertes y resurrecciones prodigiosas reserva la Providencia a esta gente, porque su destino es poder vivir en la agitación como la salamandra en el fuego; pero su permanencia nacional está y estará siempre asegurada.

Era el 21 de febrero. Un hombre que no conocí se me acercó y dijo:

—Ven, Gabriel, necesito de ti.

—¿Quién es usted? —le pregunté—. Yo no le conozco a usted.

—Soy Agustín Montoria —repuso—. ¿Tan desfigurado estoy? Ayer me dijeron que habías muerto. ¡Qué envidia te tenía! Veo que eres tan desgraciado como yo y vives aún. ¿Sabes, amigo mío, lo que acabo de ver? Acabo de ver el cuerpo de Mariquilla. Está en la calle de Antón Trillo, a la entrada de la huerta. Ven y la enterraremos.

—Yo más estoy para que me entierren que para enterrar. ¿Quién se ocupa de eso? ¿De qué ha muerto esa mujer?

—De nada, Gabriel, de nada. Mariquilla no tiene heridas, ni las señales que deja en el rostro la epidemia. Parece que se ha dormido. Apoya la cara contra el suelo y tiene las manos en ademán de taparse fuertemente los oídos.

—Hace bien. Le molesta el ruido de los tiros. Lo mismo me pasa a mí, que todavía los siento.

—Ven conmigo y me ayudarás. Llevo una azada.

Difícilmente llegué a donde mi amigo con otros dos compañeros me llevaba. Mis ojos no podían fijarse bien en objeto alguno, y sólo vi una sombra tendida. Agustín y los otros dos levantaron aquel cuerpo, fantasma, vana imagen o desconsoladora realidad que allí existía. Creo haber distinguido su cara, y al verla, tristísima penumbra se extendió por mi alma.

—No tiene ni la más ligera herida —decía Agustín—, ni una gota de sangre mancha sus vestidos. Sus párpados no se han hinchado como los que mueren de la epidemia. María no ha muerto de nada. ¿La ves, Gabriel? Parece que esta figura que tengo en brazos no ha vivido nunca; parece que es una hermosa imagen de cera, a quien he amado en sueños, representándomela con vida, con palabra y con movimiento. ¿La ves? Siento que todos los habitantes de la ciudad estén muertos por esas calles. Si vivieran les llamaría para decirles que la he amado. ¿Por qué lo oculté como un crimen? María, Mariquilla, esposa mía, ¿por qué te has muerto sin heridas y sin enfermedad? ¿Qué tienes, qué te pasa, qué te pasó en tu último momento? ¿En dónde estás ahora? ¿Tú piensas? ¿Te acuerdas de mí y sabes acaso que existo? María, Mariquilla, ¿por qué tengo yo ahora esto que llaman vida y tú no? ¿En dónde podré oírte, hablarte y ponerme delante de ti para que me mires? Todo a oscuras está en torno mío desde que has cerrado los ojos. ¿Hasta cuándo durará esta noche de mi alma y esta soledad en que me has dejado? La tierra me es insoportable. La desesperación se apodera de mi alma y en vano llamo a Dios para que la llene toda. Dios no quiere venir, y desde que te has ido, Mariquilla, el universo está vacío.

Diciendo esto, un vivo rumor de gente llegó a nuestros oídos.

—Son los franceses que toman posesión del Coso —dijo uno.

—Amigos, cavad pronto esa sepultura —exclamó Agustín, dirigiéndose a los dos compañeros, que abrían un hoyo al pie del ciprés—. Si no, vendrán los franceses y nos la quitarán.

Un hombre avanza por la calle de Antón Trillo, y deteniéndose junto a la tapia destruida, mira hacia adentro. Le veo y tiemblo. Está transfigurado, cadavérico, con los ojos hundidos, el paso inseguro, la mirada sin brillo, el cuerpo encorvado, y me parece que han pasado veinte años desde que no le veo. Su vestido es de harapos, manchados de sangre y lodo. En otro lugar y ocasión hubiérale tomado por un mendigo octogenario que venía a pedir limosna. Acercose a donde estábamos y con voz tan débil que apenas se oía, dijo:

—Agustín, hijo mío, ¿qué haces aquí?

—Señor padre —respondió el joven sin inmutarse—, estoy enterrando a Mariquilla.

—¿Por qué haces eso? ¿Por qué tanta solicitud por una persona extraña? El cuerpo de tu pobre hermano yace aún sin sepultura entre los demás patriotas. ¿Por qué te has separado de tu madre y de tu hermana?

—Mi hermana está rodeada de personas amantes y piadosas, que cuidarán de ella, mientras ésta no tiene a nadie más que a mí.

Don José de Montoria, sombrío y meditabundo entonces, cual nunca le vi, no dijo nada, y empezó a echar tierra en el hoyo, en cuya pronfundidad habían colocado el cuerpo de la hermosa joven.

—Echa tierra, hijo, echa tierra pronto —exclamó al fin—, pues todo ha concluido. Han dejado entrar a los franceses en la ciudad, cuando todavía podía defenderse un par de meses más. Esta gente no tiene alma. Ven conmigo y hablaremos de ti.

—Señor —repuso Agustín con voz entera—, los franceses están en la ciudad y las puertas han quedado libres. Son las diez: a las doce saldré de Zaragoza para ir al monasterio de Veruela, donde pienso morir.

La guarnición, según lo estipulado, debía salir con los honores militares por la puerta del Portillo. Yo estaba tan enfermo, tan desfallecido a causa de la herida que recibí en los últimos días, a causa del hambre y cansancio, que mis compañeros tuvieron que llevarme casi a cuestas. Apenas vi a los franceses, cuando con más tristeza que júbilo se extendieron por lo que había sido ciudad. Inmensas ruinas la formaban. Era la ciudad de la desolación, digna de que la llorara Jeremías y de que la cantase Homero. En la Muela, donde me detuve para reponerme, se me presentó don Roque, que salió de la ciudad temiendo ser perseguido.

—Gabriel —me dijo—, nunca creí que la canalla fuera tan vil, y yo esperaba que en vista de la heroica defensa de la ciudad, serían más humanos. Hace unos días vimos dos cuerpos que arrastraba el Ebro en su corriente. Eran las dos víctimas de esa soldadesca furiosa que manda Lannes; eran mosén Santiago Sas, jefe de los valientes escopeteros de la parroquia de San Pablo, y el padre Basilio Boggiero, maestro, amigo y consejero de

Palafox. Dicen que a ese último le fueron a llamar a media noche, so color de encomendarle una misión importante, y luego que le tuvieron entre las traidoras bayonetas, lleváronle al puente, donde le acribillaron, arrojándole después al río. Lo mismo hicieron con Sas.

—¿Y nuestro protector y amigo, don José de Montoria, no ha sido maltratado?

—Gracias a los esfuerzos del presidente de la Audiencia ha quedado con vida; pero me lo querían arcabucear... nada menos. ¿Has visto cafres semejantes? A Palafox parece que le llevan preso a Francia, aunque prometieron respetar su persona. En fin, hijo, es una gente esa con la cual no me quisiera encontrar ni en el cielo. ¿Y qué me dices de la hombrada del mariscalazo señor Lannes? Se necesita frescura para hacer lo que él ha hecho. Pues nada más sino que mandó que le llevaran las alhajas de la Virgen del Pilar, diciendo que en el templo no estaban seguras. Luego que vio tal balumba de piedras preciosas, diamantes, esmeraldas y rubíes, parece que le entraron por el ojo derecho... nada, hijo... que se quedó con ellas. Para disimular esta rapiña ha hecho como que se las ha regalado la Junta... De veras te digo que siento no ser joven para pelear como tú en contra de ese ladrón de caminos, y así se lo dije a Montoria cuando me despedí de él. ¡Pobre don José, qué triste está! Le doy pocos años de vida: la muerte de su hijo mayor y la determinación de Agustín de hacerse cura, fraile o cenobita, le tienen muy abatido y en extremo melancólico.

Don Roque se detuvo para acompañarme, y luego partimos juntos. Después de restablecido continué la campaña de 1809, tomando parte en otras acciones, conociendo nueva gente y estableciendo amistades frescas o renovando las antiguas. Más adelante referiré algunas cosas de aquel año, así como lo que me contó Andresillo Marijuán, con quien tropecé en Castilla, cuando yo volvía de Talavera y él de Gerona.

Marzo-Abril de 1874.